# 東遊西記

石[illegible]自题

人民东方出版传媒
東方出版社

图书在版编目（CIP）数据

东游西记 / 郝子密著 . -- 北京 : 东方出版社，

2021.8

ISBN 978-7-5207-2301-5

Ⅰ . ①东… Ⅱ . ①郝… Ⅲ . ①散文集—中国—当代

Ⅳ . ① I267

中国版本图书馆 CIP 数据核字（2021）第 146190 号

东游西记

DONGYOUXIJI

郝子密　著

责任编辑：张晓雪
出　　版：东方出版社
发　　行：人民东方出版传媒有限公司
地　　址：北京市西城区北三环中路 6 号
邮　　编：100120
印　　刷：北京欣睿虹彩印刷有限公司
版　　次：2021 年 8 月第 1 版
印　　次：2021 年 8 月北京第 1 次印刷
开　　本：787 毫米 ×1092 毫米　1/16
印　　张：25
字　　数：270 千字
书　　号：ISBN 978-7-5207-2301-5
定　　价：78.00 元
发行电话：（010）85924738

作者近照

**作者简介**

郝子密，山西省保德县人，1941年出生，中共党员，大专文化。1962年参加工作，2002年退休。曾在保德、静乐、五寨、宁武等县及忻州市级机关工作。从政之余热爱文学创作，曾出版散文集《享受平凡》，其余作品散见各报纸杂志。

作者与夫人

作者书法

2019 年全家福

大女儿一家

二女儿一家

三女儿一家（外孙女张靖宜因上大学未参加）

儿子一家

小女儿一家

作者的子女们

作者书法

# 序

冯贵生

子密的第二部文集《东游西记》就要面世了。他再三邀我作序。说实在的，我虽有过舞文弄墨的经历，但随着时光飞逝，深感自己在文学创作方面已经落伍，且早已封笔。现在要为别人作序，着实犯难。我将此念实话实说，可子密一口咬定："别推了，老弟。不管你犯难不犯难，权为我们半个多世纪的友情留个纪念吧！"

说起我俩的友情，还得从20世纪60年代说起。1966年初春，忻州地区文联组织全区30余位文学爱好者办了一个集训队，开赴河曲县曲峪大队深入生活，就地练兵。我与子密同为队友，共住一室，曾一起怀着激动的心情倾听黄河涛声，也曾踏着遍地落英在林荫中漫步。当时都是20多岁的毛头小伙子，正值“同学少年，风华正茂”之际，虽无“指点江山”之宏志，却存“激扬文字”之激情，秉性互补，志趣相投，两人合作小说《巨轮飞转》。自此，不仅结为文友，也成为终生朋友。

为了珍存50多年的友情，我也就黑老鸹戴皮帽——假装一回鹰，肩膀上套管箩——权充一回家(枷)，于是乎捧起《东游西记》，仔细品味一番。

《东游西记》是一部典型的游记。全书由两部分构成，一部分是作者赴加拿大陪女儿访学期间所记的日记，另一部分是作者游历国内景点时记录的见闻。如何撰写游记，又如何评述游记呢？曾记得1978年我在山西作协学习时，一次向著名作家胡正先生请教，先生回答了六个字：生活、手法、情怀。现在就用这“六字箴言”来评述《东游西记》吧。

生活是文艺创作的源泉。一个作者如何才能引得活水，滋养心田，文思奔涌，永不枯竭？那就必须深入生活。用李准先生的话说就是“要深入生活，首先要热爱生活，做生活的有心人”。《东游西记》的作者就是这样一个热爱生活的有心人。他热爱祖国的锦绣河山，也欣赏北美洲的冰雪世界；他热爱炎黄同胞，也热爱异国友人。正是在这颗火热之心的蒸腾下，在这种正能量的驱动下，他持之以恒地深入生活，并采撷生活中的精华，写下了洋洋洒洒的数十篇文章，为读者提供了“横看成岭侧成峰，远近高低各不同”的视觉盛宴和精神享受。

手法即表现手法。车尔尼雪夫斯基在《记文学创作》中指出：表现手法决定了一个作家作品的成败。我不知道子密是否读过车尔尼雪夫斯基的这番论述，但从文集中可以看出他是很注重表现手法的选择和应用的。他运用对比手法，探访中外文化的差异，诸如在《公寓楼》《图书馆》《当顿古堡》《说说白种人》等篇中，强烈的对比给读者提供了不同的景观，产生了目不暇接、引人入胜的效果。

他精到地运用了插叙手法，在写景写人的同时，插入了很多景观的历史故事和民间传说。如《加西旅游记》中的布查特先生和其太太，他们把一个多年来因开山取石而被挖得百孔千疮的废弃的山谷，经过四代人的接力改造，终于建成一个大型的综合花园，成为加拿大的国家历史遗址。这个故事颇像我国的愚公移山，只不过愚公移山是发生在华夏大地的古老传说，而宝翠花园却货真价实地存在于当今。它生动地告诉我们，人类的奉献精神是共通的，只要有了这种精神，什么人间奇迹都能创造出来。这类插叙手法在书中比比皆是，如《塞上西湖》中关于“三大王”的传说，关于尉迟恭擒海马的传说等，都给作品增加了趣味性，使读者展卷有益，不愿释手。

情怀即家国情怀。家国情怀可以说是中国知识分子的魂，正因为有了这种家国情怀，才使古往今来的文人骚客有了精神寄托，才使范仲淹留下“先天下之忧而忧，后天下之乐而乐”的千古名句，才使陈子昂发出“念天地之悠悠，独怆然而涕下”的悲叹。如果缺少了这种魂，纵然使尽浑身解数，纵然可以笔下生花，读者也会感到索然无味。抒发情怀一定要把握歌颂与批评的尺度，做到歌颂到位而不越位，批评适度而不过度，这样才能总结经验，吸取教训，鼓舞士气，催人奋进，才能激发振兴中华的强大能量。作者在《别墅（一）》中记述了加拿大半个多世纪前修建的房子，从外观上看，“房子跟新的一样，外墙棕白相间，没有污迹，没有破损，像一个穿戴整洁秀气的少女，亭亭玉立在那里”。接着写道：“回想我们居住的城市，宿舍大楼刚刚住了二三十年，就成了旧楼，甚至危楼，墙壁上乌七八糟，院子里地砖剥落，工程质量实在不敢恭维。”以上叙述一语道破了国内某些建筑质量低下，针砭了环境不美的弊端。然而作者笔锋一转，又写道："不过话还得说回来……倒退50年是20世纪的60年代，那时候我们的中小城市还很少有楼房，甚至没有楼房，多数住的是四合院或大杂院，每家一间房，里面卧室、客厅、厨房三合一，无论几口人都睡在一盘大炕上。"这就使读者感觉到，从横向比较，我们跟一些发达国家还有差距；但从纵向上来探究，我们近年来的发展之快是惊人的，是有目共睹的，只要我们发扬艰苦奋斗的精神，撸起袖子，勇于拼搏，就一定能够实现中华民族伟大复兴的中国梦。

又如，在《图书馆》一文中，作者写道："图书馆的座位上，读者已达十之八九，无论读书看报的，还是上网查询的，各个聚精会神，旁若无人……这让我不禁想到我们的同胞，特别是时下一些年轻人，根本不把读书学习当作一回事，整天抱着一部手机，玩得津津有味，玩得头昏脑涨，成为货真价实的不学无术之辈，实在可悲可叹！"这是作者对时下社会上淡化读书、漠视知识现象的痛彻批判和大声疾呼，读来谁能不为之动情呢！

综上所述，《东游西记》是一部成功的散文集。要说不足之处，尚缺乏空灵和不够细致，有待作者在今后的创作中改进。

回顾友情，捧读佳作，子密在我脑海中的印象是为人正直厚重，为文平实情真。

以此作结，是为序。

2018年仲春

# 有话随便说

## ——自序

2016年春，小女儿郝玫公派到加拿大访学，我和老伴亦随同前往，在那里住了半年多的时间。

陌生的国度，陌生的土地，看见一切都新奇、一切都稀罕，但我们初来乍到不敢往远走，只能在附近的街道走走，公园转转，超市看看。待到周末休息，郝玫才能领着我们逛商场、看景点，到远处和别的城市游转。当然后来越走越远，我们还参加当地的旅行社出去转游，大致领略了加拿大的风光。

闲云野鹤，闲暇无事，我便随手记点日记，不过也是看见什么记什么，想到什么写什么，片片段段，一鳞半爪，浮皮潦草，不成句读。但有一个特点是亲眼所见，如实记录；还有一个特点是比起旅游见闻来要深入一点。我们以往曾参团游览过，日程紧，行程快，晓行夜宿，疲于奔命，虽然走了不少地方，但印象马虎。人们形容这种旅游是“上车睡觉、下车尿尿、景点报到、只能拍照”。就说这加拿大，我这是第三次踏上这片土地了，但前两次都是随团旅游来的，匆匆而来，匆匆而去，走马观花，眼花缭乱，实在看不成个什么。特别是想知道外国人的真实生活情况，看看人家吃的什么，住的什么，居舍怎样，环境如何……如此这般，光靠“旅旅游”是做不到的。

这次我们到了加拿大的汉密尔顿市，像当地居民一样住了下来，自己租房，自己做饭，自己买菜，自己购物，自由活动，随意转悠，细细观察，慢慢品味，方才对当地情况有了一些了解，有了一点体会。在此基础上随手记了点日记，要说分类也可分作三个类型：

一是游山玩水观景型。诸如《又见尼亚加拉》《湖滨小镇》《游览湖心岛》《加西旅游记》等。

二是异国风情探访型。诸如《公寓楼》《图书馆》《当顿古堡》《别墅（一)》《别墅（二）》等。

三是中外对照思考型。像《双语小学》《加拿大看病难》《加拿大的教育》《送子女出国留学的误区》属于此类。为了证实和强化一些观点，我还附带引入几篇文章，供读者参考。

尽管如此，由于身份决定、视野局限，所写的东西仍然十分肤浅、十分片面，只是一瞥而已。

回国以后，有朋友建议把这些“杂碎”弄成一个册子。他们说，在我们的周围，出国的人毕竟不多，能够在国外生活一段时间的人更少，让大家了解一些外面的情况没有坏处。我的老师，当年曾是北大才子的郭家一先生还说，书名可以叫《海外一瞥》。

我在整理这些日记时，想起自己在国内游转时也写过几篇文章，丢掉有点可惜，收进来成了两张皮，不仅有“海外一瞥”，还有了“域内一顾”，于是干脆将两部分合而为一，将书名叫作《东游西记》。

自己的文章和自己的孩子一样，不管丑俊总有几分偏爱，总舍不得丢掉，将这些文字结集成册，不为别的，只为收集保存而已。

兴之所至，随意道来，写在前面，聊充作序。

作者

2018年4月

# 目　录

## 海外一瞥

## 域内一顾

## 家庭旅游琐记

# 海外一瞥

## 小女儿出国

今天，我们的小女儿要出国了。她是作为国家公派的访问学者，赴加拿大进行学习交流的。

小女儿名叫郝玫，在家排行老五，她上面有一个哥哥、三个姐姐，哥哥姐姐们对她关爱备至，全家对她都呵护有加。而她本身也是一个乖孩子，从上学开始就不用大人操心，从小学、初中，到高中，学习刻苦，成绩优秀，在班级当中总是名列前茅。高考考取北京科技大学，先后获得学士、硕士和博士学位，成为该校优秀的年轻教师之一。今年又经国家教育部选拔批准，公派到加拿大访学，这对她来说当然是一个学习进步的极好机会，她本人高兴，全家人都感到光荣，感到骄傲。

郝玫此次出国，丈夫胡育峰和女儿瑄瑄同行，到了加拿大把生活后勤安排好后，胡育峰将返回国内，瑄瑄将上当地的双语幼儿园。

小女儿生活照

他们在北京首都机场起飞的时间原定下午 1 点半，谁知后来又推迟到下午 4 点多。我们一大家人都在微信群里聚着，询问原因，回答是南航的飞机正在检修。老伴不无担心地唠叨起来："迟不检修，早不检修，偏偏在这个时候检修起来了。"我赶紧解释："检修是好事，检修过了就更安全了。"终于熬到下午 4 点半，航班正式起飞，因为全部航程需要13个小时，当晚大家在等待中休息了。

按照时间推算，飞机抵达多伦多是北京时间3月13日凌晨5点多，事先说好，飞机一落地，小女儿就给全家报平安。可她考虑凌晨5点，全家人都在睡觉，所以直到8点才发回安全抵达的信息，其实她母亲一夜也没睡安稳，凌晨5点还翻看了几次手机。人说儿女是娘的心头肉，这话一点也不假。

待郝玫的消息从微信群里传来，全家人高高兴兴，彻底放心了。我们祝愿她在北美洲的大地上开始一段新的生活和工作吧！

2016年3月12日

## 我们也要出国了

小女儿郝玫到达加国后，也想叫我们老两口出去。赦玫的哥哥姐姐们一齐支持，说父母去了，一来可以帮助照料孩子，彼此都不孤单。二来便可以散散心，旅旅游，领略领略外国风光。于是乎郝玫从国外发回邀请函，众人便一起忙碌起来。

首先是签证。签证需要护照、户口本、身份证、房产证、退休证、结婚证、银行存款证明等一系列材料，有的要原件，有的要复印件，收拢好了拿到北京。好在我们的护照有效期是10年，其间我们曾经去过美国和加拿大，在护照上都有记录。这样一来此次签证就比较顺利，因此我们没有亲自前往，而是请熟人帮忙，就把签证办下来了。接着儿子就给我们订机票，4月底的机票3月份就提前预订了。女儿们就着手兑换外币，本地小银行还没有加元，几番交涉调度才把加元拿到手。旅行箱也有讲究，太小了放不下东西，太大了飞机上不允许，超重了也不行，为此孩子们专门查阅了相关规定，外孙女马思慧从网上订购了两个标准的旅行箱。孩子们又说到了国外看不上电视，怕我们孤闷，儿子又专门买了苹果平板电脑，下载了一系列电影、电视剧、综艺、音乐等节目，供我们老两口观看。孩子们还帮助我们准备衣服、药品和一切零碎用品，可谓关怀备至。

说起准备衣物，也挺麻烦的。过去也曾多次出国旅游，但每次时间只有十几天，行李简单。这次要到加拿大生活一年，春天出去冬天回来，四季衣服都得带上，内衣也得有几套，鞋也得有好几双，大到棉衣棉裤、床单被罩，小到老花镜、指甲刀，收拢下东西一大堆。

老年人出门，药物是必备的，准备起来很麻烦，比如我患高血压，每天早晨服药1次，一个月需施慧达2盒、倍他洛克2盒、阿司匹林1盒，加起来是5盒。那么10个月呢？是50盒。一年呢？是60盒。拿起来一大包，不知海关能不能通过。此外还有常用药：消炎的、治感冒的、治牙疼的、安眠睡觉的，以及白药、膏药、创可贴，又是一大包，看起来好像倒贩药品一般。

老伴还想带些粗粮，像莜面、豆面什么的，也不知海关允不允许。我说，行李重量有限制，不是想带多少就能带多少，这才作罢。

尽管如此，行李还是准备了不少，而且想起来就加，没有的就买，箱子里的东西越添越多，分量越来越重，四个大箱子还有点儿放不下。仔细想想这些东西都是必需的，没有什么多余的，那就这样启程吧。

2016年3月26日

整装待发

# 飞往加拿大

今天，我们从首都国际机场起飞前往加拿大。

这是我们第一次乘坐商务舱。当机场服务人员把我们领进候机厅，这才发现商务舱与经济舱的待遇是不一样的：普通的经济舱旅客众多，在那里候机和在火车站、汽车站候车差不多；商务舱的候机室人数少，待遇高，有免费自助餐，各种饭食、菜肴、啤酒、饮料、水果样样俱全，任你选用。

飞机上的座位也不一样，经济舱一排人多，挤得很紧，而商务舱一人一个沙发，空间较大，能坐能睡，十分舒服。前些年出国旅行，十几个钟头的经济舱坐下来，双腿肿得又粗又沉，这次不一样，一上飞机我就美美睡了一觉，醒来就到了目的地。

初来乍到

郝玫带着孩子，早早来到多伦多机场等候，当我们在异国他乡的土地上会面时，心情十分激动，瑄瑄一下子就扑进姥娘（即外祖母）怀里。汽车开出机场，行驶 40 分钟便到了安大略省的另一个城市——汉密尔顿，这里便是郝玫工作和学习的地方。

2016 年 4 月 29 日

漫步公园草坪

## 出门看看

今天是我们到达加拿大的第二天。早晨起来，日朗天晴，站在女儿居住的公寓楼第七层的阳台上向四外望去，城市掩映在树海里，也就是说我们首先看到的不是建筑，而是各种树木，慢慢才能看到树木稀疏处有各种房屋，才能看到街道，道路上有车辆穿行，速度很快，像小甲虫逃逸而去。但城市很静，没有喧嚣，没有市声。

因为是休息日，郝玫没有上班，瑄瑄也没有上学，我们吃过早饭后出了门。今天的任务是略微走动走动，初步熟悉一下环境。

出了公寓大楼，前面没有围墙，也没有大门，说成到了院里也行，说成到了街上也可以。顺着楼前的小路走过去，没有几步就通到大街，街道也不是很宽阔，也没有我们国内那样刻意修整、刻意装饰，一切显得随意、朴实、简约。车辆往来不断，但密度没有我们国内大。街上除了我们祖孙四人，再没有看见行人。一路往前，路过了银行、超市、餐馆、小学校，我和老伴不识英文，两眼一抹黑，所有的地方都是郝玫介绍的。来到一座学校前，郝玫告诉我们这就是外孙女瑄瑄上学的地方，这座学校分为两个校区，一半是幼儿园，另一半是小学。楼前有草坪、树木，周围用低矮的栅栏围着。

越过学校前行不远就是丘吉尔公园，与公寓一样，公园既无大门，也没有围墙，向右一步是城市街区，向左一步就进入公园。公园平展阔大，因为早春，除了草坪变绿，所有的落叶树木没有一点儿绿意，向远处望去，树林黑苍苍的，据说穿过树林就到了安大略湖边。我感觉这里不像公园，倒像旷野。

公园里人不多。近处有儿童游乐设施，秋千架下面的地面上都铺着厚厚的木屑，踩上去软乎乎的，这是为了孩子们的安全。瑄瑄在这里遇上了她的中国同学，两个孩子又是荡秋千，又是滑滑梯，跑来跑去像两只蝴蝶在翩翩起舞，高兴得不亦乐乎。不远处，有一对父女在滑旱冰，从我们面前晃晃荡荡一闪而过。再远处有七八个少男少女在踢球，他们在碧绿的草地上奔跑、跳跃、抢扑、欢呼，可以看见他们无比欢乐的样子，但听不见他们的声音。

偌大的公园，就只有如上所说的这些人，而且是在周末的休息日，给人的感觉是空旷、寂寥，甚至清冷、萧瑟……

2016 年 4 月 30 日

公寓附近街景

丘吉尔公园儿童活动区

丘吉尔公园一景

## 雨雪天气

今天是到达加拿大的第三天，也是第二个早晨。

早上打开窗户，看到天气阴沉，四野不亮。再仔细观察才看到周围的街道、屋顶湿漉漉的，那是昨晚下了雨；远处的树木、山野一片白，那是昨晚降了雪。哦，已经过五一了，还是这般景象！

五月公园雪景

郝玫说，这里同哈尔滨是一个纬度。我在手机上查了一下，今天北京的气温是27℃，沈阳是19℃，哈尔滨没查到，但以此推算也不会低到下雪的程度。郝玫提前来了两个多月，她的感觉是三日下雨、两日下雪，天气阴冷，棉衣从未下过身。据说这里最难熬的是冬天，冬季长且寒冷，经常有暴雪，一下就有二三尺厚，通行不便，甚至连上学上班都停止了。当地人冬季常穿雪裤、雪地靴，用于防滑保暖，才能度过严冬。

单就气候来说，这里并不宜人。

2016年5月1日

雪后公寓楼前一角

五月雪后的瑄瑄

## 逛商城

今天我们要去逛商城，以便熟悉购物环境。

出门不远就是公交车站，我们登上 5 路车，前行 8 站，约 4 公里便到达城市中心。当郝玫领着我们进入商城时，我记住其标志是三个方框交叉重叠的一个红色图案。

商城规模宏大，四通八达，里面光超市就有好几家，其中包括面积可观的华人超市。与街道上的清冷相反，商场里顾客拥挤，人声嘈杂，热闹程度几乎与我们国内的商场无异。今天雨雪交加，天气很冷，我们都穿着棉衣毛裤，但瞟一眼过往人群，穿着打扮差异很大：有穿皮着棉的，有单衣薄裳的，有包头裹颈的，有袒胸露背的。相比之下，还是白人耐冻，不少男士单衣短袖，挺胸叠肚；不少女士赤脚打片，裤子抽到半腿上，似乎对雨雪天气毫无顾忌。

为了全面了解商城情况，我们先在各个商店转了一圈。这一转真是大开眼界，因为我们看到几乎到处都是中国商品，比如服装、家电、文具、儿童玩具，甚至连修剪花草的剪刀、铁铲也是中国制造的。外孙女瑄瑄买了两串小珠子，上面也有“China”字样。看到国内的产品远销世界，我们心里十分高兴，因为这是我们国家兴旺发达的标志啊！

中午时分，我们在商城用餐。我和亮茹每人要了一份米饭加中国炒菜，郝玫要了一份面条，瑄瑄要的是薯条、热狗。各种饭馆一溜长蛇阵摆开，其中，中国餐馆客人最多，连老外都爱上了中国饮食。

下午我们到了华人超市，看到商品琳琅满目，品类繁多，与我们国内的超市没有多少差异，就连山西的汾酒、老陈醋也应有尽有。唯一与国内超市不同的是，顾客进店不用寄存包裹，无论你是背包的，提袋的，进店无人管，出店无人查，相当宽松大气。

超市备有购物小车，专供顾客使用，可以店内用，也可推回家。我们采买了一个星期的生活用品，乘车返回家中。

2016年5月2日

华人超市所在的市中心一景

## 公寓楼

郝玫租住的这栋楼叫公寓楼，毗邻还有另外一栋，统一由一家公司经营，专靠出租赚钱。据说整个汉密尔顿市共有三处公寓，专供临时外来人员租用，本地居民一般是不住公寓的，他们都住别墅。

这栋楼高 12 层，加上地下室共 13 层，每层约有 20 个房间，全楼就有 200 多套住房。按照郝玫这套房每年租金 5 万元人民币计算，这栋楼一年的租金收入就达 1000 多万元人民币，两栋楼加到一块将近 3000 万元人民币，实在是一笔可观的收入。

这栋楼的结构是每层中间是走廊，两面都是房间，类似通常的宾馆、旅店，有电梯可用。每套房内的结构不尽相同，有一室一厅的，也有两室一厅的，都配有厨房、卫生间，不管面积大小，各自关门成一统，是临时旅加人员的理想住所。每套房都有阳台，站在那里可以通气晒阳，可以观山望景，唯独不用作晾晒衣服，不知是这里雨雪大阴天多的原因，还是什么缘故，总之这里有专门的洗衣房，衣服洗过以后都是用机器烘干的。

公寓楼有一套严格的管理制度。一是每月 1 号必须交付租金。二是必须注意环保，比如垃圾分类，家中至少要备三个垃圾袋：一个放厨用垃圾，一个放纸品纸片，一个放塑料包装用品。倒垃圾时要把这三种垃圾拿到楼后，分别投到相应的垃圾箱内。如果有桌子、凳子、箱子、柜子等大件垃圾，那里专门有一辆垃圾车供你投放，有专人每周一次拉去清理。三是租期一到，室内物品全部清零。公司给每套房间配备有电灶、橱柜、冰箱三大件，此外别无他物，所有用品都要自己购置。但租期一到，你在退出房间前必须把所有东西统统清出，剩下一个赤条条空荡荡的房间，由人家喷刷一遍重新出租。

郝玫租了这套房，自己购买了两张床，两张床垫一套沙发，两个写字台一个儿童矮桌，几把椅子，还有厨房使用的锅碗瓢盆、刀具、电水壶、微波炉、烤面包机等等。总之要让一个家庭正常运转起来，缺下哪件东西都不行。瑄瑄上幼儿园必须自带午饭，所用保温桶是专用的，饭盒是专用的，午餐袋也是专用的，既要卫生，又要统一，一点儿含糊不得。等着一切准备齐全，正常运转时，就等于重新安了一个家。可一旦租住到期，所有东西必须清理得一件不剩，连大床、写字台等大件东西也得拆卸开来扔到垃圾车内，实在让人可惜。依我们理解，这样做不是白白浪费东西吗，留下来不是新的住户可以继续使用吗？人家不，不留就是不留，清零就是清零，这就是制度。

公寓里的居民来自世界各地，具有各种肤色，操各种语言，这里简直就是个地球村。公寓楼的居住条件很好，做饭全部用电，房间内一天 24 小时供应热水，楼内配有自助洗衣房，楼道有保洁员每天为之吸尘消毒，加上环境优美，秩序良好，居住下来十分舒心。

有意思的是，这栋公寓楼的编号是 1001，而我在忻州的邮箱号也是 1001。自然，这是两个毫不相关的事物，一个在加拿大的安大略省汉密尔顿市，代表公寓；一个在中国的山西省忻州市，代表邮箱。但这两个代号数字是一样的，它们在远隔重洋的万里之遥不期而遇了，这不能不说是一种缘分。因而我自入住以来就没感到生分，似乎有种宾至如归的味道，有种家的感觉。

2016 年 5 月 3 日

公寓楼概貌

# 麦克马斯特大学

麦克马斯特大学，简称麦马，世界著名学府，加拿大的顶尖大学之一。麦马创立于 1887 年，至今已有 130 余年历史，坐落在加拿大东部的汉密尔顿市。

汉密尔顿濒临安大略湖畔，风光秀丽，环境优美，既是安大略湖西端著名的港口城市，也是加拿大著名的旅游城市。这次由于郝玫来麦马访学，无形中我对这座城市也有了几分亲切。

站在我们居住的公寓楼的阳台上向西眺望，目之所及是一排排冲天而立的白色管道，那里便是麦马大学了。选择一个周末，我们乘车前往参观，只见校舍从南到北、从东到西横跨了几条大街，面积相当宽广，穿越校区的公交车就有两三个车站。校区内高楼耸立，造型各异，吸引着来自世界各地的学子，但整体来看学校更像一座公园。到处都是草坪、花园、古树名木、成片的原始森林，至于树木的种类和颜色就更加丰富了，有的碧绿如玉，有的姹紫嫣红，有的橙黄透明，虽在同一季节，却焕发着迥然不同的色彩。从校区的树林一直向外走去，森林连绵不断，而且树木越来越多、越来越密，直接通到了加拿大皇家植物园。皇家植物园占地面积达 2000 英亩[①]，不仅是植物的天堂，也是沼泽地和野生动物的天然保护区。可以说，整个皇家植物园把麦马大学包围起来了，也可以说，麦马大学就是皇家植物园怀抱里的一颗明珠。

由于周末休息，校区内有点空旷寂寥，只有零零散散的几个人在那边打网球。我们看到一个华人模样的小伙子从身边走过，便试着打了个招呼，结果对方是从国内出来的留学生，正在麦马读博。小伙子热情爽朗，向我们介绍了学校的有关情况。他说，麦马大学现有近 3 万名学生，分别在 6 个学院学习，其中商学院、工程学院在北美很有名气，医学院更是全球知名。学校师资力量雄厚，拥有 73 名加拿大皇家学会会员、72 名加拿大首席科学家，在 20 世纪 90 年代连续获得三项诺贝尔奖。麦马大学还自己建有核反应堆，这在世界大学中也是不多见的。小伙子还说，这里安全、友好、清洁、美丽，学习环境很好，他决心学成回国，为祖国的社会主义建设贡献力量。

从学校出来，我们的心情好极了，因为不仅参观了名校，还遇到一位中国老乡，我们祝福他以及所有的有志青年早日成长为祖国的栋梁之材！

2016 年 5 月 4 日

---

① 1 英亩约等于 6.07 亩，2000 英亩约等于 1.2 万亩。

麦克马斯特大学商学院外景

麦克马斯特大学校园一角

# 图书馆

今天下午，郝玫领着我们去了一趟图书馆。

图书馆距离我们的住处并不远，就在大街一侧，建筑并不高大，门面也不特殊，从外表看就是一栋普普通通的平房。与整个街区协调的是，建筑虽不雄伟，但干净整洁，落落大方，门前还有一排供人休息的长椅。

推门而入，只见整个图书馆基本上就是一个千米大厅，大厅里陈列着一排又一排的书架，上面摆满图书、磁带和光碟。图书馆的陈列区和阅览区不是截然分开，而是相互交叉的，而且配有桌椅、沙发，这样不仅取书方便，阅读起来也相当舒适。有的地方还配有电脑，可以边阅读边上网查询。

大厅一角是儿童活动区，铺有地毯，配有小桌、小凳以及简单的玩具，孩子们可以在这里看书、写字、画画，可以尽情地玩耍。

与大街上行人稀少形成鲜明对比的是，图书馆里人倒不少。今天是周二，是正常上班的日子，但图书馆的座位上，读者已达十之八九，无论读书看报的，还是上网查询的，各个聚精会神，旁若无人。我万万没有想到，在北美洲的加拿大，人们竟然这样喜欢读书，这样重视学习。据说在汉密尔顿，这样的图书馆有二十多家呢！这让我不禁想到我们的同胞，特别是时下一些年轻人，根本不把读书学习当作一回事，整天抱着一部手机，玩得津津有味，玩得头昏脑涨，成为货真价实的不学无术之辈，实在可悲可叹！

令人欣喜的是，这个图书馆居然陈列着两架中文书籍，四大名著以及小说、散文、人物传记均有，还有医药保健类书籍。在远离祖国的异国他乡遇上自己的文字，遇上中文的书籍，别提有多高兴了，仿佛遇上了亲人，遇上了知音。我们翻看一阵后选择了七本书，其中包括朱自清的《荷塘月色》、叶永烈的《四人帮兴亡》和权延赤的《卫士长谈毛泽东》，准备借回家去看。

这里借书、还书全由电脑操作。郝玫把借阅卡放到电脑上一刷，再把所借书籍摞到扫描装置上，屏幕上立刻显示出所有书名以及借书时间与要求归还的日期，你确认后就可以拿着书走了。等到阅读期满，你可以在这家图书馆还书，也可到本市任何一家图书馆还书，假如图书馆关了门，你可将书投进大门旁边一个专设的窗口里，电脑统统会给你销号。

走出这家图书馆时，我不由得回头看了几眼，想不到这座普普通通的平房，里边竟有这么多名堂！

2016 年 5 月 5 日

社区图书馆门厅

社区图书馆东区

社区图书馆儿童区

社区图书馆中文图书区

## 天气乍晴

今天是难得的晴天。雪后初霁，雨过天晴，太阳早早升起，毫不吝啬地给城市的墙壁和屋顶涂上金色，也给花草树木带来精彩。查查气温，刚到10℃，然而当地居民好像一下子热得不得了，男士们纷纷穿上短裤背心，女士们多数半截短裙。我脱下棉衣换成夹克，走出楼外一试，不行，赶快退回楼内，重新穿起棉袄，这才走上街头。然而当地居民袒胸露背，欢呼雀跃，很带劲地在大街上走来走去。

如同模特上台展示，我们看到白种人的身材确实高大，不少人确实很胖，加在一起就是又高又胖，体重二三百斤的比比皆是，迎面走来如同一堵墙。相比之下咱们黄种人差远了，身高差远了，体重也差远了，整个块头差远了。最近我从网上看到北京协和医院糖尿病中心主任向红丁说的一段话，他说中国人以前是很经饿的，一直到改革开放之前，中国人始终没有富裕起来，长期的贫困锻炼了中国人很“抗饿”，吃一顿饱饭可以两天挨饿，所以具有“饿不死的基因”。这个基因在贫困时期是一个非常好的基因，但现在富裕起来了，这个基因还在那里积攒能量，所以没吃几顿饱饭就变胖了，血压就高了，血糖就高了，这个节约基因就从一个好的基因变成了一个坏的基因。

向大夫这段话是分析糖尿病病因的，但他说到了基因，我认为是有道理的，就是我们中国人的基因与欧美白种人的基因是不同的。我们现在生活好了，稍微吃点儿就发胖，于是就节食减肥，有的女士本来就不胖，还在那里拼命减，其实放开胖也胖不到哪里去，与白种人相比永远是小巫见大巫。白种人的老婆，体形像个陀螺，走起路来浑身肌肉乱颤，不少人早早拄上了拐杖，因为一往起站，就有几百斤的重量，两条腿根本负担不起，不借助拐杖怎么行呢！还有些男士，光头大胡子，满脸横肉，挺胸叠肚，前胸后背好像背着两袋面粉，我还替他们发愁呢！

我这样写，从天气说到穿戴，从穿戴说到胖瘦，东拉西扯，不成体系，但都是我在加拿大的见闻和感受。

2016 年 5 月 6 日

丘吉尔公园湖边一景

## 一路走去

到了汉密尔顿市，我们出行的第一个目标就是瑄瑄上学的双语学校，跑的次数多了，渐渐也就记住路线了，我把它归纳为一直、二拐、三过、四达。

“一直”就是出了公寓，走到街口，一路直行。说直吧，也不是很直，又要穿路，又要过街，但大体是直的。这里没有高楼大厦，街道两边都是别墅区。别墅在这里就是普通房子，家家户户就是这么个住法，因此他们也不讲究，门前草坪打理得不勤，卫生也不甚好。亮茹说，外国人真够懒惰邋遢的，要是在咱们国内，早就收拾得一丝不苟了！

这样直行一段，到了一所木顶房子的地方就是“二拐”。加拿大森林多，木材广，不少房子从墙壁到房顶统统都是木质结构，那房顶是用一片一片的木板当瓦用的，每一片都有一米多长，重叠衔接，一溜斜坡，既可排水，又可保温，住在里面十分舒适。我们在这所木顶房子的地方向右转弯，就到了另一条街。街的右手边是一家银行，我们不识字，根本认不出什么银行、商行的，是郝玫进去取过钱，我们才记住了这个门面。银行再往前是快餐店，是小超市，是图书馆，都在一条街上，在一条线上，也算这一带比较热闹的地方。

汉密尔顿市内合影

快到图书馆的时候就不能照直走了，需要左转过街，这就是“三过”。穿过马路，对面是一家中餐馆，招牌上写着“龙庭”二字，从橱窗里看了一下菜谱和价格，不算很贵，但也不贱，折合成人民币计算起码要贵一倍以上。从这里照直前行，过不多时就到达瑄瑄的学校了，因此就叫“四达”。

我编了这样四句话，是为了好记，顺溜，同时给亮茹做路标用，她的方向感是很差的，不要说在国外，就是在忻州也能转了向，迷了路。但亮茹不听，她说：“反正有女儿、有老头子，不操那份闲心！”

2016 年 5 月 7 日

参观麦克马斯特大学

# 出门见人

公寓楼好像住着一些印度人，今天一出门就看见几个印度妇女。为什么可以断定她们是印度人呢？因为她们的皮肤是棕色的，且棕里有黑，黑里透棕，呈巧克力色。都说印度妇女眉头上有一圆点，红色表示已婚，黑色表示丧偶，我看见这几名妇女分明已是成年人了，但眉宇间什么标志也没有，不知道没有标志表示着什么。有一位老太太，年龄应该不小了，两眉之间有一个半黑半红的圆点，不知该算婚配还是该算丧偶。不过这年头以假乱真、浑水摸鱼的事也常有发生，很难说得清楚。印度是个很热的地方，每年都要热死、渴死很多人，这些印度人到了凉爽的加拿大，真是到了世外桃源，到了极乐世界，因此她们一出门就扑到草地上，三五成群坐在那里，拍手打脚，呱呱不止。

到学校接上瑄瑄，一出门就到了公园，在那里我们遇见了董大夫。董大夫是云南出来的年轻学者，中等身材，脸色白净，温文尔雅，讲话轻轻慢慢，看他的性格当大夫是挺适合的，给人值得信任的感觉。他和郝玫一样都是麦克马斯特大学的访问学者。这麦克马斯特大学综合排名没有多伦多大学那么靠前（“多大”在世界排名前20），但有的专业是世界驰名的。董大夫是医学世家，父母亲、他和爱人都是医生，他是搞神经内科的，给我们讲了这方面的不少知识，很有收获。他出来访学，身边带着一个五六岁的女儿，和瑄瑄在同一个班上幼儿园。他够辛苦的，又要工作，又要带孩子，我们见他总是背着一个背包，随时备有孩子用的东西，不知他的妻子怎么就这么放心！

转完公园往回返的时候，迎面遇见一位湖南来的老太太，她是出来帮助儿子、儿媳照应孙子的。她推着一辆童车，里面坐着她那一岁多的孙子。她说，她共有三个孙辈，两女一男，老大是在国内生的，老二老三是加拿大出生的双胞胎。由于儿子一家是移民过来的，享有加国待遇，每个孙子每月国家补助 500 加元，从出生一直补助到高中毕业。老太太还说，儿子去年买了房子，花了 30 多万加元，现在已经涨到 40 多万了。

到了国外，凡是中国人都是老乡。老太太邀请我们去她家做客，我们答应她下次再去吧。

2016 年 5 月 9 日

热闹的仓储超市

春天的公园

## 双语小学

今天，瑄瑄所在的双语学校对公众开放（安大略省的教育部门规定，每所学校每年至少要对公众开放一次），我们正想知道这里的学校是个什么样子，便欣然前往。

开放时间是下午5时—7时，刚到5点，我们就到了学校。一看，校门已经打开，早有参观的人一拨一拨往里走，等我们进入大楼，楼道内、教室里都是人，如同赶会一般。

这所学校是两栋连体大楼，从外表看有左右两个门，一面是幼儿园，另一面是小学，从内部看楼道贯通，教室相连，就是一所学校。楼层的间距很高，教室的面积很大，走廊也很宽阔，在每间教室的门外都有两层支架，上面存放着孩子们的衣物，分别贴着各自的名字。这里的学生户外活动多，因此每个学生都必有一双运动鞋，每天一到学校就将所穿鞋子脱下，换上运动鞋，以保持运动时的良好状态。

瑄瑄的英文名字叫 Susie（苏茜），她带着我们找到了她所在的 124 班教室。教室里人很多，学生来了，家长来了，知道消息的市民也来了。看来加拿大这样的国家少有公众聚会，他们把这次学校开放当作聚会的良好时机，当成盛大节日，出出进进，嘻嘻哈哈，高兴得不得了。老师们对人相当热情，不管是不是家长，只要进入教室，他们一概笑脸相迎，热情接待，有问必答，不厌其烦。教室的木垫板上铺有地毯，全班 16 个孩子都用矮桌矮凳，四面墙壁上悬挂和张贴着他们的作品，有的是绘画、有的是手工制品，有些人物画，画得差不多有真人那么大，然后用剪刀把周围多余的部分剪掉，把一个又一个的纸人挂在墙上，排成一行，煞是壮观。在一面墙上，我们找到了瑄瑄的作品，画的是一筐花，大红大紫，颇有气势。老师介绍说，他们的主要任务不是要给孩子们教会什么，灌输什么，而是任由孩子们玩耍，从中发现每个孩子的喜好和特长，然后加以引导。因此，一般对孩子们没有硬性要求，即使是上课也是想听就听，不听也行，趴下也行，睡会儿也行，跑到外面玩耍也行。不过也有统一要求，比如要求平等相处，不得具有语言伤害，不得具有攻击行为，还有就是吃饭必须统一坐到凳子上，吃饭时不许说话，更不允许交换食物。

参观了一趟，我们总算对加拿大的学校有了一些了解。

2016年5月10日

瑄瑄就读的小学

瑄瑄和小伙伴们

清晨校门前的家长和孩子

校门口的树桩

学校的户外集体活动

## 当顿古堡

网上有消息说，汉密尔顿的当顿古堡对公众开放，周六、周日免费参观，我们便欣然前往。

古堡距我们的住地并不远，坐了 4 站公交车，步行一会儿也就到了。说起来小女儿郝玫也算有本事，她在国内除了到校讲课，门也不爱出，路也不爱记，现在到了国外，除了正儿八经地完成工作任务，还要带着小孩、领着父母到处转游，又是问路，又是乘车，又是购物，又是吃饭，又是参观，又是旅游，处处都得与人打交道，碰到什么情况就得讲什么话。我们担心她不会那么多英语词汇，不想她叽里咕噜一阵，也就把事情搞定了。

当顿古堡是一座庄园，位于汉密尔顿市北的伯灵顿高地。站在高地上望去，庄园内连陆地，外及湖水，目之所及全是草地，间有疏密不等的古树名木，规模宏大，气势不凡。在高地的入口处有一道铁门，黑铁镂花，联屏八扇，甚是壮观，但整个庄园面积硕大，无围无墙，这座大门并不走人，只是一个象征和摆设。站在高处极目远望，可见几簇建筑，乃是古堡主人麦克纳布当年的豪华官邸，主楼三层共有40多个房间，至今布置着将近200年前的完整设施，再现了当年的真实生活。

主楼的一层是会客厅，同时有主人家庭聚会的大厅。会客厅里装饰豪华，考究大方，地上的沙发、茶几与我们现在使用的大同小异，那屋顶上的大吊灯简直与我们宾馆、饭店里的一模一样。那家庭聚会的大厅，摆放的沙发有大有小，有长有短，有高有低，有正有偏；地上有钢琴，墙上有名画，壁炉跟前有烤火设备，一看就是个很随便、很舒适的地方。完全可以想见，主人一家齐聚这里，围炉夜话，必定充满阖家欢乐的温馨气氛。

二楼是主人的卧室、书房、起居间、茶室和棋牌室，也有子女们的起居房间。看那床鼓鼓胀胀，完全像现在的席梦思，只是不让游客触摸，地毯又厚又软，从室内铺到门口，直铺到楼下。

地下一层是厨房、库房和用人、杂役们的居室。厨房面积很大，锅碗瓢盆齐全，陈设依旧，好像随时都能开火。库房里分门别类摆放着橱柜、器皿，其中最显眼的是酒瓶、酒坛和大型酒桶，足见当初这里的人丁兴旺和欧美人善饮、豪饮的生活特性。

在所有的房间里都有工作人员讲解，她们一律是 19 世纪的穿着打扮，可以让游客穿越时空身临其境地感受当年的生活情境。

古堡门前合影

古堡主人麦克纳布生于 1798 年，卒于 1862 年，活了 64

岁。他在1812年英美战争中（当时这里为英国殖民地）勇立战功，1837年加拿大叛乱中功勋卓著，被维多利亚女王授予爵士称号，曾经出任加拿大总理。当顿古堡是他的豪华官邸，是他与家人生活过的地方。

看来只要是对国家、对民族做过贡献的人，人们是不会忘记的。这一点古今通理，中外无异。当顿古堡距今已有200余年的历史，麦克纳布去世也有150多年了，但这座庄园仍被完好地保存着，还是加拿大国家级的历史遗址。而且随着电视剧《唐顿庄园》的热播，古堡声名大振，传播更远，前来参观游览的人更多了，连我们这样的老土都来凑热闹哩！

2016年5月12日

当顿古堡内景

乔装打扮

## 草树与动物

公寓楼对面是哥伦比亚学校，学校的后墙下栽了一排树，我论不清是什么树种，既不像杨也不像柳。树长得非常高，高过学校的四层楼房还超出一大截，站在我这边的阳台上平视，似乎有六七层楼高了。啊呀，这地方的树木就是高大，像咱们北方的钻天杨一样，一个劲地往天上钻。是土壤的作用，还是气候的作用？可能都有关系吧。

紧邻学校的丘吉尔公园

树多，草多，动物就多。你看那松鼠几乎到处都有，个大毛长，浑身漆黑，尾巴高高竖起，像竖着一面旗帜。它们在草地上跳，在树枝上蹿，也在路上跑，连过大街也是不慌不忙、大摇大摆，汽车过来也得让它。

空中经常飞着一种白色的鸟，比鸽子大得多，仿佛海鸥一般，成群结队，时高时低。我们在公园里散步，它们不时从头顶掠过，好像同我们游戏一般。我想，肯定是这地方食物丰富，条件优越，否则它们不会长这么大，繁殖这么多。

后来才知道这是著名的加拿大鹅，属于鸭科黑雁鸟类，是典型的冷水性海洋鸟，耐严寒，喜栖于海湾、海港及河口等地，是加拿大国鸟。

就连我家阳台上，也居住着一窝鸽子。打开阳台门没有一步远，就有鸽子垒了窝。鸽子上门，自然欢迎，瑄瑄不仅不惊扰它们，还给送米送水。鸽子越发住得大胆放心了，不久就下了两颗蛋。这段时间一公一母两只鸽子轮流抱窝孵蛋，估计过不了多久小鸽子就该出窝了。

2016年5月13日

公园的原始森林

汉密尔顿市内街景

不怕人的小松鼠

随处可见的黑松鼠

## 没文化　真可怕

自从来到汉密尔顿，所有东西都是女儿采买的。她既要上班，又要购买一应生活用品，负担太重了。昨天，我们老两口决定自己去一趟超市。

路线好找，离家并不远，问题是挑选商品有困难，大多数商品上，特别是水果、蔬菜上都标着两个价，比如苹果摆得整整齐齐，价格牌上写着 1.77 加元和 3.25 加元，我们不知那是何意，哪个算数。要买牛奶，想要不含糖的，既不识字，又不会说英文，不知该选哪一样。看那牛奶陈列老长一溜，有盒有袋，有长有短，有软有硬，但我们分不清哪个有糖哪个无糖，哪是酸的哪是甜的。这外国人食量比我们大，包装也很可观，一袋牛奶有四五斤，我们也不小气，一下提了两大袋。咱们中国人自己做饭多，用的米面也多；外国人基本自己不做饭，几乎顿顿跑到快餐店，不是鸡腿就是牛排，喝上一杯冷饮就 OK，因此超市卖的大米白面都是小包装，一斤二斤，都是纸袋装，和咱们买调料一样。我说少了不顶事，一下买了五袋。

超市里的东西倒是不少，而且摆放得井然有序，非常讲究，蔬菜没有随便摆放的，都用透明的塑料袋装好，每袋一二斤，很整齐地码在货架上。我们选了几样绿色蔬菜，回到家中将芹菜一煮，硬得吃不下。后来我们遇上一位中国西安老乡，她说，这地方除了空气好，什么也不好，吃的东西哪能和咱们国内比？还说，闺女来了 8 年了，她才第一次过来，叫她常住还不愿意了！

社区便利超市

在超市，最后要买面包，看见面包倒是很多，但是找不到每天早上吃的那种早餐面包。我猛然想起，刚进门的地方摆放着那种面包，结果郝玫下班回来一看，说那是将要过期的东西。我和亮茹听了不由得失笑，笑自己睁眼瞎，笑自己什么事也办不成。真是应了那句话：没文化，真可怕；有文化，遍天下。

2016 年 5 月 14 日

平价超市 Food Basics

## 好市多

今天去了一趟好市多（Costco），令人大开眼界。

“好市多”是什么？如果上网查询，解释的内容有一大篇，但简而言之就是美国创办、全球连锁的一种会员制仓储式超市，它追求的是商品最全、价格最低，可以零售，可以批发，是美国乃至全球最大的零售商店。

汉密尔顿是个盆地，中间低平，四周是高地，“好市多”就在城市西南30多里的高地上。在市内乘坐5路公交车出发，一路行驶30多站，先是离开市区，后是人烟稀少，最后到了一个小镇一样的地方便是终点。

昨夜电闪雷鸣，风狂雨骤，今晨虽然雨停了，但乌云翻滚，冷风呼呼，刮得人连帽子也戴不住。与恶劣天气形成鲜明对比的是，这里车流滚滚，人也拥挤，巨大的停车场上全是汽车，难以望见首尾。

随着人流走进一处商城，一下子就傻了眼，这是超市吗？其面积有几个足球场那么大，很是辽阔；其高度有大礼堂那么高，需抬头仰望。高高的房顶上水泥钢筋的房梁构建全部裸露，未经丝毫装饰，四周墙壁上全是水泥颜色，连白灰也没喷一点，这简直就是一个巨大的厂房或简陋的仓库。而这就是超市，是商品的海洋，是人头攒动的购物场所。有的地方场地宽大，货柜林立，商品摆设得整整齐齐、琳琅满目，如同北京大红门的批发市场一样；有的地方高架林列，星罗棋布，商品陈列井井有条，把偌大的商城分割成宽窄不等的通道；还有的支架上货物叠放四五层，有十几米高，成了典型的仓库，只是底下的货物一卖完，上层的东西就会一层一层放下来。

我们在超市内大致转了转，看到服装、珠宝、化妆品、家用电器都有，看到果蔬、肉类、乳品、海鲜俱全，有书籍专区、鲜花专区、酒类专区、药品专区、保健品专区、艺术品专区，还有家具专区，汽车专区等。在冷链区域，制冷设备不停运转，寒气逼人，我们赶快离开；在烘焙区域，正在烘烤牛排、羊排、鱼排，香气四溢，工作人员把烤好的比萨、蛋糕切开送给顾客免费品尝。在这个超市转一圈，你可以用最优惠的价格买到你所需的所有东西，而且东西都是品质过硬，物美价廉。故此，汉密尔顿的市民不惜舍近求远多跑几十里路到这里购物，而且一买就是一车，足够一星期使用。同时，汉密尔顿的不少零售商店都要到这里批发进货，然后通过零售去赚差价。

好市多超市

超市的购物车也真大，瑄瑄和她的同学两个人坐进去还很宽松，众人轮流推上，一边转，一边挑选商品。我们在这里购买了不少水果、蔬菜，特别是给小孙子顺顺买了一身漂亮的运动服，便回家了。

“好市多”是一个新听到的名词，是一个比较先进的商城。如同任何先进的东西总会传播一样，据说这种商城已经发展到世界不少国家和地区，其中包括我们中国。

2016 年 5 月 15 日

好市多超市里的货架

好市多超市里的华人

好市多超市的收银台

## 别墅（一）

在汉密尔顿的居民区，街道两旁都是别墅。那别墅造型别致，结构精巧，在草坪绿树掩映下焕发着诱人的光彩。我已到过不少欧美国家，对此已经司空见惯，只是对于别墅的内部结构、陈设布置不甚了解，很想找机会进去看看。

今天终于有了机会。我们在丘吉尔公园认识了来自云南的访问学者小董，他就租住着公园附近的一栋别墅。打过几次交道也就熟识了，于是我们便去做客。

从公园出来，走不多远便转进一条街，街道相当干净整洁，马路是沥青铺就的，人行道是水泥做成的，紧靠人行道便是一栋接一栋、一家挨一家的别墅，家家门前都是草坪，进门的通道两旁是半人高的树墙，树的颜色有红有绿、有紫有黄，各家不尽相同，但同样起着装饰美化的作用，衬托着别墅那棕色的楼体、白色的窗户，那别致的造型，给人一种赏心悦目的快感。

小董租的别墅编号为 35 号，房主是广东籍的一对年轻夫妻。他们在加拿大读完大学，就地找到工作，丈夫在一家公司，妻子在一家银行，收入不错。他们有两栋别墅，这一栋在市区，用于出租；另一栋在山上，自己居住，据说比这栋豪华。我问这栋房子的房龄，小董说 52 年了。我不由得吃惊，52 年是半个多世纪，然而从外观上看，房子跟新的一样，外墙棕白相间，没有污迹，没有破损，像一个穿戴整洁秀气的少女，亭亭玉立在那里。回想我们居住的城市，宿舍大楼刚刚住了二三十年，就成了旧楼，甚至危楼，墙壁上乌七八糟，院子里地砖剥落，工程质量实在不敢恭维。

开门进屋，房子分为左右两部分：左边的较宽，是个客厅；右边的较窄，是个厨房。客厅的背后是卫生间，再后边是两间卧室，小董租住其中一间，与另一位房客共用厨房、卫生间以及客厅。从楼梯往下走是地下一层，从露出的窗户看属于半地下室，里面有厨房、卫生间、洗衣房和三间卧室。地下室自成一体，可供三户租用，同样厨房、卫生间共用，与楼上没有矛盾。进出地下室可以走楼上的总门，也可从旁门直接进出，而且一般都是走旁门的，我们以为楼上还有二层，结果没有了。虽然从外观上看，别墅尖顶翘檐，阁楼高耸，比较高大，其实那是些装饰性的东西，不是实体建筑。外国人就是这样，注重花里胡哨，注重建筑风格；不像我们把房子修得方方正正，最大限度地利用了地皮和空间。我想，这是因为国度不同、建筑文化不同、地皮宽窄不同而形成的吧。

屋里转完再看后院，后院是半封闭的，有篱笆墙分隔出四周，但从别墅墙边可以直接进去，没有任何障碍。后院的边角上有两棵水桶粗的松树，高大挺拔，绿荫如盖，我想这是52年前建房子时栽上的，树屋同龄，互相见证了52年的风云和历史变迁。院子里还有草坪，还有叫不出名字的小树。院子一边是堆放杂物的小木屋，我特意进去看了一下，里边有锄草机、旧轮胎以及锤子、铲子等家用器物。有的人家后院还有车库，但这家没有，看来汽车就停放在小院旁边的通道上。

转完一圈，我感觉别墅的结构是不错的，布局也是合理的：有吃饭的地方，有睡觉的地方，有待客的地方，也有厕所卫生间，还有洗衣烘干间，设备完整，生活方便，真乃“独坐小楼成一统，管他春夏与秋冬”。可也有缺点，如整体面积不大，房间面积窄小，间架不高，采光不好，显得有点压抑，住在里面没有我们住在单元楼100多平方米的房间里舒展、自如。

不过话还得说回来——我们不能拿人家50多年前的东西跟我们现在的比。倒退50年是20世纪的60年代，那时候我们的中小城市还很少有楼房，甚至没有楼房，多数住的是四合院或大杂院，每家一间房，里面卧室、客厅、厨房三合一，无论几口人都睡在一盘大炕上。

市区普通别墅外观

一般一个院落有一处茅房，供全院共用；个别院子没有茅房，上厕所还得远征。记得60年代初，张金驹在保德当书记，给县委领导们修了一个家属院，也不过是几溜平方，上厕所还要到街上蹲茅坑。这样一比较觉得还是人家比我们先进一点儿。可外国人也是怪，修下这些并不高大的别墅，几十年一贯地居住着，既不返修，也不改造。我们看见一条又一条街道，一片又一片别墅都是这个样子。有人说外国人喜欢旧的东西，越旧越珍贵，越旧越值钱，房子上了100年就成了古迹，国家就不让拆了……

2016年5月16日

市中心别墅外观

## 别墅（二）

今天，我们又看了一栋别墅——63号别墅。

下午，我们从公寓楼出发，向西步行20分钟，来到温斯顿街。温斯顿街同其他街道一样，整齐干净，美观大方，两旁都是别墅，绿树掩映，草坪衬托，仿佛童话世界。63 号门前草坪格外整齐，花树格外讲究，特别是草坪中间有一款两人合抱的大树，树冠巨大，枝叶茂盛，荫庇着整座别墅。

房主陈先生，是一位胖墩墩的中年人，早在门前迎候，客套几句便领我们进入房内。这是一座四层结构的房子——地上两层，地下两层，占地面积也比小董租住的房子大一些，一进楼门两边是卧室，我们看了其中一间，干净整洁，宽敞明亮，很是不错。卧室的背后是厨房和餐厅，环墙是锅台、厨具，墙上是壁柜，当地是餐桌，我进去体会了一下，面积不小，回转有余，在这里做饭吃饭都很舒展。卫生间和洗衣间是相连的，也不窄扁。看过这些我不由得问：客厅呢？陈先生朝门口一指，我才看见门口有个浅浅的楼梯，通往半地下室，里面有个 30 多平方米的客厅，光线不错，摆放着沙发、电视一应设备，是待客和休息的好地方。

上了二楼，一溜是三间卧室，南北两端的卧室采光都好，中间的一间较差，由北京姑娘英子租住，每月房租 480 加元。陈先生这栋别墅自家不住，全部用于出租，五间卧室可以租住五户，由此推断，这栋房子每年的租金，可收两三万加元。

看完 63 号别墅，感觉不错，同小董那栋比较，较为宽敞、舒展，我们心想，住上这样的房子是不错的。

从房间出来，我们一行人站在门前，进一步审视这栋房子，只见墙壁是砖和水泥垒起来的，十分规整，十分坚固。陈先生说，这栋房子全部是用木材建成的，外面的砖和水泥是装饰物，是贴上去的，并说加拿大的房子都是这种结构，坚固结实，经久耐用，像他这栋房子已经 70 年房龄了，仍然和新的一样。

2016 年 5 月 17 日

造访温斯顿街老乡家

温斯顿街街景

## 福建老乡陈先生

63号别墅的主人陈先生是福建人，50岁左右，中等个头，身板壮实，说话和气，笑眯眯的，对人很好。他见我们问这问那，既毫不保留，也不吹嘘。他告诉我们，他和妻子是10年前来到这里的，目前已经站稳脚跟，不仅城里有房子，在郊外也有别墅。说着他请我们老少四人上了他的汽车，去看另外一处别墅。

车子沿着大道继续西行，不一会儿就离了市区，过了20分钟，车子进入郊区小镇，房屋东一栋西一栋的，隐没在树林之中。车子最终在一拐弯处停下，陈先生说，到了。

我们下车观看，这地方确是乡村模样，房子随高就低，依地形而建，周围都是无边的森林。亮茹悄悄对我说，和咱们去过的夏威夷差不多。我说，我也有这种感觉。

陈先生把我们让进屋内，从楼下到楼上，从屋里到屋外看了个仔细。我的感觉是：堪称豪宅。这所房子的一楼，除了厨房、卫生间外还有两个餐厅、两个客厅，没有卧室，卧室全部在二楼。小餐厅有四五人的餐桌，是自家寻常用的；大餐厅同宾馆饭店的雅间差不多，餐桌两边能坐二十多个人。小客厅也是供自家寻常用的，大客厅面积很大，琴棋书画齐全，接待客人十分阔气。墙上有一幅隶书“书山有路勤为径，学海无涯苦作舟”，是一位老先生所写，笔力雄健，功底深厚。一问才知是陈先生的老岳父写给外孙的勉励词。

书法一挂让这座西洋别墅里散发出浓浓的中国气息，大家都说，这跟国内的感觉完全一样。

二楼有三个卧室。陈先生打开的主卧，面积有三四十平方米，一边连着室内卫生间，一边通着阳台，地毯上摆放着很多玩具，显然有半个房间就是幼儿活动室。

从一楼到二楼，地板上、楼体上全部铺着很厚的白色地毯。陈先生拿起吸尘器给我们演示，只要把管子插到墙上的一个接口处，吸尘器便自动工作，所吸尘土便自动排到室外，无须手工作业。

陈先生还陪同我们看了他的房前屋后，房前有两间车库，后院有存放杂物的木屋，其余是草坪，其面积之大再修两座别墅也用不完。

陈先生夫妇育有一双儿女，儿子较大，目前在麦克马斯特读大一，女儿较小，加拿大出生，目前上幼儿园。我们夸赞他的成就，他说这不算什么，他还有几个亲属也在国外：姐姐在加拿大，两个小姨子、一个小舅子在美国纽约，都过得不错。我们一直不好意思询问陈先生从事什么职业，他自己介绍说，是与老婆一起开店，说完就让我们上车去看他的商店。商店也在小镇上，从外观上看是一座普通的两层别墅，但房龄已有 100 多年，是一座古老的店铺。陈先生每月的租金在 4000 加元以上，本想把店铺买下来，但对方不卖；他在对面的街上买下了一栋房子，想做商铺，但政策不允许。因为在加拿大每栋房子的用途都有严格的规定，住宅就是住宅，商铺就是商铺，绝不可以混用，否则将受到惩罚。

陈先生的妻子正在照看商铺，知道我们造访便跑到门外笑脸相迎。他的商铺是个日用杂货便民店，货架上的商品摆得满满当当，不时有顾客进来购买东西。小镇上住的都是富人，他们只图方便，不讲价钱，小店正是他们所需因而经营得顺风顺水，效益不错。陈先生口口声声说，不管什么时候，只要主人卖房子，他非买下来不可。我说：好，祝你好运，祝你发财！

2016 年 5 月 18 日

参观老乡家的“豪宅”

## 女人就爱逛商场

昨天，我们又去了一趟商城。这个商城在汉密尔顿与多伦多之间的另一个城市——密西沙加，据说这是“大多伦多地区”最大的商城。关于商城的情况不能再说了，因为之前几篇文章中已经说过了。

一说逛商场，妇女们如鱼得水，嘻嘻哈哈，兴趣空前。亮茹说，只要转商场，转多长时间也不累。我却相反，到哪里转都行，唯独不能转商场。如果要买哪件东西，买好就走，否则转得头晕，浑身难受。特别是上了年纪之后，体力不佳，心情不好，更支撑不住。无奈，每到商场就找把椅子，坐在那里闲着，等众人买好东西再一起离开。这次也一样，在密西沙加这个叫不来名字的商场里，在二楼的楼檐边有供人休息的沙发，这里上下通透，眼界开阔，上可看到基层楼檐，直至穹顶，下可看到一层以至地下商场的情况，滚滚人流在脚下走过，有一种腾云驾雾的感觉。

我在这里坐着，从包里掏出随身携带的书籍，随便翻看起来，亮茹他们翩然走了，相随的有女儿郝玫、外孙女瑄瑄、云南的小董、北京的英子，中午 12 点以后，他们回到我休息的地方，包包挂挂买下一大堆，说都是名牌，价钱不贵，可占了大便宜了，说着喜笑颜开，开心极了。

我没细看，但也高兴。

午饭以后，我还坐在这个地方，但身边放了这些东西，我当了保管员了。亮茹说，不要光看书，长短照应好东西！说完像刮风一样走了。

密西沙加的奥特莱斯

说好下午 4 点半回来，可到了 5 点仍不见踪影。我不由得替他们担心，这商场四通八达，手边无堰，弄不好会跑到多伦多去。直到 5 点半总算回来了。这次又是满载而归，说是给孙子、外孙们买下衣服了，也是每人一件。我说，何必买这么多？亮茹说，不行，出了一回国，总得给孩子们买个礼物回去。

看来也是。女人们爱逛商场，是有她们的职责所在，在这一点上，男人们是考虑不到的。

2016 年 5 月 19 日

奥特莱斯商场一景

## 转转多伦多

今天是休息日，又逢晴天，郝玫决定带着我们转转多伦多，看看那里的风光。

多伦多是安大略省的省会，南临安大略湖。从汉密尔顿去多伦多，有沿湖高速公路，仅用 30 分钟即到。

我们登上第一辆公交车，乘客已满，连过道里也挤满了人，于是便退了下来。第二次上车后也无空位，有人主动站起给亮茹让了座位。第二排一位中年妇女给我让座，我不好意思地摆了摆手，不想第一排一位年轻女士主动站起，把座位让出来，我只好坐了下来。只这一行为就很感人，因为咱在人家眼中就是一个外国老头，但人家让得主动，让得自然，体现了友善，体现了对老年人的尊重。

我对面的第一排是两个年轻人，靠近我的一位身材高大，留着漂亮的大胡子。他嘴唇上面有胡子，嘴唇底下也有胡子，周围的络腮胡又长又密，打理得整齐好看，加上满头波浪般的头发，如同恩格斯一般。他上穿短袖黑衫，下穿灰绿短裤，裸露的皮肤全部文着花纹，腿肚上有花纹，脖子上有花纹，胳膊上最多，从手腕到上臂仿佛穿了一件花衬衫。倘若在国内，我看见这样的文身，就反感，甚至恶心。而这是在国外，司空见惯，见怪不怪，也就觉得正常了。与他邻座的另一位青年同样身材高大，也是大胡子，不同的是胡子颜色为黄色，耳朵上嵌有一颗红宝石，闪闪发光。他们两人背着背包，戴着墨镜，潇洒英俊，一路说笑，给人的感觉挺好。直到大巴到站，我还想多看看他们，可惜一转眼就不见了。

多伦多之于加拿大好比中国的上海，市中心高楼林立，繁华毕现，有的大楼层层叠叠，高可摩天；有的大楼造型独特，像一柄利剑直指太空。不过现在咱们国家经济发展，城市漂亮，无论看见什么都不大惊小怪了。我们看到一座建筑，圆柱成排，廊廓高大，门前有黑色的雕塑，不时有人进出，以为是一家宾馆，不想郝玫一看，才知是一个火车站。我们走进一家宾馆，感觉规模宏大，豪华非常，可惜年代不短，显得老旧压抑，郝玫介绍说，这是一家皇家酒店。在一栋大楼前，我们看到一个巨大的银灰色雕塑，既像一个恐龙巨石，又像一株枯木小树，四仰八叉，张扬跋扈，似木非木，似兽非兽，非常引人注目但看不太懂。后来在旁边看到一块牌匾，上面有介绍的文字，郝玫翻译一番才知道是一个名叫张华的中国人在 2010 年设计并用不锈钢建造的，作品名叫“上升”。我重新跑过去观赏，见那雕塑光华四放，鸟雀飞舞，确实体现了腾腾上升姿势。我不禁为这位中国同胞所感动，他的设计奇异独特，意境深远，矗立在都市街头，不仅为高楼大厦添了彩，也为中国人增了光。

从多伦多的标志性建筑——加拿大国家电视塔出发，沿着大街一路往北，20 分钟就到了省府办公地——市政厅，我们在 2010 年旅游的时候曾来过这里，那是一对蚌壳式的大楼，我们不仅在门前的广场上流连，还进到楼里面转过，因此今天没有再看。从市政厅继续往北，走不多时就到了多伦多大学。多大确实很大，从东到西横跨几条大街，从南到北也一样，到处是门。校园内有宽敞的街道，有阔大的草坪，有 160 多栋高楼大厦，其中不少建筑年代古老，超过百年，外观墙壁呈现出黑苍苍的颜色，更加不可思议的是，一座女王公园建在校园之内，风光秀丽，堂皇大气，处处彰显着世界顶尖名校的气派。这座大学创建于 1827 年，距今已有 190 年历史，据说有 300

多个专业，在校学生 5.4 万余名，其中国际学生 6000 多名，是世界十大名校之一。国际共产主义战士白求恩是从这座大学的医学院出去的。我国著名科学家钱伟长也是从这里学成回国的。多大在干细胞、胰岛素发现、电子起搏器、电子显微镜技术等方面均对世界做出杰出的贡献，曾有 10 项发明创造获得诺贝尔奖。

阳光下的多伦多电视塔

时逢多大开放日，校区内宽阔的街道上搭起一个又一个、一串又一串白色帐篷，帐篷里分门别类演示各种发明创造，也有的销售小吃、饮料，观者如云，奔跑欢呼，如同我们国内赶庙会一般。

多伦多转下来虽然人困马乏，但我们过了充实的一天。

2016 年 5 月 21 日

多伦多钢铁雕塑

多伦多唐人街的广式茶餐厅

多伦多大学一景

多伦多大学校园的周末

## 天涯若眼前

若干年前，出国之后与国内联系不便，即使有国际长途也话费昂贵，不是随便可以使用的。不想，现在有了微信，不仅可以通话，还能通过视频看见对方，想说多长时间就能说多长时间。

呵，科技确实发达了，社会确实进步了！

想当年——1956 年，我从小村到县城上学，相距 80 里，一走便音信互绝，我不知家中情况，家中也不知道我的下落。当时假如走丢了，或出了什么意外，等到家中得知消息起码也得一两个月。

1970 年，我由保德借到忻县军分区工作，而妻子亮茹在保德上班，也是如隔天涯。当时的通信设备已经比 50 年代好多了，但电话之类只用于公务，私事是没法联系的。时间到了 20 世纪八九十年代，我先后在几个县里工作过，家且安在忻州，我与家中联系，电话只能打到门房。直到后来家中安了电话，才方便了一点。

后来社会上出现了“大哥大”，有少数阔人手捧一个硕大的手机，在街头边走边讲，招摇过市，让人羡慕不已。

1994 年我在宁武工作，才第一次摸到手机。尽管当时的手机还很粗笨，但既可拨通固定电话，又能相互对讲，让我们切身享受到了现代文明的成果。

之后的年代，手机几经演变，由大到小，再由小变大；

其功能由通话到短信，由短信到微信，再到无所不能，变化日新月异，演进眼花缭乱，在令人新奇振奋之余，顿然不知这世界究竟能够变得多快，变往哪里！

亮茹是这通信成果的得益者，我们在忻州安家，五个儿女中三个女儿居住在忻州，儿子居住在朔州，小女儿生活在北京。她每天都要同儿子、小女儿通电话，通过才放心，才能安然入睡；忻州的三家女儿经常见面电话还是连续不断。

作者夫妇

过去我们是不懂微信的。这次出国前孩子们帮助我们开通微信并教会我们如何操作，这样一来大大缩短了世界的距离，真是“信息瞬间传，天涯若眼前”。我们和儿女们通话，想语音就语音，想视频就视频。儿子在家中的一举一动我们看得清清楚楚；小孙子顺顺在屏幕中能看到我们，但不懂加拿大是什么地方，一遍又一遍地问：“爷爷奶奶，你们在哪儿？我要过去……”

加拿大多伦多与北京的时差正好 12 个小时，这里的白天正好是国内的夜晚。每当上午 9 点—10 点，估计孩子们不忙了，快睡觉了，亮茹便拨通微信，和孩子们聊上一阵，心情无比快乐。

多伦多湖边码头

还有，现在的手机、电脑功能很多：可以看新闻，国家大事、世界奇闻无所不知；可以看电影、电视剧，古典现代任你选择；可以玩游戏、打牌下棋，一应俱全……这样一来，我们居住在加拿大的公寓楼上，感觉如同住在国内的家中一样。

2016 年 5 月 22 日

宁静的多伦多大学

## 这里的日头实在毒

天气立马热起来了。

这是什么地方？刚刚还是刮风下雨冷森森，冷得人们腿抽筋，不想天气停了几天，气温立马升到 20 大几摄氏度，热得人们汗津津的，真够呛。

天气变暖带来的显著变化是树梢绿了。原来的树林是黑苍苍的，迟迟没有动静，好像季节变化与其无关。不想忽然一日气温升，千树万树皮绿荫，连最顽固的老枝丫也努出了新芽。于是乎，原来由苍苍树梢掩映的城市变成一片绿色，变成一片绿海，顿时焕发出勃勃生机。

天气变暖带来的又一个变化是人们空前活跃。早就脱光膀子翘首盼望春天的汉密尔顿人，被一下子叼进夏天里，裤子更短了，膀子更露了，全市的游泳池大开放，免费供人游泳；不少人家后院就有游泳池，泡到里面嗷嗷直叫。

加拿大的日头真毒，晒得人们难躲难藏。我有点儿纳闷儿，不是说我们中国人口最多，汽车最多，烧的煤炭最多，排放的二氧化碳最多，对臭氧层破坏得最为严重吗？而加拿大森林覆盖率最高，全国不烧煤炭，全部用电，应该说二氧化碳排得不多对臭氧层破坏不甚严重吧？照此推断应该是这里的紫外线不强才对，怎么太阳往死晒人呢？日怪！

阳光强晒下，不同人种有不同的反应。白种人晒红了，脸红，膀子红，脑袋更红，不少男士光头秃顶，被晒得红明油亮，闪闪发光；那些满身赘肉，体重三四百斤的女士，举步维艰，红红的脸上流着油汗。黄种人是晒黑了，外孙女瑄瑄本来白白净净，来到这里经常在室外玩耍，结果被晒黑了，脸上像贴了一层薄膜。黑种人更黑了，头脸晒成了黑锅底……

人类实在难伺候，天气冷盼望热，天气热了又盼凉，不知什么时候可以转入秋凉呢！

2016 年 5 月 23 日

夕阳下的多伦多电视塔和金融区

去往湖心岛的轮船

# 又见尼亚加拉

尼亚加拉是加拿大和美国交界处的跨国大瀑布，凡来美国、加拿大旅游的人，几乎没有不到这里的，并以能够观赏到如此磅礴、豪迈、壮观、惊人的瀑布而自豪。

我是 2010 年到美国旅游的，从夏威夷、旧金山、洛杉矶、纽约一路走来，最后在美国边境城市布法罗住了一宿。第二天越过两国相连的彩虹桥，进入加拿大的最佳位置，观看了尼亚加拉大瀑布。我记得那是 3 月中旬，按农历计算是二月初，天气没有回暖，大地依然封冻。我们来的那天虽有阳光，但寒风凛冽，冷冻非常。只见瀑布从对岸的悬崖飞仙而下，如雷轰鸣卷起春天的雨雾，雨屑落下已成冰粒，纷纷扬扬落在人们头上；观瀑台的地面上布满冰屑、冰块，踩到上面咯嘣嘣地响。人们在这样的环境下观瀑，待不了几分钟就冷得打抖，幸好背后就是商店，赶快逃回里面取暖。

我那次来看大瀑布，感到实在过瘾，回到家中写了一篇游记，将尼亚加拉记说其中。谁也没有想到时隔 6 年之后，我又一次来到这里。这次我是从加拿大这边来的，从汉密尔顿进入尼亚加拉，首先看到的不是瀑布，而是一座城市，一座漂亮的河滨城市，那高耸的楼房，那笔直的街道，那碧绿的草坪，那茂密的树木，还有那直矗云天的观光塔，把一座城市打扮得秀丽妖娆、多彩多姿。这样一路走去，才来到河滨的观瀑台上。只见对面悬崖上三条瀑布飞泻而下，分别是新娘面纱瀑布、美国瀑布和马蹄形瀑布。三条瀑布汹涌澎湃，声震如雷，水雾喷起百米高，在阳光照耀下如五彩云霞；水声传送几里远，在绿野森林中犹如怪兽狂吼。我看看对面的瀑布再回头看看身后的美景，感叹那年是白来了一回。那时天寒地冻，草木凋零，根本没看到周围的美景；且旅游观光，走马观花，只能大致瞥一眼，根本看不清全貌。我这次坐在观瀑台上，不慌不忙、入滋入味地可看了个仔细。那尼亚加拉河从上游流来，到加拿大这里正好转了一个 90 度的急弯，就着这个急弯河水突然下泻，跌入深谷，形成一个巨大的瀑布。那河水水质清纯，瀑布的颜色有的纯白，有的碧绿，如同流动的翡翠一般。巨大的落差，迅急的水流，形成粗暴、狂野的飞瀑，声势浩大，惊涛澎湃，声闻两国，名震世界。

观看瀑布有多种形式。第一种方法是直观，就是站在观瀑台上看。那观瀑台东起彩虹桥，西至马蹄形尽头，长约 2 公里，一律用黑铁石筑起，如同城墙一般，人们只能在台里观看、拍照，不可跨越栏杆一步。第二种方法是登上观光塔。那观光塔在观瀑台背后，于绿树丛中矗立半空，你若乘上电梯，既可升到半空俯瞰瀑布两岸的全景，又可降落地下隧道，钻到瀑布底下，亲临水帘洞一样的地方，探寻瀑布的真谛和秘密。第三种方法是乘船。在彩虹桥的下游建有码头，只要买了票，缆车就会把你从观瀑台送下船边。游船名叫“雾中少女”，分上下两层，可坐二三百人。游客须一律穿上统一配发的雨衣，乘船逆水而上，在激流漩涡中颠簸，越是接近瀑布，头上的雨雾越大，快到瀑布脚下的时候，水柱简直倾泻而下，涛声惊心动魄，游船不住颠簸，人群中发出阵阵惊呼。直到此时，游船才缓缓转身，掉头驶回。第四种方法是夜观大瀑布。尼亚加拉瀑布白天看波澜壮阔，入夜后则是另一番景象。每当夜幕降临，瀑布颜色渐显灰暗，此时瀑布周围的巨型探照灯突然齐放绿光，使原已灰暗的瀑布顿时大放光彩，变得晶莹透彻，熠熠生辉。随着灯光不断变化，瀑布五颜六色、多彩多姿，越发喜人，越发神奇了。

初见尼亚加拉，我粗看了瀑布，领略了景观，留在心里的是隆隆的水声；又见尼亚加拉，我细看了瀑布，游览了小城，留在脑海中的不仅有隆隆的水声，还有那如诗如画的美景呢！

暂别了，尼亚加拉，过几天我还会再来的。

2016 年 5 月 24 日

尼亚加拉瀑布合影

感受近在咫尺的大瀑布

水雾缭绕的瀑布美景

碧绿清澈的瀑布

小女儿瀑布留影

# 湖滨小镇

在尼亚加拉河与安大略湖的汇合处，有一个著名的小镇，被加拿大评为全国最美丽的城镇，也是世界七大童话小镇之一。看罢大瀑布之后，我们慕名来到这里——尼亚加拉湖滨小镇。

安大略湖像一轮蓝色的月亮坠落在北美大地，而尼亚加拉湖滨小镇像一颗耀眼的钻石镶嵌在月亮旁边。小镇曾是印第安人居住的地方，现在仍然保留了许多开拓时代的建筑，19 世纪的人文风气和旧时代的小城风貌在这里得到了很好的保护，形成小镇独特的风格。小镇古典漂亮，恬静美丽，街道两边的建筑不同，其中最豪华的大街是皇后大街，最高的建筑是当街的钟楼和威尔士王子大酒店。小镇绿树成荫，花团锦簇，即使是不经人注意的角落也植满五颜六色的鲜花。

穿过小镇来到安大略湖畔，堤岸上是高大的枫树，树下是碧绿的草坪，草坪上安放着一些长椅，供人们休息观景。

眼前是安大略湖，湖面波光粼粼，涟漪轻泛，开阔得如同大海一样，从岸边直通天际，水天一色，茫茫一片。湖面飞翔着各种水鸟，它们一会儿低飞，一会儿高翔，猛然间对准湖面一头扎下，在水里抓取食物后立马向上翻飞，升入空中。湖中游动着各种船只，有的可坐四五个人，有的只容一人单乘，那突然驶过的快艇，犹如利箭一般射向远方。空中猛然传来隆隆的响声，那是直升机在空中巡逻，维护着湖区和小镇的安全。在湖区的南边，有一个半岛伸向湖里，占据一片湖面。那半岛上的建筑，有的像城堡，坚固结实；有的像别墅，美观漂亮，绿树环绕，水天相映，为湖区平添了不少色彩。

我们坐着的地方就是湖岸，临近水面的地方有巨石筑成的湖堤，有水泥铺成的小路，游人临水观赏，沿湖漫步。湖岸上草坪遍布，古木参天，游人可以在桌凳上休息，也可席地而坐，在塑料布上用餐，近赏湖边美景，近享大自然的野趣。

尼亚加拉湖滨小镇风景

湖岸之外便是街道，街道上行驶着各种豪车，还有不少价钱堪与豪车媲美的大型摩托车，驶过时隆隆作响，很是招人。大道上不时走过一些观光马车，那高大的车轮、白色的车身、古典的装饰，无不还原着19世纪的风情。

大道之外便是一处处庄园，建筑古朴，典雅大方，四周布满了大片的葡萄园地。这里是天然的葡萄之乡，葡萄酒享誉盛名。我曾在报刊上看到某著名影星的富豪老公为她在欧洲专购了一个酒庄，当时想象不出来酒庄是什么样子；今天在这里身临其境，仔细观察，总算对酒庄有了一些感性的认识。

说实话，这里太美了，美得无法描述。即使是山河任你安排，建筑任你摆布，环境任你想象，也不过如此尔尔。依我之见，这便是人间仙境，这便是天堂！

2016年5月26日

小镇春光无限好

最美夕阳红

## 蚊子叮了上医院

星期二的下午，郝玫像往常一样在幼儿园接到女儿，发现孩子腿肿得厉害伴有发烧现象，于是有点儿着急。原来早在星期天上午，孩子在阳台上玩儿了一会儿，后来发现腿部被蚊虫叮咬了几处，有点儿发痒，当时也没在意。谁知下午和第二天痒得更加严重，腿也肿了起来，无奈之下赶快涂了风油精，估计能起一定作用。我还开玩笑说，亚洲人遇上了北美洲的蚊子，都说外来物种基因反差大，毒性反应强，过两天就没事了。谁知今天是第三天，腿肿得越发严重了。郝玫去药店买药，人家问了情况，还看了孩子的双腿，然后告诉我们：不能随便买药应该去医院检查。这一下郝玫着了急，赶快去急诊医院，我们也跟了过去。汉密尔顿有几家医院我们概不清楚，只是这家医院离我们最近，便赶到这里。进入医院喘息未定，赶快就去挂号，郝玫这才发现没带医保卡——就是嘛，原本就没打算上医院，临时变故，晕头转向，把什么都忘了。怎么办？回家取吧，往返得一两个钟头；不取吧，怎么看病？郝玫只好过去交涉一番，又从随身携带的电脑上调出医保卡的图像和编号，对方与之前瑄瑄打针的登记资料对照，才算认可，准予挂号就诊。

我这才有工夫打量这家医院。这家医院并不大，墙壁和顶棚是白色的，门框和柜台是蓝色的，挂号处有一位女士，里面看病只有一个大夫。我们 5 点半进去，7 点半才轮到就诊，郝玫领着孩子进入诊室后医生说话缓慢，十分和气，先问：叫什么名字，几岁了，哪个国家的，来加多长时间了？好像拉家常，然后问：哪里不舒服，几天了，用过什么药，感觉怎么样？郝玫用英语一一回答。接下来医生为孩子检查疾患部位，开出药方。

我一直看着时间，7 点半进去，7 点 50 分离开。有人说，加拿大的医生看病，不能少于 20 分钟。不知是巧合，还是医生掐着时间，给瑄瑄的检查诊断正好用了 20 分钟。

加拿大是医药分家的，医院不卖药。我们找到附近一家超市，在众多的商品中间找到药品专柜，把药买了回来。遵照医嘱，第二天我们又到这家医院复诊，又一次买了药。不管咋样，跑了几趟医院吃了几天药，红肿消退了，孩子活泼了，我们也就放心了。

2016 年 5 月 28 日

社区门诊部

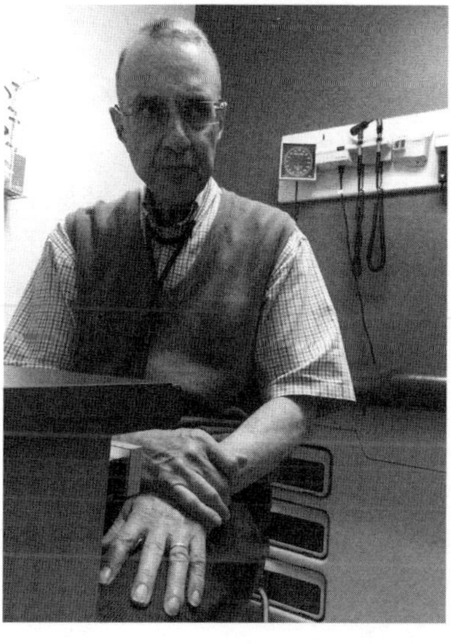

门诊医生

放飞的“小燕子”

## 老乡原野

我到加拿大认识的第一个中国人是原野，他那天开车到多伦多机场把我们接到汉密尔顿。

原野并不姓原，他是满族人，具体姓什么他没有说过。具体介绍说，他家原来住在呼和浩特，老婆在高校教英语，几年前趁加拿大知识移民的时机，以老婆的名义提出申请，结果也就办成了，移居到安大略省的汉密尔顿市。他是一位40岁左右的中年人，家有一个男孩，正上小学。去年，他用

30 多万加元在市区买下一栋别墅，有了安身之地，据说这栋房子至少也值 40 多万，算是捡了个便宜。

此后，我们但凡远出就请他开车迎送，一来二往也就熟悉了。我们知道他是独生子，目前父母居住在呼市，想让二老来加拿大居住，签证通不过。我不由得问：你一家三口住在这里，有点儿孤单吧？他回答：不是有点儿孤单，而是相当孤单！我想也是如此，这里本来中国人就少，再者人们各忙各的很少往来，互不熟悉，还不是相当孤单嘛！

今天我们上超市，路过原野门前，他把我们领进他的 66 号别墅。房子是旧式的，已有 70 多年历史，虽有上下两层，大部分隔成若干房间，都不宽敞。原野说他们一家只住一层，二楼的三个卧室，全部用于出租。还说老婆现在失业在家，连他在内都无固定职业了。我知道，他在市区经营着一个 KTV，但效益不太好；另外他有一辆本田商务车，经常帮助老乡接人送人，多少也有一点儿收入。出门在外，总得过下去才好。我向他建议，现在旅游很热，设法当个导游就好了。他说自己不懂英语，弄不成。我只好说，你是移民第一代，是来打基础的，肯定要吃不少苦，等到你儿子长大就好办了。

我们本来挺同情原野的，可是后来听说他在网上散布诋毁祖国的言论，这让我很生气，因此再没同他联系，自然也不用他的车了。

2016 年 5 月 31 日

安大略湖畔

居民别墅草坪日常修剪

# 鸽子

早在我们来加拿大之前，郝玫所在的公寓楼阳台上便住下了一窝鸽子。起初以为，人和动物和谐相处是好事，采取了欢迎的态度。那鸽子很精，见人不侵犯它，便进一步，衔泥垒窝，把一根又一根小树枝衔回来，编织成一个椭圆形的巢穴，两只鸽子往那里一卧，便成了一个很好的家。

有了家便可传宗接代，过不多久鸽子就下了两颗蛋，之后两只鸽子轮流抱窝，很快孵出两只小鸽子来。

鸽子成家立业的同时，也给我们带来一些问题。比如粪便越来越多，气味越来越重，引得蚊虫不断飞来。以至于有一天瑄瑄在阳台上玩耍，不知不觉被蚊子叮了一口，引起两腿瘙痒，后来瘙痒变成红肿，红肿引起高烧，结果连续上了几次医院，又是服药，又是外敷，折腾了一个多星期才恢复正常。后来听说这里的蚊子十分厉害，还有一种黑飞虫更加可怕，谁被叮咬了也招架不住，吃上药也不顶用。有位访问学者被叮了一口，胳膊肿胀，化脓溃烂，还得赶快回国治疗呢！

既然有如此可怕的后果，我们考虑不能让鸽子继续居住了。怎么办？大家说，等到把两个小鸽子养大，咱就把窝端掉，它们自然就不来了。谁知小鸽子还没长大，大鸽子又下了新蛋，接着又孵起蛋来。俗话说，“鸽子不多，一月一窝”，任其发展下去，这还有个穷尽吗？

于是我们断然采取措施：打开阳台门把正在抱孵的鸽蛋取掉，明确告诉它，不能再孵了，把这两只小鸽子养大后，赶快搬走！

我们进行上述动作时，大鸽子不在家，小鸽子瑟缩在窝里不敢动弹。过了一会儿，母鸽子回来了，发现它的蛋不见了，立马慌了，一边到处寻找，一边咕咕直叫，寻找无果便拍着翅膀飞走了。不一会儿，把另一只公鸽子叫回来了，夫妻俩满阳台乱转，又是上窗台，又是上栏杆，终无结果。无奈之下，母鸽拥抱着两只小鸽子，公鸽在一旁卧下休息了。

事已至此，人鸽相安无事。

忽然一日，我和亮茹打开阳台门窗，大鸽、小鸽均不见了，顿时大喜，以为鸽子搬家了，便开始收拾阳台。我们把鸽子窝端掉清除了粪便，喷洒了消毒液，以为大功告成，麻烦不再，谁知搬动阳台另一角停放的自行车时发现两只小鸽子还躲在车轮底下——原来小鸽子虽然长成半大，还没飞走呢。

我顿觉懊恼：这可坏了，鸽子回来咋办呢？容不得我们多想，鸽子爸妈已经回来了。它们发现窝已被端，家已被毁，孩子们瑟缩一隅，顿时痛心疾首，阵阵哀鸣，在楼檐上乱飞乱跳。随即又飞来四五只鸽子，

鸽子邻居

我想大概是鸽子的朋友们，赶过来帮忙慰问的吧。怎奈，人类这个“敌人”太强大了，给它们造成的灾害简直无法抵御，于是咕咕一阵之后便陆续飞走了。留下鸽子夫妻在阳台上跑动一阵，最后凑到一块儿，身体相靠，头颈相挨，不知是窃窃私语还是互相安慰呢！之后，母鸽跑去照应小鸽，母子仨卧到一起，公鸽跳上栏杆，昂首挺胸，显示出一副大丈夫气派。

公寓楼下

这段时间，我们再也不敢打扰鸽子一家，生怕影响了它们的正常生活，偶尔打开阳台门，刚一探身，那巡逻的公鸽便扑棱棱飞去，丢下警戒任务不管了；而那护崽的母鸽却扑倒身子，同小鸽子抱在一起纹丝不动，一副“要死就死在一起”的架势。由此让人顿感母爱的无私和伟大！

啊，鸽子，亲爱的朋友！不是我们容不得你，实在是各有各的难处，你还是另择巢穴，到蓝天中翱翔去吧！

2015 年 6 月 1 日

## 说说白种人

今天天气不太好，天阴有风，然而在丘吉尔公园的喷泉下，一伙白人的孩子在玩耍嬉戏。他们一会儿在水雾下淋洒，一会儿跑去外面蹦跳，小背心、小裤衩早已湿透，紧紧贴在身上，但他们毫不在乎，无论是男孩还是女孩都在忘情地玩着，尽情地笑着。

我想，这要在国内是不可能的事情。大人们总是怕孩子受凉，呵护得像温室里的花朵一样。可是在加拿大，小孩和大人一样，不怕刮风下雨，不怕天寒地冻，只要大人能去的地方，小孩一样去，只要大人能耐的寒冷，小孩一样可以忍受。就连孕妇要生孩子，也是头一天自己开车去医院将孩子生下，第二天自己开车回家，第三天就去上班，跟没事人一样，根本没有坐月子的说法。

这样的人种经过这样的风吹雨打，冷热锤炼确实体魄健壮、精神抖擞。难怪我们感到寒冷，人家才感到舒适呢！

白种人固然有以上优点，但也有他们的弱点。比如那小孩子，白皮肤，蓝眼睛，从小漂亮喜人，犹如玩具店里的洋娃娃。然而长大以后，特别是中年以后，身体就变了形，体重达到300多斤的不在少数，超过400斤的也大有人在。走不动了怎么办？先是拄起拐杖，后是坐上电瓶车，以车代步，从此再也下不来了。

白人超胖，与饮食习惯有关。他们几乎不吃素食，不是牛排，就是鸡腿；不是汉堡，就是比萨；大鱼大肉，高脂高糖，天天如此，年年这样，营养过剩，脂肪堆积，不胖才怪呢！

2016年6月3日

校园儿童

邀请外国友人合影

## 到老师家中聚会

今天，我们到奥克维尔的喻老师家中做客。

喻老师是郝玫在北京科技大学的老师，前几年移居加拿大的奥克维尔市。奥克维尔和汉密尔顿都是多伦多周边的城市，相距只有 20 多公里，他用车接上我们，不一会儿便到了他家。

奥克维尔只有十几万人，街道很宽，房屋稀疏，喻老师家环境宽展，连房带院足有 600 多平方米。别墅地上两层，地下一层，每层面积将近 200 平方米。别墅的一层一分为二，一半是厨房、餐厅和客厅，另一半是办公室、卫生间、洗衣间，分布合理，摆设考究。别墅的二层是四间卧室，其中两间各自都有独立的卫生间，都是纯木地板，铺着地毯，舒适大方。

主人引导我们进入地下一层，看到一个四平八正的大房间，因为主人住处宽裕，无须占用地下室，故这里空空荡荡，只摆了一张乒乓球桌，可供休闲娱乐。

主人对我们的到来表示热烈欢迎。喻老师夫妇有两儿一女三个孩子，他的老父亲也来了，全家六口人出来同我们见面。喻父和我是同一代人，于是便像老熟人一样交谈起来。

加拿大的老乡聚会，一般不到饭店，都是在家中举办。届时东家只做两个菜，炖好一锅汤，所来客人每家必须带来一个拿手好菜，这样摆到一起就是一大桌，大家一起聚餐，乡情浓浓，其乐融融。喻老师知道我们既没入乡，也没随俗，不懂这一套，就事先准备好了丰盛的饭菜。还在后院的烤炉上烤了鸡腿、猪排和鱼排。正当端午节前后，喻夫人把她包好的粽子端了上来，让我们在国外吃上了中华传统美食。喻父是湖北人，他做了一个家乡名菜——粳米丸子，确实好吃。有一个鸡汤更了不得，不带油的鸡肉在锅里熬了整整 4 个小时，然后把“阴米”下进去，再熬半小时方成。所谓“阴米”，就是把晚稻糯米用甑蒸熟，之后不见阳光，纯粹阴干，用来煮粥、煲汤，据说不仅风味独特，且营养丰富。这等吃法，我不仅平生没吃过，也从来没听说过。感叹我中华文化源远流长，博大精深，确非寻常民族可比。看那西洋人，一块面包、一根香肠、一片生菜就是一顿饭，且顿顿如此，如同吃草一般，其中实在没有多少文化可言！

饱餐一顿之后，我们移坐后院凉棚之下，一边闲谈，一边观赏别墅周围的景色。主人给我们摆上瓜果、饮料还有热茶。主客聚会，拉呱谈心，我们大概知道了喻老师一家的情况。

原来喻老师在北京科技大学也是学士、硕士、博士一路上来，事业顺风顺水，地位日渐升高。可生下第一个女儿却身体有病，在国内治疗效果不佳；而在国外治疗，效果就好。故此他在美国、加拿大访学之后便留了下来，并定居加拿大，也拿到了加拿大的绿卡——枫叶卡。现在，女儿的病治好了，家中又添了两个男孩；他的工作稳定，待遇也高，且在奥克维尔和温莎两地买下两栋别墅。目前他居住在奥克维尔，上班却在多伦多，每天两地之间跑来跑去，比较辛苦。

喻老师十分喜爱孩子。我们在凉棚下休息的时候，他搬出一架梯子，在后院的草坪上架起来，供瑄瑄和他的两个儿子一起玩耍，孩子们嘻嘻哈哈，欢乐异常，一会儿攀上去，一会儿爬下来，一会儿在梯子顶端站立，如同表演杂技一般。

红日西沉，时光不早，告别的时候我们发出诚挚的邀请：下周在汉密尔顿聚会。

2016 年 6 月 11 日

喻老师家别墅外景

后院餐后叙家常

异国他乡感受宾至如归

喻老师家合影留念

## 质量标准很重要

来到加拿大，有一个突出的感觉是东西坚固耐用，质量很好。比如门窗的开关、把手，结实好用，十分牢靠；纱窗严丝合缝，不用担心蚊虫会飞进来；还有那下水管道，从来不滴不渗、不堵不漏；还有那餐具，勺子、铲子都比我们国内的扎实，一把小勺子有我们的两三倍重，不易用坏。就是塑料做成的垃圾袋也是又大又厚，不像我们的薄如蝉翼，而且好像有一个统一的标准，毫不含糊、一丝不差。家中常备三个垃圾袋，分别装厨用垃圾、包装用品和纸制品，盛满以后分别投到门外的垃圾桶内。

以上说的是琐碎小事，往大点说，说说人家的房子。一块地皮上要建房子，政府是有严格要求的：多大的建筑面积必须配备多大的草坪绿地，草坪多长时间修剪一次，都有严格规定。你不能把自己院子里的一棵大树随便砍掉；你不能在自己的院子里随便盖房子；你不能把草坪随便铲掉一块铺成水泥地面……否则既要受罚，还得把原来的草坪、树木恢复起来。

房顶上的雨水不能随便流下，须统一归入水管流下，到了地面不能流入下水道，须流入自家的草坪里；因为城市的排洪管道有一定的限量，不能把过多的雨水排到里面，给城市增加压力。

房屋都有统一的高度，别墅一般不得超过两层。所有的别墅都要用木头建造，外面的砖墙只起装饰作用，不能承重，屋顶都用橡胶铺成，每层铺好使用寿命为 15 年—20 年，返修的时候要专业人员来修理。这样的房子三五十年过去如同新的一样，100 多年照样使用。

每栋别墅都有自己的水暖电系统，做饭、烤肉既可用电，也能用天然气。每栋别墅都有配套的锅炉，都有中央空调，取暖制冷，全部由电脑控制，自动调节；而且多大面积的房子配备多大锅炉、多大空调，都有标准，假如你把一栋不合标准的房子卖出去了，政府会依法处置，先令你把锅炉、空调换成合乎标准的，再交给对方。

总之，我的感觉是一切都有规定，一切都有标准，而且必须照章办事，照章执行，这样一来自然秩序井然了。

2016 年 6 月 14 日

年轻的老两口

# 品尝日本料理

北京姑娘英子是一位美食家，她向我们推荐，说汉密尔顿市中心有一家华人开的日本料理餐厅，可以去尝尝。

餐厅是下午3点开门，我们两点就从家中动身了。晴空万里，红日当头，阳光实在厉害，晒得我们火烧火燎，偏偏英子又领错了路，直跑得气喘吁吁才找到餐厅门上。

外头阳光似火，餐厅里却冷得够呛，空调开得很大，简直让人受不了。这还不算，开头就上来一壶冰镇柠檬水，让人喝了个透心凉。

日本料理，主要的东西就是刺身和寿司。何为刺身？原来日本人总是爱吃生鱼、生虾，但把各种生鱼剥去皮就难以辨认了，于是他们用竹扦挑一块鱼排刺在鱼肉上，这就是刺身。刺身包括的鱼肉很多，我们点的是三文鱼、金枪鱼和北极鲜贝。三文鱼绵绵软软、颜色淡红，金枪鱼稍硬一点儿，颜色纯白，佐以酱油、芥末、生姜一吃，十分鲜美，十分可口。北极鲜贝半红半白，吃起来更加筋道，更加香甜。其实我们早就吃过日本料理，不过那时候一来对日本鬼子反感，二来对生鱼接受不了，是捏着喉咙吃下去的，实在没有吃出什么味道。这次才放平心态、静下心来慢慢品尝，感觉还是不错。特别是听说常吃生鱼生虾不易患心脑血管疾病，对身体还有好处，更加提高了我们的食欲。

刺身吃到一定阶段，接着上来的是寿司。日本寿司用鱼肉、海鲜、蔬菜、鸡蛋和大米做成，外面用海苔卷成一个个饭卷，不大不小，一口一个，有生有熟，品种很多，慢慢品尝，堪称美食。

由于餐厅是中国人开的，无形中加进了许多中国元素，比如包子、饺子、粽子，比如各种面条、米饭，最后还有水果、冰激凌等。

这一天过得十分愉快，我们不仅品尝了正宗的日本料理，也吃到了久违的中国饭菜。

2016 年 6 月 16 日

日式餐厅合影

享受美食的老伴

## 唐人街印象

在加拿大的多伦多市，目前居住着40多万华人。他们分布在城市的各个地区，其中有两个区域相对集中，一个是市中区，一个是市东区，而市中区由于紧靠城市中心，毗邻皇家博物馆、艺术馆和多伦多大学，地理位置优越，商业繁荣，成为全市独一无二的唐人街。

2016 年 7 月 1 日，我们来到了市中区。站在街头一望，店铺林立，招牌耀眼，中文醒目，一派繁华景象。自从春天来到加拿大，已有几个月了，由于不懂英文，不会讲英语，每当走到街上，生生地成了睁眼瞎，成了活哑巴，憋屈得浑身难受。现在一下子到了唐人街，满眼都是中国字，耳边都是中国话，无形中让人倍感亲切、倍感温馨，也倍感兴奋。

在唐人街上来回走动，我们看到街道两旁布满了各色店铺，酒楼、饭店、牌馆、茶社、小吃、快餐，还有书局、网吧、门诊、药店、理发、美容、算卦，以及房屋中介、婚姻介绍、移民签证、律师代诉等，花样百出，不一而足。置身其中，仿佛到了香港铜锣湾拥挤的街头，又好像回到国内某座城市的旧街上，让人顿生旧地重游、熟门熟路的感觉。时近中午，我们看到一家餐馆门前悬挂着“寻味云南”的招牌，推门进去，只见四面墙壁上都挂着云南少数民族的少女画像，金华阿妹翩翩起舞，热带雨林绿树婆娑，整个餐馆充满浓郁的云南气息。时值 7 月 1 日，是中国共产党的生日，也是加拿大的国庆节。饭店的两面墙壁上分别挂着两个电视机，一面播放中国中央电视台的 15 频道，正在播放歌颂祖国建设成就的音乐节目，激越的歌声、壮丽的画面鼓舞人心，催人奋进；另一面是加拿大的电视台，正在播放体育节目，全然没有国庆节的丝毫气氛。在这家餐馆，我们吃到了正宗的云南米线，吃到了粽子、饺子、麻团，还吃到了牛肉面、担担面，总之都是地道的中国味道。

当晚，我们入住唐人街上的华人旅馆。说是旅馆，其实就是一处普通别墅，主人把自己居住的别墅经过一番改造，打造成十几个卧室接待客人，每个房间每晚收 100 多加元，整座别墅一天就是 1000 多加元，实在是一笔不小的收入。但凡来到这个城市的华人，都想到唐人街看看，房主抓住了这个心理，瞅准了这个商机，便在自己那个巴掌大的房间里大做文章了。可是我们住在里面，就像被关在鸽子笼里，实在难受。

第二天早上，我们到一家海鲜楼吃了一顿早餐，我们点了八宝粥、南瓜粥和皮蛋瘦肉粥，点了烤鱼烤虾，点了包子、饺子，还点了烧卖、麻团，味道都不错。我估摸，这家海鲜楼大约是这条街上最好的餐厅了，这顿早餐也是我们在多伦多吃得最好的饭食。

我们在唐人街住了两宿，转了几遭，吃过几餐，总的感觉不错，特别是华人的热情好客，同胞的勤劳才智，给我们留下了深刻的印象。只是感觉整个唐人街太老旧了，档次太低了。一个是建筑物低矮破旧，没有一点现代都市的气息，与紧邻的中心街区形成巨大的反差，仿佛丑小鸭遇上了白天鹅。这样的街道若在中国，不要说大都市，就在忻州这样的小城里，也属于拆迁改造的对象。另一个是小店小铺，小买小卖，零敲碎打，只可糊口度日，赚不了大钱，办不了大事。唯独那个华人旅馆，凭借两处小小别墅，赚得盘满钵满，也不过会掏同胞的腰包罢了！

2016 年 7 月 1 日

唐人街街景

唐人街居民区

唐人街的华人

不爱照相的孩子

## 游览湖心岛

早就听说安大略湖上有一个远近闻名的湖心岛，风光秀丽，景色宜人，是旅游的好去处。这次我们到了多伦多，决定到岛上转转。

从地图上看，湖心岛就在多伦多南面，与陆地仅有一水之隔，由六七个小岛组成，其中最大的岛屿像一只弯曲的龙虾，怀抱小鱼小虾，组成一组半月形的群岛。这里最初是北美洲印第安人的驻地，19 世纪 30 年代，欧洲殖民者到来，将此地辟为渔港。20 世纪初，这里又成了城中富人的度假胜地，新建了大批别墅、露营地和游乐设施。现在岛上又新建了飞机场、网球场、棒球场、儿童乐园和水上游乐中心，加上连绵的草坪，参天的树木，白色的沙滩，蓝色的湖水，吸引着成群结队的当地居民和外来游客。

适逢假日，多伦多码头上人如潮涌，游客已经排了长队，我们等了半个钟头方才登上轮渡。渡船分东、中、西三个航线，分别驶向三个不同的码头，我们乘坐的中路轮渡，十几分钟便到达对岸，岛上树木葱茏，绿荫如盖，一登岛便进入树海，穿行一阵才到了一块宽阔的草坪。那里正在进行演出，一位浑身涂成金色的少女正在纵情歌唱，忘情狂舞，围观的人群发出阵阵喝彩声。虽是暑天但岛上凉风习习，舒适宜人，游客们有的看演出，有的在草地上休息，还有的人在大树下野餐，躺在那里边吃边聊，享受着大自然的恩赐。

我们继续前行，来到一个湖汊，那里正在进行划艇比赛，号令一下，群舟竞发，舟船像离弦的利箭射向远方，引得岸上观众惊呼跳跃，一片欢腾。

岛屿的中部是一个巨大的圆形水池，周边几十个喷头一齐射向中心，在中心激起一个巨大的水柱，喷银吐玉，蔚为壮观。那里有可供出租的车辆，我和亮茹买票登上观光车，穿林海，过草地，跨桥梁，钻洞穴，环岛一周游览了全岛概貌，领略了岛上风光。

湖心岛码头回望

待到下午，我们来到岛屿南端的湖滨浴场。岛上是宽阔的沙滩，岛外是浩瀚的湖水，长风浩荡，水天一色，简直让人分不清是身在湖边还是身在海边了，由此越发显出安大略湖的雄宏壮阔、风光无限。沙滩上支起一个又一个阳伞，搭起一个又一个凉棚，游人在湖水里游泳、在岸边嬉戏。郝玫领着孩子到水里玩儿去了，我和亮茹选了一个树下的长椅，在那里坐下既可乘凉，又可分享孩子们的快乐。

湖心岛的活动直至午夜才告结束，我们于下午 6 点提前离开了。

2016 年 7 月 3 日

作者留影

作者夫妇的休闲时光

## 参观博物馆

多伦多市中心，有一个皇家博物馆。

大凡有名气的建筑都有一个不一般的门面，这个皇家博物馆便是如此。它的门面由大堆倾斜的三角形、菱形图案组成，装修时又选择了蓝色、灰色和白色的玻璃材料，造型别致，尽显匠心。站在近处看，像大厦将倾，毫无头绪，拉开距离望，棱角分明，熠熠生辉，人称水晶宫。

进入里面，首先是一个高大的穹顶。博物馆嘛，总要宽阔、高大、厚重、深沉才好，否则，博将不博了。迎面的大门是立柱分开的六个通道，一字排开，宽阔大气。大门的上方横呈着一副恐龙骨架，那东西摇头摆尾，跨越六门，总共有三四十米长。我不识英文，看不懂说明牌匾，不知这是何方神圣，在哪里发现，来龙去脉一概不知。只是觉得设计巧妙，气势不凡，既装了门面，又不失为镇馆一宝。据说博物馆拥有600万件藏品，其中包括恐龙、矿物和陨石，包括非洲艺术品、东亚艺术品，以及欧洲历史、加拿大历史文化等方面的展品。

博物馆共有五层，我大致浏览了一下，觉得各个国家的展品不多，陈设也很简单。就是加拿大自己的展厅，也只有一根高大的图腾柱，里边摆放一些动植物标本，墙上挂着一些图画而已。唯有中国展馆规模巨大，整整占了主楼第一层总面积的一半。以门口一尊高大的释迦牟尼佛像为标志，中国展馆雄踞一方，里面分为四个展厅，分别是古代艺术、佛教艺术、建筑艺术和雕塑造像。

这里有从殷商王朝首都的废墟中发掘出来的甲骨，无比珍贵，举世无双；有幅宽11.6米、高5.8米的元代大型壁画，栩栩如生，神态各异，并且标明来自山西境内的兴化市和龙门市；有释迦牟尼坐像，莲花手菩萨立像，观音、文殊、普贤三大士坐像，无不体现中国古代造像艺术的魅力；又包括了石刻拱门、石人石马、祭台和墓穴在内的明代陵墓，居然整座搬到这里。总之从甲骨到陶器，从青铜到玉器，从木刻到石雕，从丝绸到皇家服饰，大到几米高的铜钟，小到一枚钱币，让人看得眼花缭乱，目不暇接，无不惊叹中国历史的底蕴深厚、源远流长。

看罢一遍，惊叹一番，醒悟过来突然冒出这样一个问题：这是我们中国的东西呀，怎么一齐跑到了加拿大？

我知道八国联军曾经侵略过中国，清朝政府腐败无能，慈禧带着一帮老小弃京而逃，丢下偌大的首都，任由列强烧杀抢掠，国家的宝贝竟被列强盗走。可是八国联军中并没有加拿大呀，它怎么能有这么多中国古董呢？照此分析，那些直接参与抢夺、瓜分中国的列强，不是捞走更多的宝贝吗？实在可悲，实在可恨。后来参阅资料，才知加拿大一名叫怀履光的传教士，趁中国战乱之际，盗走了大批中国文物。目前加拿大藏有中国的文物古迹 3.5 万件，这里展示的只是其中的 2200 多件精品，还有大量的宝物藏在馆里未曾露面，仅供专业人员研究观赏呢。更加可憎的是，这些国家偷盗掠夺了中国的宝贝，居然大言不惭地亮出来展览、炫耀、把玩、欣赏，毫不脸红，毫不理亏，简直不知道天下还有羞耻二字！

为何如此呢？我以为主要原因还是近代以来我们国家积贫积弱，沦为半殖民地，因此帝国主义国家来中国抢掠如同探囊取物，比拿自己的东西还要理直气壮，习以为常，已成惯例，哪里还谈得上羞耻理亏?！以至于今天中国人民站起来了，中华人民共和国强大起来了，某些心怀叵测的洋人仍心有不甘。例如，中国外交部部长王毅于 2016 年访问加拿大时，有的记者发出带有歧视性、挑衅性的发问，当即遭到王外长的有力驳斥和迎头痛击。世界上坚持正义的人士都说：驳斥得有力，回击得过瘾，好！

话说回来，还要归到博物馆上。加拿大这家号称皇家博物馆的博物馆，全凭中国馆支撑门面，全凭中国文物吸引看客。至于他们自己的国家，由于历史短浅，实在没有多少可以炫耀的东西。

兴之所至，信口道来，写此文字，权作纪念。

2016 年 7 月 10 日

多伦多皇家博物馆外景

博物馆中国文物展区

博物馆作者夫妇合影

# 加拿大看病难

加拿大是个高福利国家，看病基本不花钱，国家全包了。但另一方面，在加拿大看病难，难就难在效率低，节奏慢，难在制度死、不通变，难在“机器人”、铁冷面。下面我举两个例子：

中科院的小陆是赴加访问学者，这段时间有女儿、岳父岳母与他同住加拿大。因为岳母感觉腰腹部疼痛到一家医院急诊，花了整整 7 个小时才买到几片药，费用高达 5000 多元人民币。

另一个例子，是最近新不伦瑞克省的蒙克顿中心医院，爆出了一件令人啼笑皆非的事。一位名叫普莱斯的女士将腹痛难忍的丈夫送到了医院的急诊室门口，却被告知需要叫救护车以便把她丈夫抬进去。

一边是患者痛得直叫，汗水湿透了衣裳，无法从车上下来；一边是冷若冰霜铁板一块，不管患者的死活，上演了一出荒唐的闹剧。

我这样说，不是要说人家的坏话，只是想把这里的实际情况原原本本地介绍给读者，让没有到过加拿大的人知道这里的实情。

治病是要花钱的，有没有钱相当重要；但治病针对的是人，是治病救人，制度像铁枷，医院像机器，也是不可取的。现在我们正在进行医疗制度改革，就喊医药分开，总的方向是对的，但千万不要在学习借鉴外国的东西时把自己的优良传统丢了——我以为，在任何时候医者仁心、救死扶伤、发扬革命的人道主义是没有错的。

2016年7月11日

## (附文章两篇)

### 之一：加拿大医院看病经历

作者：陆鸣

岳母在6月中旬突然感到腰疼，当时以为是着凉或者抻着了，买了止疼药（Mortin 治疗各种疼痛，如肌肉疼、背疼等）、外敷的膏药，略有些作用，几天后疼痛减轻。7月7日夜里突然又开始疼，根据症状，怀疑是胆囊炎。附近中国家庭的孩子姥姥刚从武汉过来，借了两瓶消石利胆丸，吃了两天效果不明显，于是7月9日（周六）决定去医院。

上午10点多，到达汉密尔顿的 St. Joseph's 医院急诊。先在取号机上取号，当时是41号，前面已经看到37号了。有3间诊室，每个房间都是一位年轻的姑娘在接待病人。等了大概40分钟，其间救护车送来两位老人。终于轮到我们的号了，进入诊室，姑娘问为什么到医院来，有没有保险，当得知没有保险的时候，问我们是否知道来医院是要付费的，我说知道。这时候来了另一个工作人员，复印护照、签了一份同意付费的承诺书。然后开始详细询问病情：什么时候发病的、有没有既往病史、有没有过敏史、有没有做过手术、有没有呕吐、大小便次数等等，边问边填单子，最后告诉我们进入里面一个大厅等候。这时候才知道，这里仅仅是询问、填表，然后转入医生环节。

第二个大厅等的人稍微多一些，护士会根据顺序安排病人进入简易的隔离间等候医生。在这里大概又等了40分钟，护士安排我们进入小隔离间，大约10分钟后进来一位女医生，年纪大约40岁，又询问一遍病情，让病人躺床上按着找痛点，然后说怀疑是肾的问题，叫我们做检查。然后护士领着进入第三层区域，值班室的护士安排验尿，口服了一个药片，据说是止疼片，然后验血，感觉手法很一般，第一次没有扎到位，又扎了一下，抽了3管血，直到寒战。我赶紧告诉护士，她听了一转身往里面走了，我以为是找医生去了，不一会儿拿来一条床单。我想反正是在医院，估计不会出什么危险，然后赶紧出去买了一杯热水，岳母喝了以后感觉好点。这时候已经13点了，我问护士病人从早上就没有吃东西，能否进食？她答复不能吃东西、不能喝水。

一个多小时以后，护士叫我们跟她走，进入第四个区域。这里有很多单独的房间，中间是护士站，有点像国内的病房区域。又等了大概半个小时，有一位护士带着坐电梯去地下室。电梯需要刷卡，感觉只有工作人员带领才能乘坐，然后在B超门口又等了一会儿。做B超的是一位50岁左右的女医生，查得很细，大约20分钟，肝胆肾胃都查了一遍。检查结束，仍由工作人员带回一楼，然后又是漫长的等待。

终于护士安排我们进入一个病房，过了一会儿又来了一位女医生，也是 40 多岁的年纪，又询问一遍病情，然后建议做一个胸透的检查，等护士来叫。这时候我出去买了点吃的，估计 20 分钟—30 分钟，然后去做胸透。按照工作人员的指导，深呼吸、憋气、呼气，做完检查又回到病房等待。大约 16 点的时候，医生又来了，告诉各项检查结果都正常，然后开了三天的止疼药，告诉说，如果还疼，并伴有呕吐，再来就诊。走出医院，已经将近 17 点了，在医院整整待了 7 个小时。回家简单吃点饭，又去 Shoppers 买药，那里的工作人员收了处方，交了钱，让我 10 分钟以后去取药，至此一天的看病结束。

大体的过程就是这样，去医院一天不吃不喝，7 小时。总的感受如下：

医院有点像工厂的流水线，各个环节按照分工各司其职，权责明确，但是效率确实比较低。我们在医院 7 个小时，就是做了 B 超、胸透，验了血、尿，这些检查在国内医院半天基本能够搞定。一共经过 4 个环节，分别是问询登记、初诊、抽血和等待检查、医生根据检查结果作出判断。在医院，感觉就是不断地等待，然后是不断地重复病情，因为每到了一个环节都会问一遍病情，初诊和最后诊断的医生都不是同一个人。

医药分开。医院只管看病，买药只能去药店。开始怀疑是胆囊炎的时候，我去药店，工作人员说治疗胆囊炎的药必须凭医生的处方购买。

医院的工作人员仅仅把看病、治疗作为一种职业、一类工作，一切按程序来，缺少一点对病人的关爱。在第二个环节等待的时候，有一个病人疼得直哼哼，医护人员该喝咖啡喝咖啡，该吃午餐吃午餐，并没有采取什么措施。

所有的检查结果并未同病人见面，感觉检查结果都是网上交换的，护士带着各环节转换的时候只拿着最开始的那张表。

先看病后付钱。当时仅仅签了一个同意付费的承诺书，说是五个工作日会把账单邮寄到家里，直到 7 月 27 日才接到账单，1065. 94 加元，合 5000 多元人民币。

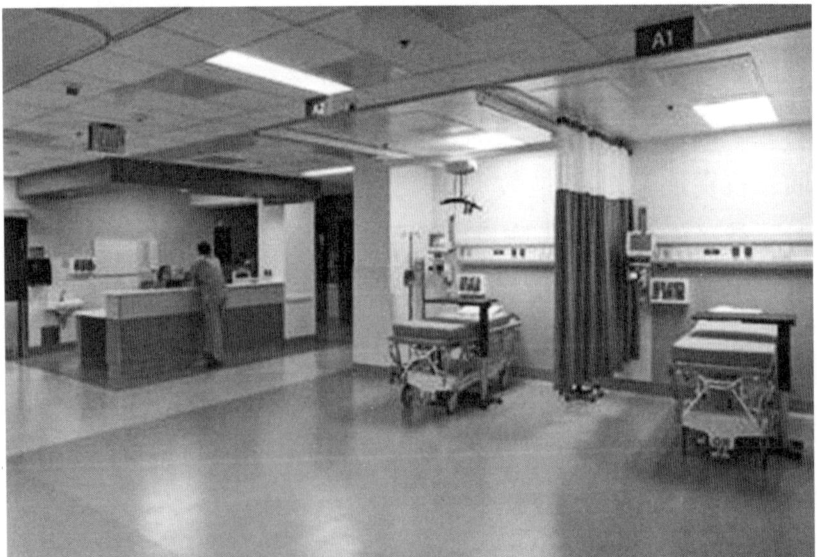


汉密尔顿市中心的圣约瑟夫医院

## 之二：啼笑皆非看病难

在新不伦瑞克省有一对夫妇，男的叫斯科特·麦克唐纳（Scott MacDonald），女的叫坎迪·普莱斯（Candy Price）。上星期三因丈夫腹部疼痛，妻子开车将他送往医院。可在急诊室的入口，一位护士叫她打电话叫救护车，说是急诊室里没人能帮她把丈夫抬进室内。当时她丈夫肚子痛得直叫，汗水已经湿透了衣服，确实自己无法从车上走下来。

普莱斯赶紧拨叫911急救电话。电话那头的接线员问她在哪里，她回答说就在市中心医院的急诊室门口。对方也觉得很诧异，以为没听清，又问了一遍。

普莱斯说："然后，接线员把电话转给了救护车上的医护人员，他们也同样感到奇怪，但还是赶到了医院门口。从上面下来的医护人员脸上明显带着疑惑的神色。"

普莱斯说，其中一位急救人员走进了急诊室，把护士长叫了出来，说："这也太荒谬了，病人就在你们急诊室门口呼叫我们的救护车。"

当他们进医院后，麦克唐纳被安排躺在一张病床上。医生说，他需要到有扫描和透视仪器的房间做检查，至于麦克唐纳痛得不能下地走路，医生和护士也无法提供任何帮助。后来麦克唐纳艰难地走到做检查的房间，医生并没有给他做任何扫描或透视检查，只是告诉他，他的疼痛是严重的肌肉痉挛引起的，然后给他服用了几片混合的止痛药，并说要住院观察一下。

普莱斯在丈夫进了治疗室之后，就回家给丈夫取干净衣服，但她没想到，麦克唐纳看完病后，就被要求离开诊室，因为护士说，那个房间要马上治疗另一名病人。

当普莱斯取了衣服返回医院时，又被吓了一跳。她说："我看见一个人穿着医院的病号服倚在医院外的电线杆子上。我还想了一下，天哪，医院怎么能让病人这样出来呢。可是当我慢慢走近时，我才意识到，那个人正是我的丈夫……"

对此，蒙克顿市中心医院的医疗主任就此事接受记者采访时表示，不会对普莱斯所讲事件发表评论。

医院患者等候区

## 再到湖滨小镇

汉密尔顿天气正热，我们打算再到尼亚加拉湖滨小镇走走，一来驱散暑气，二来看看那里的风光。

当天来到小镇，再次找到当初的景点，再次登上湖岸的草坪时，暑气早被吹得一干二净了。这里风大，呼呼作响，安大略湖被大风吹得波涛翻滚、激流磅礴，那湖水一波一波往岸边涌来，撞击到岸边的石梯上，哗啦一声，激起一片浪花，碎成一泡碎沫，呼噜一声退了回去；然后重新聚集力量，再次撞击上来，再次碰得成为碎沫……也就是那岸石坚韧、厚大，否则哪能吃住这般撞击呢！

远处的湖面上，有帆船正在航行，白帆如银，顺风扬帆，好看极了。近处的湖水里，一干男女一人一条小船，正在风浪里弄水，那小船只有一米来宽，两头尖尖，中间只可一人乘坐。我叫不来这种船的名字，总之觉得十分危险，稍微掌握不住平衡，就会翻入水中。可人家划船的人十分大胆，他们离岸稍远便离舱而出，站在船上，用手中的桨划水，任凭风浪颠簸，依然稳立潮头，高兴欢乐就不用说了。

风正刮得紧，湖边的长椅已经冷得坐不住了。我有点儿后悔今天来。记得上次来时，阳光灿烂，风和日丽，我们在草地上游玩，在长椅上休息，在树荫下乘凉，倒十二分舒服。没想到今天冷风吹得连衣裳也穿不住，真让人扫兴。不想那外国人“不看天气吃凉粉”，一点儿不怕冷，男的照样光膀赤背，女的照样短裙背心，在呼呼冷风中，他们奔跑嬉戏，该驾船的驾船，该下水的下水，留在草地上的人便搭起帐篷、架起餐桌、支起烤炉、生起焰火，正在烤肉，准备中午美餐一顿。

上次我们只顾着湖边观景，这里只是路过了一下，没有细看。这会儿因为风大天凉我们便向镇里走去，不想那里繁华精致，热闹非常。大街上车水马龙，人来人往；店铺里顾客拥挤，生意兴隆。皇后大街正中矗立的钟楼，其实是一座纪念碑，上面刻有两次世界大战中死难将士的名字，高大挺拔，造像别致，游人都跑到近前拍照留念。街道的侧面是绿树遮天的大型公园，公园里的舞台上正在进行戏剧演出，因为公园宽敞，观众远远地散开，有的在椅子上坐着，有的在草地上躺着，可以看出要多愉快有多愉快，要多休闲有多休闲。草地的另一边是儿童游乐场，秋千、滑梯一应齐备，欢声笑语洋溢其间。瑄瑄赶快跑了过去，一会儿拉杆子，一会儿溜滑梯，秋千打得很高，比洋人的孩子还要活泼……

我这才知道，湖边小镇内容挺多，游览一次只能看清一点两点，要全面了解这里的风景，要深入了解这里人们的生活，是非常不容易的。那种随团旅游一瞥一顾，实在是瞎子摸象、难明所以的。

鉴于小镇风光秀丽，加拿大曾将这里作为首都，但因与美国太近，仅隔一条尼亚加拉河，有较大的军事风险，担心一发炮弹就能倾了家当，后来才迁都渥太华，在 1812 年的英美战争中，美军占领了这里，对小镇进行了疯狂的破坏，所有的房屋被一把火烧为灰烬，现在的小镇是以后重建的，又逐步发展成现在的规模。

尼亚加拉具有深厚的历史底蕴，将它定位成加拿大的历史遗产可谓名副其实。

2016 年 7 月 12 日

又见尼亚加拉湖滨小镇

湖滨小镇作者留影

安大略湖畔作者夫妇合影

湖滨小镇的音乐会

# 高老庄饭馆

在汉密尔顿的大街上，有一个很醒目的招牌：高老庄。那是一家中国饭馆，洋人们不懂高老庄或王老庄是什么意思，中国人是知道的，那是《西游记》里猪八戒招亲的地方，因此是一个很有名的招牌，吸引着人们，特别是中国人直往这里跑。

利用一个星期天，我们老少四个人来到了这里。饭店不大，只有十来张桌子，前面是餐厅，后面是厨房，中间是柜台，统统都在一间房子里，看着倒也清爽。跑堂的是个瘦瘦的年轻女孩子，笑嘻嘻，十分热情，跑路一跳一跳，招呼客人如同玩儿一般。我以为这是老板的女儿，不想介绍说，这是打工的大学生。我们选了一张临窗的桌子坐下点了几个菜，其中有香辣排骨、香菇菜心和麻婆豆腐，还有牛肉面、云吞面、葱花饼和米饭，还有一份汤圆。饭菜陆续上来，我们逐一品尝觉得很不错，很有中国味。

饭店老板是个胖墩墩的中年人，他自我介绍说，他是大连人，原来也在国内上班，20 世纪 90 年代来到加拿大后，打过工、开过车、开过饭店，几经波折都没弄成。现在开了这个高老庄饭店，一炮打红，总算站住了脚。

我问他贵姓？他回答，姓高。我们都笑了，这是货真价实的高老庄啊。

2016 年 7 月 25 日

异国他乡的高老庄

## 封师傅

我们外出用车，经常找的是一位封师傅。

封师傅 40 多岁，是黑龙江省哈尔滨人。他先前在哈尔滨与人合伙开着一家软件公司，后来因为儿子在加拿大念书，他就跟出来了，国内的公司就由合伙人经营了。

说起儿子来加拿大上学的情况，他说自己有一个妹妹在加拿大居住，是妹妹为他儿子在加拿大申请了学校，然后办签证过来上学的。儿子刚来时读初中，一点儿也不懂英语，不过三四个月后就适应了，现在 3 年多过去了儿子生活学习十分愉快。

封师傅的英语水平不行，讲话认字都不怎么样。他开车外出用的是台湾产的 GPS 定位系统，跑的次数多了，把汉密尔顿周边地区跑熟了。他从 2013 年出来还没回过国，护照也没延期过，加拿大规定，外国人陆地签证后可以居住半年，封师傅利用了这个规定：他每隔半年护照将近到期的时候就到古巴旅游一趟，返回加拿大一落地，又可居住半年；就用这个办法一直在加拿大居住，照应着儿子，可叹父母的良苦用心哪！

封师傅的妻子是中国人寿保险黑龙江省分公司的一名处长，中层领导干部，岗位不错，待遇优厚，就因为儿子读书，今年也辞职出来了。儿子上午 8 点钟到校，下午 2 点 30 分放学，过去封师傅有时候外出，还要给儿子提前做好饭，留在冰箱里，比较紧张；现在他有事外出，有妻子在家照应孩子，轻松多了。

封师傅开着一辆白色道奇车，车身宽大，干干净净，很是不错。他说这辆车是花了不到 10 万元人民币买的，要在国内得花 20 大几万才能买到。他开着这辆车，乐呵呵地为我们服务，让我们觉得十分愉快。

2016 年 7 月 29 日

夏日的丘吉尔公园

丘吉尔公园原始森林合影

封师傅座驾

## 香港君

这两天到公园，都会遇到一位香港人。香港人大约 40 岁。我也没问他姓氏，只好称他香港君了。

香港君一行四人：他、他妻子和两个女儿。大女儿 8 岁，小女儿 4 岁。他家四人背上背着四个包，一看就是外出旅行的样子。由于都是黄种人，一说话又都是中国人，香港君与我们很热络，说话很多。可惜我不太听得懂他的香港话，但亮茹和郝玫可以听懂，能与他搭上话。

他说他已办好赴加拿大的移民签证，这次是来考察了解的，看究竟是否在这里定居。他来了以后感觉不好，对环境不适应，生活不习惯。他在汉密尔顿有一个妹妹，就住在妹妹家。我们说这里有个亲戚还好一些。他却伤感地说，他小女尿在床上两次，妹妹要他赔偿 2500 加元，并说要是外人得赔 3500 加元，看在他是兄长的分儿，就赔 2500 加元算了。看来在加拿大只认得钱，其他都不认得了。

他说这些时，妻子不言语，只在一边笑。妻子是安徽人，在深圳开门市；他在香港开公司，日子过得还不错。

香港同中国内地比起来已经够洋气了，虽然英国在那里统治了 100 多年，但毕竟是中国的地盘，中华文化代代相传，经久不衰。孝敬父母、尊老爱幼、相亲相爱、团结互助这些传统美德还在延续。不像加拿大，不像西方国家，子女到 18 岁就脱离家庭，完全独立，好一点儿的抽空回家看看，差一点儿的远走高飞，不理父母。据这位香港君说，他参加过这里的一次婚礼，新郎新娘在台上，新郎的父母坐在台下，主持人称其父母是 A 同学、B 同学，让人大跌眼镜。

人类毕竟是人类，不完全等同于动物。像这西方世界，只认钱不认人，连亲情都没有了，连伦理道德都不讲了，遑论其他，实在是不可取的。

香港君最后黯然神伤地说，他打算返回香港，这地方，不再来了！

2016 年 7 月 31 日

汉密尔顿夜景

## 对加拿大的最大贡献

这段时间，我在加拿大遇到不少中国老乡，他们有的来了三五年了，有的已经拿到了加拿大的绿卡或成为加拿大的公民。说起来才知道，好像都是来这里生孩子的。

比如湖南老乡小彭，在国内生了一女儿，出来又接连生了一儿一女，现在三个孩子都不大，大女儿刚上小学，另两个孩子由老婆哄着。我们经常看到他老婆把两个孩子领到图书馆的儿童活动场地，让孩子在那里玩耍，用这种办法打发时光。由于人手不够，他把老母亲也叫来了，帮助他们看家做饭，一家人团在一起忙得够呛。

武汉的小王与我们同住一栋公寓，他家原有一个儿子，在旅加期间妻子怀孕了，眼看护照到期他要离开，但妻子尚不生产，急得他跟兔子一样。谁知他刚刚回去，妻子生下孩子了，是一个女儿。

Y 老师也是这样，他在国内有两个孩子，来到加拿大又生下一个儿子，现在三个孩子都在上学。妻子照应家务，他一个人上班，据说负担也是挺重的。

还有那天傍晚我们在公园看到一个 20 多岁的女士，手里领着一个刚会走路的孩子，怀里又抱着一个刚出生的孩子。晚风吹起天气正凉，但人家生下孩子还没有半个月就跑到外边来了，看来我们中国人到这边生孩子速度加快了，身体也越练越硬了。

加拿大是不限制生育的，不仅不限制还有一定的鼓励，比如每生一个小孩每月补助几百加元。因为加拿大人口老龄化，不少岗位劳力稀缺，全凭外来人员顶岗，需要的就是人口。中国人到了这边感觉环境宽松，就铆足劲儿地生，这真是对加拿大的最大贡献啊！

2016 年 8 月 1 日

汉密尔顿街景

# 房东的故事

小陆是中科院遥感所的访问学者，来到加拿大后租住在一位华人女士的别墅里。

房东N女士，48岁，来加已有4年，她有一个儿子，原在加拿大留学，为了照应儿子，她跟出来居住。谁知天有不测风云，三年前儿子在一次车祸中丧生。丈夫迁怒于她，与她离婚了。在双重打击下她几近崩溃，但最终还是挺住了。她用儿子的赔偿金买了一所大房子，一半自住，一半出租，用租金维持生活。

像小陆所租的两间房，每月租金1400加元，还有另一间房每月租金400加元，两项合计每月1800加元，足够房东生活了，但房东还要出去打工，每日早出晚归，挣工资补贴家用。

她想加入加拿大国籍，但条件不够，既不够技术移民的资格，也不符合投资移民的条件。无奈之下，她想出一个办法：找一个有加拿大国籍的男人嫁过去，那样她就可以算加拿大公民了。只要成了加拿大公民，等到老得不能动了，可以享受这里的养老保险，就可安度晚年了。

按照这个计划她目前一边打工一边找对象，据说初步结识了一个阿拉伯人，两人正在谈着哩……

世事纷繁，各有各的经历，各有各的活法。

2016年8月3日

陆老师租住的别墅

同龄人的融洽

# 义乌章先生

章先生是浙江义乌人，早些年从事纺织品进出口生意，挣了不少钱，有了钱就有了想法，他最初想到澳大利亚发展，后来他二哥劝他还是来到了加拿大。章先生兄弟四人，他排行老四。他二哥原来在青岛海关，从事动植物进出口检验检疫工作，后来于 1999 年到了加拿大，夫妻二人均找到专业对口的工作，年收入达十五六万加元，日子过得很不错。二哥说，与其到了澳大利亚无依无靠，还不如来加拿大，兄弟之间也好有个照应，于是章先生便来了。

章先生凭借经济实力，于 2007 年办理投资移民申请，2009 年正式来到加拿大。原以为在生意上可以大显身手，不想事与愿违，根本施展不开拳脚，加拿大总共只有几千万人，还没有浙江一个省的人多，开下门市根本没有顾客。他这时才明白了，买卖是和人做的，没有人你做什么买卖，但人已“闪”出来了，早知如此，悔不当初。

章先生原有一儿一女，出来后又生下一个儿子。现在大儿子上高中，二女儿上小学，小儿子刚刚 5 岁，三个孩子每月享受国家补助款 1200 加元。妻子没有工作，只能照应家务。他既不懂英语又没有技术，也是三日打鱼两日晒网，每周在超市打工两天，每天可挣 100 加元，每月可挣

800 加元。全部加起来每月收入 2000 加元，勉强可以维持生活 。

说起国籍的事，他家五口人，妻子和三个孩子都加入了加拿大国籍，唯独他没有。他说，凭着妻子和儿女是加拿大公民，他可以在这里居住；凭着他是中国人，妻子和孩子们可以在中国居住；这样两边都有靠，还是不入的好——言谈举止中透着生意人的精明。

章先生早年做生意挣了不少钱，因此说起今后的日子，总是不慌不忙的样子。他说，反正是个吃老本，等把孩子们培养大再说吧。

2016 年 8 月 5 日

## 加拿大概况

加拿大位于北美洲的北部，总面积比中国还要大一些，但北部的大部分地区气候寒冷，冰雪覆盖，人烟稀少，不宜居住。人们生活的地方主要集中在南部地区，在靠近美国的地方。

加拿大全国共分十个省、三个地区。十个省分别是不列颠哥伦比亚省、阿尔伯塔省、曼尼托巴省、萨斯喀彻温省、安大略省、新不伦瑞克省、新斯科舍省、魁北克省、纽芬兰与拉布拉多省、爱德华王子岛省。其中最大的省是安大略省，人口占到全国的三分之一，全国共有人口 3000 多万，安大略省就有 1000 多万，而最小的省是爱德华王子岛省，全省只有 9 万人。至于北部的三个地区，人口就十分稀少了。

全国最大的城市是多伦多，它好比中国的上海，建筑漂亮，人口稠密，经济发达，商业繁茂，在全国具有举足轻重的地位。而西部的沿海城市温哥华，虽然经济没有东部发达，人均收入没有东部高，却是最适宜人类居住的地方。这里空气清新，气候湿润，四季如春，冬无严寒，夏无酷暑，因此连续多年被评为全球宜居城市。这里也是旅加华人最为集中的地方。温哥华附近的列治文是个十几万人的小城市，其中华人就占了一多半，成为名副其实的中国城，现任市长马保定就是华人后裔。

加拿大冰川公园

加拿大的魁北克省是法语自治省，居民都是法国人的后裔。前些年这个省要求独立，就是要脱离加拿大成为另一个国家。据说加拿大整个国家也没有大惊小怪，更没有派兵镇压，而是任由魁北克进行全民公决，结果公决没有通过，也就作罢了。

2016 年 8 月 10 日

## 加拿大国家电视塔

从 60 公里外的汉密尔顿进入多伦多市，人们的视线很快就会被远处那座高耸入云的塔尖所吸引，那便是多伦多的标志性建筑——加拿大国家电视塔（the CN tower），人们习惯性地称之为多伦多塔或 CN 塔。

多伦多塔矗立在多伦多港湾，外形呈三棱锥状，中上部的观景台呈圆盘状，远看如同飞碟一般。塔高 553.33 米，假若每层楼按 3.2 米计的话，相当于 173 层。据介绍，该塔是 1976 年建成的，当时被吉尼斯世界记录大全记录为世界最高的建筑物，直至被阿联酋 828 米高的哈利法塔超越为止，现在该塔属世界第五高的自立式建筑物。

我们是在一个周六的下午到达那里的，一层安检后到达售票处。工作人员介绍说这里的票分为两种，一种是购买多伦多塔一处的门票，另一种是购买叫作 Citypass 的景点套票，所看内容包括五个景点，即多伦多塔、安大略博物馆、卡萨罗马城堡、多伦多水族馆和多伦多动物园，只要在 9 天之内参观完即可。算了算价格，单票和套票相差无几，于是我们一家人购买了套票。

乘坐塔内的玻璃外罩高速电梯，只一分钟便升至观景台。极目远眺，远情近景尽收眼底。安大略湖波澜壮阔，多伦多城鳞次栉比，登高望远，居高临下，真乃最佳观景处。怎奈时值冬天，电子屏幕上显示，此刻地面温度-6°C，台外温度为-8°C，大风疾吹，置身半空，寒冷异常，不是观景的好时候。虽然观景台分为两层，上层是室内，下层是室外，人们可以随意选择，可我们多半时间是缩在室内的。室内呈环形，一半用于常规观景，另一半是餐厅，中间是付费拍照处和卫生间等公共设施。

我们去的那天，天气格外晴朗。到达观景台不久就是傍晚，落日的余晖洒向天际，空中云彩变成了灿烂的晚霞，城市的楼屋涂上了一抹金色，生机勃发，煞是好看。夜幕降临，灯光越来越多，越来越亮，川流不息的马路在车灯的照射下，流光溢彩，美轮美奂，清晰地勾勒出了城市的脉搏。一幢幢高大的建筑物顶上，红色、紫色、黄色、绿色的霓虹灯交相辉映，与电视塔相映成趣。电视塔的旋转餐厅里人不算多，里面还有中文服务，那里的西餐分量很足，一罐印有多伦多塔图片的当地啤酒和一支多伦多塔形状的水果扦子很有特色，咖啡更是有名。我们各样都点了一些，逐一品尝，为的是体验一下高空进餐的感觉。

夜色渐深，我们踏上归途，回首遥望，多伦多市宛若一片灯海，特别是那通明透亮的电视塔，接地连天，光芒四射，仿佛向每一个游客招手呢！

2017年2月

多伦多国家电视塔

## 卡萨罗马城堡

冬日的上午，伴着簌簌的小雪，我们来到了加拿大多伦多市区以北奥斯丁台山头上最负盛名的卡萨罗马城堡。城堡没有想象中的那么大，这大抵是看惯了中国规模宏大的各类宫殿吧！但作为私人住宅，显然是规模庞大且极尽奢华。

卡萨罗马城堡是北美唯一完整保存的城堡，最初的主人叫亨利·帕雷特爵士，被称为“多伦多电力之父”，是加拿大20世纪初首屈一指的富豪。他生性浪漫，有感于妻子玛丽出行不便，无法欣赏到欧洲建筑的精髓，便请最好的设计师，采用最好的建筑材料，建了一栋爱德华时期的古典城堡，以此作为送给妻子的礼物。1909年，由加拿大建筑师E. J. 利诺斯绘制蓝图，启动了他毕生的梦想。城堡被命名为CASA LOMA，意为“山坡上的房子”。1911年4月，卡萨罗马城堡正式动工，共雇用了300名工人，历时3年，耗资350万加元建成。这是加拿大历史上最早，也是建造最为辉煌的私人城堡。它既有朴实浑厚的美感，又不失童话般的梦幻。青铜大门、秀美的城垛、高耸的塔楼，处处显现出建筑师的巧妙构思，主楼通过240米的隧道与豪华马厩连接，环绕城堡的是2.2万平方米的花园。每当艳阳高照，这座城堡在繁花的映衬下，气势更是令人震撼。

卡萨罗马是三层楼的中世纪古堡，主楼大厅高达18米多，是整个古堡的焦点。建筑内部可分五部分：（1）地面部分有18米多高的大厅、橡木地板的图书室、饭厅、花草温室、艺术品展览长廊（孔雀巷）、小餐厅及书房。（2）二楼以起居室为主，设有主人的卧室、浴室和夫人的卧室、浴室，客人套房等。（3）三楼有女皇步枪博物馆、城楼、基旺尼斯展览室、观景室和用人室等。（4）地下有酒窖、游泳池、健身室、保龄球场、射击场等。（5）通过地下通道进入另一建筑物，有车库、马厩、花房等。室外有3600余平方米的喷泉花园。

卡萨罗马城堡无疑是美丽且令人赞叹的，但当亨利爵士和她美丽的妻子在城堡中享受了十余年的奢华生活之后，随着第一次世界大战的爆发，亨利爵士的经济帝国瞬间陷入了崩塌的境地。1923年，为了不因为破产而失去爵士封号，亨利爵士同意让银行控制他企业的所有盈利收入，他已经没有能力维持卡萨罗马了。1924 年 6 月，卡萨罗马的古董和艺术品在完全无限制、无保护的情况下被公开拍卖。5 天的疯狂竞拍，使古堡中令人瞠目的财富如水银泻地般流失，据说连纽约的人都赶来凑热闹，而在这场被称为“世纪大削价”的拍卖中，一座价值 1500 美元的野牛铜像只卖出了 50 美元。拍卖共获得 14 万美元，不及亨利多年来为这些艺术品投资的十分之一。亨利的金钱王国崩溃了。1924 年夏末，亨利爵士一家黯然离开了用自己心血打造的卡萨罗马。1937 年同济会俱乐部把它租下并发展成为一个旅游胜地，城堡开放成为公众游览的场所。

卡萨罗马城堡外景

由于建筑上的独具特色，卡萨罗马成为许多电影的外景地。诸如奥斯卡获奖影片《芝加哥》等著名电影都曾在这里拍摄。在地下酒窖旁的走廊里，贴着许多曾经在此取景过的电影的海报。从这一点上，足见卡萨罗马是一座多么吸引人的建筑。

2017 年 2 月

卡萨罗马城堡大厅

## 寂寞的国度

加拿大这样的国家，人们少有娱乐活动。在我们国内，无论大城市、小城镇，甚至农村，业余时间人们就会在广场上、公园里唱歌、跳舞、扭秧歌、玩游戏，气氛热烈，欢乐非常，广场舞几乎在全国得到了普及。而来到加拿大感觉就不一样了，觉得单调、沉闷、寂寞。我不能说对加拿大有多深的了解，特别是不了解青少年的业余活动和有钱人的生活，但就大众而言，就我所在的汉密尔顿而言，街道上少有娱乐设施，人们生活得单调死板。老外们喜欢到酒吧喝酒，但那酒吧里没有几个人，随便在一个高脚凳上坐下，手里捧上半杯红酒，半天咂上一口，没人搭腔，没人理弄，实在看不出有多少乐趣。

在咱们国内，晚饭之后才是人们的活动时间，街道、广场才是最热闹的场所。而在汉密尔顿，一到晚上 8 点以后街上几乎没有行人，当地居民早早回家休息了。按说加拿大并不缺电，家家都在用电做饭，可他们屋里的灯泡都不大，光线都不亮。城市生活区域的街道也是黑乎乎的，静悄悄的，我们作为外国人一到晚上根本不敢出去。

据我观察，并非加拿大人不喜欢热闹，而是没有那个条件。比如瑄瑄所在的学校对外开放，欢迎家长及社会上的人参观，那些根本没有孩子上学的人，特别是一些老头老太太，早早赶到学校，这里瞧瞧，那里转转，不图了解什么，就为凑个热闹。

加拿大是一个人口老龄化的国家，住所又是一栋一栋的别墅，人与人距离远、来往少，子女们很少看望或不来看望，故而多数地方显得死气沉沉，了无生气。试想一下，在这样的环境下生活能有多少意思呢？

寂静的别墅

## 万圣节

每年的 10 月 31 日是西方的万圣节。万圣节是西方的鬼节，有些像中国的农历七月十五中元节。据说在公元前 500 年的时候，居住在苏格兰、爱尔兰的人们相信，往生人的亡灵会在 10 月 31 日这一天回到生前所居住的地方，并在活人身上找寻生灵，以获得再生的机会。当地居民因为担心鬼魂来夺取自己的生命，故当 10 月 31 日到来时，会将所有灯光熄灭，使得鬼魂无法找到活人，并打扮成妖魔鬼怪将鬼魂吓走，这便是万圣节的由来。但随着时间的流逝，现在的万圣节已经演变成包含滑稽的趣味，变成了大人、孩子们纵情欢乐的好时候。

每年距离万圣节可能还有半个月，许多加拿大人就忙起来了，提前进入了过节的状态。我们可以在超市里看见正在买东西的女士，脸上用白粉涂成一片白，再用黑笔画出眼圈、皱纹，每个手指上都套着一个白色金属做的尖尖的指套，活像一个安徒生童话里的巫婆。我们也会在大街上突然遇见一个或几个大灰狼打扮的人，他们头上套着人工制作的狼头，牙齿雪白，嘴巴血红，两只可能是用乒乓球做成的狼眼，画得非常凶狠阴险、狰狞可怕。他们身上裹着用化纤毛做的灰色狼皮，屁股上还拖着一条夹着钢丝的狼尾巴。这些装扮成狼狐妖怪的人大摇大摆、招摇过市，充分显示出西方人的夸张与浪漫，然而当地人见怪不怪，丝毫没有异样的表情。我们虽然忍俊不禁，但入乡随俗，也不敢笑出来。

与此同时，所有过万圣节的家庭要做许多准备工作，他们要在室内、门口装上许多灯饰，在门口挂上蜘蛛网、骷髅、蝙蝠之类令人恐怖的东西。还有人在门口摆上一些大大小小的南瓜，每个南瓜上都按骷髅模样挖几个洞，有的还在南瓜里装上小灯泡，一闪一闪的也挺吓人。每家还要准备好糖果，把它包成许多小包，用于打发晚上出现在家门口演恶作剧的“圣人”。

到了万圣节那天晚上，凡是过节的人家（也有不过节的）都会把小孩打扮起来，给他们穿上各种古怪的服装，戴上诸如骷髅、动物、天使甚至还有猪八戒、孙悟空之类的假面具，把他们化装成“圣人”，有的由父母带领，有的是孩子们自己结伴，前往过万圣节的人家去讨糖。

小“圣人”们到了街头，看见谁家灯火通明、属于过节的模样，就可随便去敲门（不过万圣节的人家则门口没有摆放“怪物”，“圣人”不可去打扰他们）。听到“圣人”敲门，主人就会高高兴兴地开门迎接，并把预先准备好的糖果送给他们。小“圣人”们得到糖果就转往下一家去了。有时候一个小孩一晚上能讨一桶糖果，足够孩子一年食用了。

2016 年 11 月 1 日

万圣节的公寓活动

# 加拿大的教育

如果将加拿大的教育与我们作个比较，用形象的说法我们可以叫作“先苦后甜”，就是孩子一上学就戴上了“紧箍咒”，从小学到高中必须吃苦耐劳、刻苦学习，一旦进入大学就相对轻松了。而加拿大和美国则是“先甜后苦”，即中小学阶段相当宽松，大学阶段则要求严格、毫不含糊，修不满学分就拿不到文凭。

在加拿大上小学具有以下特点：

1. 教材相当简单。虽然开设语文、数学、自然科学、社会科学及体育、美术、音乐等课程，但没有界限明确的学科，也没有固定的教学课时，老师可以根据自己的特长和兴趣讲解别的内容。（据说有的孩子已经四年级了，加减法还要在背后数指头）。

2. 每班人数少。一般每班不超过 20 人，每 4 个人就地坐一个小方桌，老师也不像我们中国老师那样站在讲台上讲课，而是和孩子们坐在一起。学生也不会像中国孩子那样按规定的位子坐好，而是随意坐，有时还会到处跑。他们还会跟老师讨价还价，提各种各样让人哭笑不得的要求。上课过程如同玩耍一样，可以东倒西歪，可以大声说笑，可以提与上课内容毫不相干的问题。

3. 没有家庭作业。

4. 在学校和家里都没有成绩压力。

5. 老师非常尊重学生，不允许老师当众批评学生。老师对每个孩子的评价没有缺点只有优点，比如一个孩子不爱看书学习、又爱恶作剧，没关系，咱不说这些，只说他的优点：活泼、聪明。

6. 学生须从家中带饭到学校吃。

7. 每天早上 8 点到校，下午 3 点放学。

加拿大的教育分为幼儿园阶段、小学阶段 6 年、中学阶段 6 年（其中初中 2 年、高中 4 年）。综观加拿大的中学教育，大致有以下特点：

课程大致有语言类、社会科学类、自然科学类、艺术类等。每一类下有许多科目，比如社会科学包括本国历史、世界历史、经济、时事、社会学、心理学等课程。自然科学则包括物理、化学、生物、天文、地理等课程，学生可以选修。

学生没有固定的教室和同学。选同一门课的人，在某一间教室一起上（学生班级不尽相同），不同的课在不同的教室上，听课的学生自然各不相同，这样每一节课下了以后学生们就得换教室、换课程、换同学、换教师。

学校从来不给学生排名次，且同级学生由于选课不同，教师不同，学习的时间和地点不同，同班不同授，更不同考，故而实际上也无法排名。

老师非常尊重学生，对学生的教育以肯定为主，在老师的眼里学生个个都是天才。学生们谁也不认为别人比自己厉害，因为大家各有所长，谁也不羡慕谁。

上课时学生们不需坐整齐，老师鼓励学生展开讨论，扯到与课程无关的问题也不要紧，老师都会从积极的方面给予评价，不会批评学生。上课过程很轻松，老师经常会用影视仪器和讨论的方法进行教学。

课后一般没有需要标准答案和反复抄写的作业，有的可能是一篇小论文或手工作业，且不是今天的作业明天必须交，老师会给你一个星期或更长的时间。

加拿大的中学生规定有一段实习时间，学生可以选择一些现代社会实用知识和技能，诸如电讯、交通、工业、农业、林业、水利、环境、建筑、制造、驾驶、航运、商业、会计、时装、食品、经济、法律、文秘、外语、家政、维修等领域，通过接触实际工作发现自己的特长和兴趣，以备上大学时选择适合自己的专业和院校。

中国的高考每年只有一次，而加拿大可以在不同的时间考多次，你可以选择历次考试中的最高分数寄给报考的学校，作为录取依据。

加拿大的高校录取除了看高考成绩外，还要看学生的在校成绩、老师推荐信、课外活动情况等。其中在校成绩包括考试分、作业分、实验分、课堂上讨论题分以及出勤情况等。

在加拿大，大多数高中毕业生都能上大学，因此中学生们根本不用花费那么多时间和精力去复习备考，家长也不必因高考而对孩子施加过大的压力。

但是加拿大的大学读起来是比较困难的。首先是孩子们

18岁以后要独立，要自己养活自己，一般都会半工半读，学生既要上课，又要打工，又要完成作业。有人说，几乎没有几个人可以在晚上12点钟前睡觉。上大学可以贷款用作学费，但须在工作以后偿还。

在读大学期间，每位老师每次上课都布置作业，而且分量很重，据说有一个学管理的学生，还只读一年级就交了500多页（A4打印）作业。这些学生都是自己来深造的，又是自己感兴趣的专业，在对自己负责的精神鼓舞下都很努力，再多的作业也会认真完成，再大的困难也会自己设法去克服。

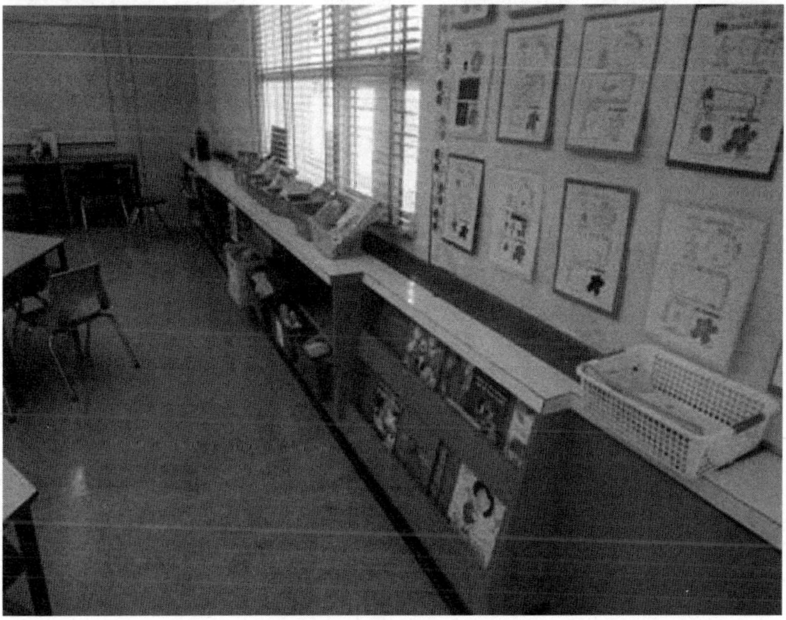

瑄瑄的小学教室内景

加拿大和美国一样，读大学是修学分的，学分满了才可毕业，否则门槛很高、要求严苛，无论你读了几年大学均拿不到毕业证书。正因如此，加拿大和美国的大学文凭含金量较高，几乎得到世界各国的认同。

2016 年 11 月 5 日

班级小伙伴的集体演唱活动

## 送子女出国留学的误区

我们国内十分推崇出国留学，特别是一些有钱人，看到自己的孩子学习不好、成绩不佳，或者升学无望，便费尽心思推出国外，有些孩子还在读中学就到国外了，希图混一张文凭、混一顶留学生的帽子回国，从而提高身价，从容就业。岂知这是一种十分盲目的选择，甚至是一种错误的选择，弄不好会贻误后代。

我在加拿大居住期间，隔壁有一座哥伦比亚学校，是专为外国中学生培训英语的地方。那学校冷清死寂，没有一点儿生气，按我们的习惯来说根本不像个学校。加拿大规定学校下午3点放学，这里也不例外。孩子们早早离开学校，再也无人过问，我看到从国内出来的那些半大不小的孩子，到处游游荡荡、无所事事，跟前又没有家长，无人关心，无人经管，实在让人担心。大街对面有一家北京面食店，孩子们经常到这里就餐，其余时间就到各处闲逛去了。

中学生正在成长时期，思想尚未定型，容易受外界诱惑，国外的社会又十分复杂，有些不法之徒专门针对这些青少年设套下手，因此孩子们面临的风险很大。试想，连国内的书都念不好，能去国外读书吗？连国内的大学都考不上，能在国外考上大学吗？退一步说即使“混”进去了，能“混”到文凭吗？令人担心的是，不要“混”不到文凭却把人“混”坏了。

诚然，不是所有孩子都不宜出国。那些学习专心的孩子，那些自制力比较强的孩子，那些自己可以管理自己的孩子，在中学阶段出国也可以，考上外国大学去留学更可以。问题是，千万不要把国外当成“放养”孩子的好“牧场”，把自己教育不好的孩子甩到国外，每年花费几十万人民币暂且不说，贻误了后代的前程可是大事！

2016年11月10日

多伦多大学的学生

## (附文章两篇)

### 之一：一个寄宿家庭讲述的故事

这几年常有中国孩子赴美国私立学校读九年级或十年级，当地的留学机构便在附近为这些孩子寻找寄宿家庭，条件是每年住宿 10 个月，暑假回国，寄宿家庭每月享有 1000 美元补贴。要求给“小留”（对小留学生的简称）提供一间单独的卧室，免费的一日三餐，并负责上学接送。

我有一个朋友家住美国加州，他看到网上发布这样的信息，便报了名，递上申请。经留学中介机构派员实地检查审核后，他顺利当上了寄宿家庭。

下面是朋友给我讲的故事。

一

我家的“小留”姓王，内蒙古人，来美读十二年级，准备申请美国的大学。

小王9月份来我家，我们体谅他功课繁重，没让他做家务活儿，也没让他坐校车，而是开车接送他上学放学。伙食上也注意肉菜搭配，准时开饭，并准备了零食，随时可以食用。这样的安排，相处倒也不错。

过了一个来月，问题慢慢出来了。10月初小王开始TOEFL和SAT考试，这些考试基本排在周末早晨。我知道考试对这些孩子的重要性，虽然冬天非常冷，但我们还是像对待自己的孩子一样，每天早早起来准备早餐，然后送他去考试。满以为TOEFL和SAT各考一两次就可以了，没想到小王的父母望子成龙，每次看到成绩不理想就让他重考，这样车轮大战下来，几乎每个周末都在考试，小王自己精疲力竭，天寒地冻的也给我们带来诸多不便。而小王考来考去还是那个样子，成绩老上不去。

他的父母心急之下在某地找了一个风水大师，花了几万元给他改了一个名字，希望以此改运可以提高考试成绩。他要中国同学和我们都叫他的新名字。哪知新名字喊了两个月，他的成绩不升反降。一天他跟父母通电话后，晚饭时郑重地跟我们说，他的成绩没提高是因为我们喊他的新名字不经常、不够多。我当时正喝汤，不由得呛到，咳了半天才止住。我儿子年纪小，脑子简单，一边大笑不止，一边说太荒唐了。最后，小王TOEFL考了10次，SAT考了7次，虽不算前无古人，大概后来者也不多。他的父母又去拜了大师，并改了他们自己的名字，可惜小王成绩一直欠佳，没能去上加州大学的任何一个分校。

## 二

通过改名一事，我们开始感觉到，我们不仅是跟“小留”打交道，更是跟“小留”背后的家长打交道。

小王的父母属于比较富裕的工薪阶层，母亲挣钱比父亲多，因此常守着小王数落父亲的不是。他们对小王使用高压政策，并用零花钱调控他。他们告诉儿子，只要他考不上好大学，他们就离婚。他的父母在国内时刻都在关注他的动态，每天都发短信或打电话。父母知道他加入了一个留学生微信群，就用假名潜伏进这个群，最后由于语言过于老成，被孩子们识破，被踢了出去。

在这样高压和严密监控的背景下，小王认为学习是为了父母，对学习实在提不起兴趣。我们家有不少英文刊物，建议他读一读，他一点兴趣也没有。接送他上学和放学时，我有意打开收音机，让他随时提高英文听力，但是不超过 3 分钟，他马上就睡着了。晚上以为他在学习，不想他在上网看国内的电视剧，常常高兴得哈哈大笑。

小王对父母的“追击”是能躲就躲，能拖就拖，直接的后果是我们躺着也中枪。有一次工作日晚上 10 点半，我们已经休息。小王的父母打电话给我，我以为有什么急事，谁知是要我们通知小王接电话。这种事又发生过多次，不是在晚上 10 点半左右，就是周末早晨 8 点左右，甚至有时是在我上班时间，要是来不及接就连续打七八次，搞得我们不胜其烦。

有谚语说，苹果不会掉到离树很远的地方，形容有其父必有其子。小王对我们很不体谅，除了自己经常敷面膜外，家务杂事从不动手帮忙，自己的卧室和浴室脏了也不清理，垃圾在卧室里乱丢，吃零食风卷残云，晚上 11 点还跟别人高声讲电话、飙脏话。更可怜的是，小小年纪已经非常势利。他认为我们是因为穷困才当寄宿家庭，所以鼻孔朝上，经常在我们面前炫富。一会儿炫耀他妈开宝马车，一会儿嫌我们家装修太差。我们开始以为这孩子不懂事，便不与他计较，但心里已经对这个孩子有了比较客观的看法，认识得更深一些了。

## 三

本以为我够耐心了，谁知小王元旦假期从国内回来后，才是对我们修养和耐心的大考验。他回到我们家第一天就宣布，他因割了双眼皮，不能吃酱油、海鲜和辛辣的东西，这给我们做饭带来很大困扰。后来我们该做红烧肉就照做，他不吃就算了，反正还有其他东西，饿不着他。

去年春天，小王终于被一所州立大学录取，此后对学习更不在意了，早上不愿起来就装病。我们识破后，让留学机构同他讲道理。结果他不讲卫生的习惯变本加厉，把红薯皮、酸奶盒等垃圾扔到床铺底下，更把墨水和茶渍弄到地毯上。到这时我们只想让他快离开，免得带坏儿子。

学期终于结束了，本着善始善终的原则，我们去参加了小王的毕业典礼。他母亲问我，小王上大学需要注意什么，我多嘴说英语还需很大提高，不然上了大学可能跟不上，他父母大吃一惊。他们要是知道儿子在美国学习生活了 3 年，每年花 30 万元人民币，高中毕业了，用英语说“现在几点”还说不利落，可能会非常难过吧。

在毕业典礼上，我们还见到其他“小留”和他们的父母及寄宿家庭的人。不聊不知道，原来我们家的小王在这批毕业的“小留”里还不算最差的。有一个广州来的女“小留”，小小年纪就有烟瘾，经常让年满 18 岁的学长买烟。寄宿家庭自己有幼童，不让在家里抽烟，她就在卧室里抽。她夜里肚子饿，就自己起来做夜宵，不料因边打电话边做饭，着起大火来，让寄宿家庭夜半惊魂。她交了一个加拿大的小男友，一天不辞而别去了加拿大，寄宿家庭以为她失踪了，惊慌失措找了半天，才查清她去加拿大找男友了。寄宿家庭受此惊吓，决定第二年不再当寄宿家庭了。

寄宿家庭都在慨叹，要说“小留”们的故事是一部《世说新语》也不为过。他们的父母在孩子的心理和生理都处于关键的发展期，最需要父母引导和教导的时候，把他们打发到国外一个完全陌生、挑战性极大的生活环境；有的父母觉得自己手里有钱，甚至把自己管教不好的孩子打发到国外读书，其利害得失实在应该慎重考量。

2018 年 7 月 28 日

## 之二：“代理妈妈”酿成的悲剧

近几年，许多国内的父母为了让孩子接受更好的教育和更早融入国外的文化，不惜在高中甚至在初中阶段就把孩子送往国外学习。由于这些孩子尚未成年，自理能力差，而他们的父母在国内都有事业要做，不能陪读，于是一种新兴的职业——代理妈妈（简称“代妈”）应运而生，各种代理监护人公司蓬勃发展。由于“代妈”门槛不高，各公司资质良莠不齐，小留学生们的生存状况令人担忧。下面我讲一个例子。

## 一、重金聘请“代妈”

2017 年 2 月 20 日，家住青岛的卜伟接到来自美国的越洋电话，对方称他的女儿卜丽因私自堕胎引起大出血而不幸去世。这个噩耗让卜伟和妻子卞琳如遭雷击、完全垮掉。他们怎么也不相信，一年多前他们花费重金、满怀希望送往国外的女儿竟然死了。卜伟今年 43 岁，自己开办了一家公司，妻子与他同岁，是一名医生。他们的女儿卜丽出生于 2002 年，从小聪明伶俐，被视为掌上明珠。由于家庭经济条件许可，他们于 2016 年给孩子办好了出国留学的手续，兴奋地等待孩子开学报到。

此时，卞琳心中十分纠结。丈夫的公司是家里的经济支柱，本来两口子说好，等办妥女儿的留学手续，卞琳就辞职陪读。但正好卞琳刚上任主任医师，在这个时候让她丢下刚刚起步的事业，实在心有不甘。此时，中介机构的工作人员告诉她，现在未成年的孩子出国留学的人数急剧增多，不是每个家庭都有条件出国陪读，国外的教育机构也规定，18 岁以下未成年人要居住在寄宿家庭，也要由指定监护人照顾。

因此，许多家庭会在海外为孩子寻找一位“代妈”。

“代妈”的职责就是在外给孩子负起妈妈的责任，不仅照顾他们的饮食起居，还要监管他们的日常行为，甚至可以以监护人身份出席家长会。中介机构的工作人员告诉卞琳，“代妈”的收费标准一般为一学期 800 美元，假若肯出 1000 美元，就可以选到华裔“代妈”，运气好的话还能遇到同省籍的呢。得知这个消息，卞琳高兴坏了，她立马交了 1000 美元，中介机构为其女儿找了一个名叫王月的“代妈”。

此事确定后，王月与卜伟夫妇通过网络进行视频通话，王月自我介绍说，她今年 41 岁，也是青岛人，一年前刚刚移居美国，儿子在上高一，丈夫因为打理生意，目前仍在国内，她其实是个陪读妈妈。卜伟夫妇从视频看到王月长得白净圆润，且干净利落。听着那熟悉的乡音，还有那跟自家相似的情况，顿时引起共鸣，赶快让女儿过来跟王月网上见面，双方相谈甚欢。王月向他们承诺，“孩子交给我就放心吧，我一定会像亲妈妈一样照顾她”。卞琳深受感动，当得知王月家中有空余的房间时，又干脆以每月 90 美元的租金将她家定为女儿的寄宿家庭。

## 二、海外传来噩耗

2016 年 1 月，卜伟夫妇与王月谈妥后，便放心地把女儿送上了飞往美国旧金山的飞机。十几个小时后，王月打来了越洋电话，说她已经接到了卜丽，目前正在从机场回家的路上，让他们放心好了。卜伟夫妇十分高兴，庆幸能遇上这样理想的“代妈”。

接下来的日子，卜伟放心地做生意，卞琳放心地工作，每天晚上与女儿视频通话成了一家人最幸福的时刻。然而，最初的新鲜感和兴奋劲儿过去以后，卜丽开始埋怨学校的课程太多，很难融入美国同学的圈子，还抱怨王月同时代理了和她一样的小留学生，整天忙得连人影都很少看到，有事打电话都找不到她……对于女儿的抱怨，卞琳不以为意，女儿初出国门，有一些不习惯和不适应是正常的。便安慰女儿说："咱们出国是为了锻炼自己，你不要太娇气了。"但是王月代理了十几个小留学生，还是让她颇感意外。对此，王月的解释是，她所在的代理公司，每个"代妈"都代理十几个小留学生，有的还代理四十多个呢！何况她和儿子刚移民不久，这也是她们母子生活费的主要来源。听王月这么一说，卞琳也无话可说，毕竟与女儿远隔重洋，女儿的生活琐事除了依靠王月照料也别无他法。于是她客气地请求王月，看在老乡的面子上格外关照点卜丽，王月爽快地答应了。

在美国读了半年中学后，卜丽似乎渐渐适应了这里的生活，她不再每天晚上与父母视频通话，即使通话也只是简单地说几句。2016 年 8 月卜丽回国度假，曾想让母亲为她换一个寄宿家庭，但卞琳认为再找这样一位同乡"代妈"不容易，加上自己工作繁忙，便劝女儿尽量去适应，假期结束便将女儿匆匆送走。然而，让她和丈夫万万没有想到的是，2017 年他们竟然接到王月告知女儿遭遇不测的电话。

王月让卜伟夫妇保持冷静，但他们怎么能够冷静下来！2 月 21 日，卜伟将生意委托他人打理，与妻子匆匆买了飞往美国旧金山的机票。赶到美国后，他们看到的只是女儿冰冷的尸体。卞琳伏在女儿身上失声痛哭，卜伟愤怒地质问王月："我们把女儿交给你，为什么她不明不白地死了？"王月告诉他们，美国的中学生在性方面成熟得早，又特别开放，卜丽上学不久就与一个美国男孩来往密切，后来不知怎么竟然怀孕了。由于堕胎在美国受法律和社会舆论限制，王月只好带卜丽到一家没有行医执照的小诊所，为她服下了堕胎药。没想到服药没多久，卜丽就出现了大出血。小诊所的医生和护士急得手忙脚乱，王月只得将卜丽送往由华人开的一家东华医院，但因卜丽出血过多，经抢救无效而死亡。医生告诉王月，卜丽是宫外孕，根本不适合服药堕胎……

听了女儿惨死的过程，卜伟夫妇肝肠寸断。夫妇俩打算去找那家黑诊所，让对方给个说法。但王月劝他们，这里不比中国，他们不仅语言不通，而且私自堕胎本来就受法律限制，就算找到了那家小诊所，卜丽自己也负有主要责任。既然人已经不在了，这样做有什么意义呢？王月的话让卜伟疑心重重：王月得知女儿怀孕的事，为什么不在第一时间通知家长，而是悄悄带她去堕胎呢？对此王月的解释是，卜丽发现自己怀孕后，害怕父母责骂，央求王月带她到诊所将孩子处理掉。但此时卞琳却想起女儿生前对自己说过的一件事：王月的儿子张昭现年 17 岁，有一次卜丽晚上到客厅拿水果，竟然看到他正在看色情视频……而这次她与丈夫赶来处理女儿后事的几天中，竟然没看到王月的儿子张昭。他们将这些疑问向王月提出时，王月的脸上掠过一丝慌乱，支吾说儿子在学校寄宿，周末才会回家。

王月给出的理由看似没有破绽，而且女儿因堕胎而死，在美国根本得不到法律帮助，卜伟夫妇只能强忍悲痛，持东华医院开具的死亡证明将女儿的遗体火化，最后满怀悲痛地准备回国。但夫妻俩表示，他们与中介服务公司和“代理妈妈”公司都签订过协议，关于女儿的死，一定可以找王月要个说法。

## 三、终于露出真相

王月为了安抚夫妻俩，于2017年3月1日特意买了返程机票，陪同他们一起回到青岛。回国后，卞琳在整理女儿的遗物时意外发现，在她行李箱的夹层里，藏着一本带锁的日记。卞琳感到疑惑，与丈夫一起撬开日记本。看到里面的内容后，他们感到心如刀割。

“2016年11月8日。今天王妈妈不在家，张昭哥哥问我要不要和他一起看电视，我说不想看。他盯着我的身体看来看去，然后我就被他欺负了……我很痛，但是哥哥不让我告诉任何人，他说我要是说了就杀了我。

“2016年11月13日。今天妈妈又跟我视频了，我很想告诉她那件事，但王妈妈不让说。她说我在美国谁也不认识，我要是乱说就把我扔到红灯区……我很害怕。

“2017年2月15日。我的‘好朋友’好久不来了，王妈妈说我可能怀孕了，不过她说会帮我处理这件事。”

这个惊人的发现让卜伟的怒火直冲头顶。他立刻拨打王月在国内的电话，假作客气地感谢她对女儿的照顾，想请她吃顿饭，并询问她回美国的时间，表示他们夫妻要去送她。

王月明显松了一口气，告诉对方自己是当天晚上的机票。随后，卜伟与妻子一起来到王月居住的小区的楼下，并约她下楼吃饭。

几分钟后，王月如约而至。卜伟一把将她拉到小区偏僻的地方，掏出女儿的日记摔到她面前，问她是怎么回事。看到卜丽的日记，王月终于承认，确实是儿子作的孽。她本打算把卜丽肚子里的孩子悄悄处理了，不想却酿成大祸……她哀求卜伟夫妇放她儿子一马，无论要多少赔偿，她都认。

但是，捧在手心里的宝贝女儿已去天国，又有多少金钱能够补偿自己的失女之痛！卜伟逼着王月写下一封声明，承认张昭强奸卜丽和她带着卜丽私自堕胎致死的事实，并让她签字画押后，便要将她带去派出所。但王月嘟囔道："我是美籍华人，就是有什么事也是归美国的警察管，中国的法律不能拿我怎么样……"她的话让卜伟怒火中烧，他挥拳向王月迎面打去，还边打边骂："中国的法律管不了你，我的拳头来管你！"王月哪里禁得住他的三拳两脚，很快被打得趴在地上起不来。卜伟的丧女之痛已经被勾起，不发泄完就停不下来。他顾不上妻子的劝阻，对着已经瘫软在地的王月一阵拳打脚踢，直到王月躺在地上一动不动，卜伟才离开。后来，路人发现受伤的王月，将她送到医院抢救并报警，虽然拾回一条命，但王月因头部、胸部多处骨折，已成重伤。

2017 年 3 月 5 日，青岛警方将卜伟抓捕并刑拘，等待他的当然是法律的惩处了。

2018 年 8 月 1 日

## 加西旅游记

在加拿大旅游一般选择两条路线，一条是加西游，走的是不列颠哥伦比亚省和阿尔伯塔省，另一条是加东游，走的是魁北克省和爱德华王子岛省，西部比较凉爽，东部沿海，天气炎热。因为正当暑天，我们参加了西部的梦幻假期旅游团。

### 一、出行

旅游是从7月14号开始的。当天凌晨3点起床，4点乘车，5点便赶到机场。由于一夜没睡，不免有些疲乏。但看到偌大的多伦多机场航班起降不舍昼夜，人流如织，声浪鼎沸，不禁让人精神顿振，困意全消。

我们刚到机场，与我们同行的小陆一家也来了，他领着女儿园园，还有岳父岳母，也是四口人。园园和瑄瑄同龄，两个孩子一见如故，高兴得蹦蹦跳跳。他的岳父岳母与我们年龄不相上下，正好作伴出游。

早上7点半，航班准时起飞。我们的第一个目标是温哥华，距离多伦多共有4个小时航程。加拿大的飞机比较宽敞，特别是排与排之间比较宽松，乘坐起来不觉得很累。飞机不供吃食，但给饮料，服务人员也很热情，等送过几趟饮料飞机也就到了。

从空中望下去温哥华范围很大，不着边际。到处都是森林绿树，到处都是河流湖泊，碧水与绿树交织倒显得相当美丽。

初到温哥华

## 二、煤气镇

温哥华位于加拿大的西海岸，是太平洋沿岸的一个重要港口，加国出产的木材、小米、矿产品主要通过这里运往世界各地。同时这里又是一个美丽的海滨城市，在世界宜居城市评选中名列第二。由于受太平洋气流的影响，这里夏无酷暑，冬无严寒，草地常绿，繁花似锦，气候温和，四季宜人。

导游带领我们游览的第一个景点是煤气镇。

煤气镇？这是什么地方？不是进来城里吗，怎么又到了镇上？其实煤气镇不是镇，而是温哥华的市中心；煤气也与我们使用的煤气无关，而是一个人的名字。早在19世纪初，也就是200多年前，温哥华这地方还是荒野一片，后来由于伐木工人的往来和木材厂的开办，这里开始有了人烟。此时有一个名叫煤气的人在这里开办了第一个酒吧，成为城市的起源。后来随着太平洋铁路修通，温哥华市开始崛起，逐渐发展成今天的规模。为了纪念早期城市的开拓者、奠基者，温哥华将城市中心位置命名为煤气镇，以资纪念。

我们看到煤气镇一带商厦林立，人流滚滚，十分红火热闹，特别是一个蒸汽钟前参观照相的人很多。那是当街矗立的一座大钟，足有五六米高，如同一座牌楼一般，顶端四角有蒸汽“哧哧”喷出，每隔 15 分钟就会“当当作响”，倒也不失为一大景观。

煤气镇的蒸汽钟

## 三、加拿大广场

我们游览的有一个景点是加拿大广场。一说广场，我们首先想到的是一片平地，如何宽展，如何装饰，供人们游览。不想温哥华的加拿大广场全然不是这样，它是一个海湾，海湾深深地伸进陆地，两端长长地探进海里，在这样一个宽大的“U”形地带，背后都是高楼大厦，分别是温哥华会议中心、世贸中心和泛太平洋酒店；临海的地方都是游艇一样造型的建筑，游人走过，时而感觉在岸上，时而感觉在船上，特别是举世闻名的“五帆”建筑引人注目，那是海边的高档酒楼，屋顶造型像高扬的五座白帆，映照着大海，映照着蓝天，成为温哥华的地标性建筑。我们尽情地在广场上游览，从广场的这一角走到广场的另一角，就像在游轮的甲板上游玩一样。我们惊叹这里自然风光的秀美，更惊叹建筑设计的精巧，两相结合把这座海滨城市打造得越发美丽了。

温哥华的加拿大广场

加拿大广场的临海建筑

## 四、瞭望角

距离加拿大广场不远处，有一个瞭望角。

瞭望角，顾名思义就是一个瞭望远处的地方。那里是温哥华临海的一角，走到近前就是一个悬崖，凭栏远眺，海浪滚滚，惊涛澎湃，让人不由得想到，越过那茫茫的大海就可以回到我们的祖国，就可以回到家中。

瞭望角的一边是一座高大的狮门大桥，钢索高挽，气势磅礴，钢梁横架，穿越海峡。据说，狮门大桥始建于 1938 年，桥高 180 米，桥长 1300 米，是穿越海峡连接温哥华南北两岸的重要通道。狮门大桥宛如一幅浓墨重彩的风景画，吸引了到此的每一位游人，人们争先恐后在这里拍照，都想留下这一美丽的瞬间。

透过迷茫的云雾，依稀可以看到对岸，那里满山都是绿树，在绿树丛中高高低低不时有别墅隐现。亮茹悄悄对我说，那地方好像不错。导游介绍说，那是温哥华北区，是富人居住的地方。这样说来，那里更加富有、更加神秘了！

瞭望角远处美景

## 五、史丹利公园

在温哥华的市中心有一个规模很大的史丹利公园。一般的城市，大型公园都在城郊地区，而温哥华不一样，如此大规模的特大公园就在城市中心，是全市人民休息旅游的天堂。

史丹利公园三面环海，一面连接陆地，园内有高山，有湖泊，有美丽的海滩，有供游客露宿的野餐点，还有游乐园、玫瑰园、动物园、水族馆、网球场等设施。至于古树名木就不用说了，光松、柏、杉三种树就有 50 万棵，其中最大的松树高达 76 米，树龄达数百年，称为树中之王。

温哥华市对这处公园的保护十分重视，从公园对外开放起，市议会专门成立了一个由六人组成的公园管理委员会，后来又组织了一个公园局取而代之，而公园局的成员是由全体市民选举产生的，以至公园保护完好，百年如新，被加拿大政府命名为国家遗产。

当我们进入公园的时候，那里游人很多，他们有的悠闲漫步，有的骑车漫游，也有青少年骑着一种叫不来名字的独轮车疾驰而过。我们被这里的美景吸引住了，本想在这里多游览一会儿，可惜我们都是匆匆过客，只看了几眼就离开了。

史丹利公园

## 六、列治文

温哥华周边有 20 多个小城市，共同组成一个大温都市圈，列治文便是其中之一。

列治文是一个独立的小岛，而小岛是由落基山上的弗雷泽河冲下来的大量泥沙在进入太平洋的地方堆积起来的，面积 129 平方公里，海拔高度只有 1 米。这里地势平缓，气候温润，是发展种植业的理想地带，这些土地广种蓝莓，在美洲地区赫赫有名。我们去时正值蓝莓收获季节，我们品尝到了最新鲜的果实。

列治文是华人最早开发和居住的地区之一。因为这里地势太低，常遭水灾，而勤劳勇敢的华人不避艰险到这里开发，终于把这块岛屿打造成一座现代化的城市。时下全市共有 19 万人口，其中华人达 11 万。据说，居住在岛上的洋人闻不惯华人炒菜，特别是辣椒的气味，便陆续搬了出去，腾出的地方便有华人陆续搬了进来，以至华人越聚越多，占据了绝对优势。列治文现任市长名叫马保定，就是华人后裔。

列治文与外界有多条铁路、高速公路贯通，与温哥华有桥梁隧道连接，两座城市街道相连，楼群比肩，从外观上看就是一个城市。在列治文岛的对面是三角洲岛，那里有温哥华机场，机场内外所有的指示牌上都有中英文两种文字标志，让初来乍到的中国游客毫无语言障碍。

在列治文的市中心有著名的唐人街，这里大厦林立，商店遍布，热闹非常，知名的华人商城有时代坊、百家店、统一广场、八佰伴中心等。这里的唐人街比多伦多的唐人街阔气多了，建筑新颖，楼群高大，而且摆脱西式别墅的尖顶样式，成片都是中式建筑，如同我们国内的城市一样。

我们在列治文住了两宿，游转了唐人街品尝了中国饭菜，然后依依不舍地离开了。

作者夫妇在列治文合影

列治文景美人美

## 七、维多利亚

在温哥华市以西的太平洋上，有一个狭长的海岛名叫维多利亚岛，面积3.1万平方公里，用形象化的比较就是比台湾岛的面积略小，比忻州地区的面积略大。海岛与陆地之间隔着一条乔治亚海峡。这一西海岸地区同属哥伦比亚省，温哥华市虽大但也不是省会城市，而岛上的维多利亚市虽小，只有 8 万人口，却是哥伦比亚省的省会。

早餐之后，我们一行 30 多人乘坐中巴车从列治文出发，25 分钟便到了三角洲岛的港口，通道一开，连车带人开上了轮渡。那轮渡真大，下面三层都是车库，就像一个宽大的地下停车场，大客车、小轿车呼呼开来，起码也有几百辆，统统开到了船上，车上船后乘客一律下车，到上面的四、五、六层的客舱里乘坐。客舱设有超市、酒吧、网吧、儿童游乐场、自助餐厅。最上面的第七层是露天阳台，往那里一站登高望远，海阔天空，让人兴味十足。

轮渡经过 1 小时 45 分钟驶过乔治亚海峡，进入维多利亚市区。维多利亚市虽然不大但是省会城市，气派不小。首先是 19 世纪 90 年代建造的议会大厦独占市中，门前的草坪上有一棵 10 个人合抱也抱不住的松树，树冠有一亩地大，是我有生以来见过的最大树木。隔街对面是百年广场，是 1967 年为纪念加拿大建国 100 周年而建造的。广场中央有一个神秘的石头盒子，上有“1967—2067”字样，据说到 100 年后的 2067 年才能将盒子打开，将封存的宝贝拿出来。

市中心是高大挺拔的城堡式大酒店，它与落基山上露易丝湖畔的酒店一样，状若城堡，颜色棕红，都是英国人于 1898 年修建的。据说朱镕基总理当年访加时曾在这家酒店下榻。

在维多利亚岛的西海畔有一个比根山公园，公园里有一个定点：1 号公路零公里处。就是说，横穿加拿大东西全境的 1 号公路就是从这里开始的。

维多利亚市内也有一条唐人街，街虽不长但相当漂亮，一色的中式建筑，一色的中国文字，街道正中还有一条凌空飞舞的龙，彰显着龙的传人无处不在，龙的传人正在腾飞。

维多利亚市的交通十分便利，除传统的交通工具外，还有一种观光马车，乘车的游客都是 19 世纪的穿着打扮，驾车的少女穿着白色的服装，古色古香，别有一番风味。还有一种水上飞机，先是在空中翱翔，之后慢慢落入海中，入海后不是马上靠岸，而是像游艇一样在海上航行，尽情漫游，尽情领略太平洋沿岸的风光。

维多利亚岛上气候温和，环境美丽，生活节奏很慢，不少退休老人都跑到这里安度晚年。

维多利亚议会大厦前的古松树

维多利亚议会大厦前作者夫妇合影

维多利亚的观光马车

## 八、宝翠花园

维多利亚市角的宝翠花园，是个游人必去的地方。

宝翠花园的正式名字叫布查特花园，占地 22 万平方米。那里原来是个采石场，专为附近的水泥场提供原料，由于多年开采山石被挖得百孔千疮，成为废弃的山谷。后来布查特先生和他爱好园艺的太太买下了这片废弃的采石场，于 1904 年退休后从最初的几丛豌豆花、玫瑰花开始，慢慢地往这里栽花种树，建造花园。他们周游世界各地，随时收集一些珍奇树木、花卉的种子，然后带回来巧妙地种植在一起。100 多年以来他们一代接一代，坚持不懈，现在传到了第四代，终于建成今天包括下沉花园、玫瑰花园、日本花园、意大利花园和地中海花园在内的综合花园，成为加拿大国家历史遗址，成为文明世界的旅游胜地，每年接待世界各地的游人就有 100 多万。

宝翠花园作者夫妇合影

我们的游园从水轮广场开始。那花园高低有致，曲径通幽，设计精巧，引人入胜；那鲜花品种繁多，姹紫嫣红，满山满谷，五六座花园既相对独立，又连为一体，既各展奇葩，又相映成趣，加上喷泉高泻，瀑布飞流，雕塑点缀，胜景迭出，游人纵有几只眼也不够使用。我们对园艺是门外汉，叫不出花卉的名字，更不懂其中奥妙，只是眼花缭乱，一味惊叹，不觉转了几个钟头，还在花间流连。

看罢花园不由得感叹：一个废弃的采石场能够改造成一座花园，看来世界上没有什么办不成的事情；关键的问题是瞄准目标，持之以恒，定能创造人间奇迹。

宝翠花园合影

花丛中的亮茹

## 九、郝记全羊馆

说实话，郝姓算不得大姓，在百家姓的几百个姓氏中，郝姓排名第 71 位。因此在海外华人中，郝姓人氏不多，更不用说经商、做买卖的字号了。可是在加拿大的列治文市，我们猛然看到一家“郝记全羊馆”，让人眼前一亮，就像看到村邻或者亲友开的饭馆一样，高高兴兴地走了进去。

这是列治文的城市中心，就在唐人街的十字街口，一边是规模很大的太古广场，一边是一栋三层楼房，门额上大书“郝记全羊馆”。门柱四根，廊开三间，红灯高挂，对联醒目，门柱上的大红对联是：“一帆风顺兴骏业，万事如意展宏图”，款式风格与国内一模一样，洋溢着华夏文风，充满了中国气息。

饭馆内部的装饰也是一色中式，桌椅板凳雕花刻纹，碗盏盘碟一律青瓷。大炖全羊锅香气扑鼻，香辣大盘羊色香味俱全，要吃烤羊腿必须提前预订，临时来了根本吃不上；还有那吊炉大烧饼布满芝麻，焦黄香脆，未曾进嘴，先流口水。

我们进去时，大厅里已经座无虚席，店主热情地接待了我们，当他知道我们都是祖国大陆的人，虽然食客满座但还是给我们腾出来位置。我们点了饭菜，逐一品尝，果然味道正宗，饭菜可口。特别是那羊肉烩面非常好吃，连在国内都不曾吃过。

离开饭店时，我们看到“郝记全羊馆”的招牌尤感亲切，便在门前拍照留念。

宾至如归的饭店

## 十、三峡湖的红房子

离开温哥华，我们去落基山旅行，第一天就从海拔 100 米的地方攀升到 1000 多米的山上，晚间入住三峡湖的红房子酒店。

三峡湖，又称三角湖，是三座大山交会处形成的一个湖泊，湖水很深，颜色幽暗，周边山坡上森林覆盖，绿树环抱，将这里映照成一片绿色世界。因其绿色，越发显得红房子鲜艳夺目，仿佛万绿丛中一点红，湖光山色几分鲜，身临此境，入住此楼，如梦如幻，如痴如醉，简直如同进入仙境一般。

别看这里的湖水相当幽静，它的下游弗雷泽河却水流很急，把大量泥沙带到下游，冲入海洋，在海港处形成两个岛屿：一个是列治文岛，就在温哥华旁边，是华人聚居的地方；另一个是三角洲岛，现在是温哥华国际机场的所在地。因此，别看三峡湖平静，它在平静中蕴含着律动，在律动中幻化着神奇，令人心中充满纯净。

三峡湖附近没有村落和居民，唯有红房子这家酒店，房子全部为木材结构，干净舒适，美观漂亮。酒店的前面是陵水广场，水畔是游船码头，人们争先在这里取景拍照；酒店的后面有儿童游乐设施，瑄瑄和小伙伴们在那里滑滑梯，荡秋千，乐不归屋；酒店的对面是一溜餐厅，在那里用餐可以一边吃饭一边观景，美不胜言。我们在这里吃了烤牛排、烤三文鱼和烤土豆，味道鲜美，留香至今。

在红房子住宿，如在童话世界里徜徉。唯一不够尽善尽美的是，当我们看罢景致回到房间洗澡时，发现热水突然中断。店主解释说，这是客人一起用水供应不上所致。果然，稍微错开时段便水流正常了。

三峡湖的红房子远景

三峡湖的红房子近景

傍晚的红房子

清晨在三峡湖合影

## 十一、灰熊镇

落基山中有一个灰熊镇，只有 8000 人，但也是一个独立的城市。

为何叫灰熊镇？有两种说法。一种说法是，此地乃原始森林，在铁路、公路外通之前人迹罕至，灰熊统治着一切，不少过路客商都被灰熊吃掉了。不过也有对付的办法，就是事先准备两个竹筒，套在胳膊上，熊一撞上就把竹筒抓住，以为把人抓住了，高兴得晕眩过去，你赶快抽脱胳膊跑了，也就过去了，等到灰熊醒悟过来，见眼前没人也就罢了。后来这里开发出来，就取名为灰熊镇。另一种说法是，在太平洋铁路修筑的时候，由于资金不足便发行股票，股票无人买还是没办法，这时出来一个名叫灰熊的人，尽数买断股票，拿出资金支持修路。铁路修通后为纪念他，便将小镇命名为灰熊镇，附近的一座山命名为灰熊山。

不管哪种说法正确，灰熊镇确实存在，灰熊山还是加拿大的一个国家公园，面积达 300 多平方公里。我们旅游时从公园穿过，还在镇上住了一宿，风景不错，酒店也很舒适，我们还拍了不少照片以作留念。

灰熊镇

灰熊镇公路隧道

灰熊镇风景

## 十二、三文鱼湾

在落基山中旅行，实际上就是在河谷中穿行，雪水从冰川流下而形成湖，湖水流下而形成河，河水攒下又成了湖，这样一路穿行直至入海。

比如刚刚离开仅有3000人的斯加姆司市，前面就是马拉湖，沿着马拉湖走了一阵，湖水又流进另一个湖泊——修斯湖。修斯湖下面是南汤姆河，再下面是弗雷泽河，弗雷泽河最终流入太平洋。

修斯湖最宽处有几十公里，最窄处仅有5公里，总面积310平方公里。湖边有个三文鱼湾市，全市1.8万人口，这在落基山中已经不算小市了，因此这里还有一所大学，名叫南汤姆河大学。三文鱼湾傍湖靠山，风景优美，主要产业除了旅游业就是渔业。那三文鱼是洄游性鱼类，先在修斯湖中产卵，卵变成小鱼后便沿河而下进入太平洋，在太平洋里生活四五年后长成大鱼，这时候便洄游到修斯湖中产卵。每当这个季节，满河都是洄游的三文鱼，这便成了捕捞三文鱼的最好时机。

修斯湖

我多次吃过三文鱼，那粉嫩的肉片，蘸上日本式的酱油、芥末确实鲜美可口。但过去只知道三文鱼是一道美味，从来不知道三文鱼的生长繁殖还有这么曲折的过程。今天到此一游，确实增长了见识，知道了三文鱼从出生到长成没有五六年是不行的，餐桌上的美味实在来之不易。

有了这种见识以后，再吃三文鱼时就夹起肉片仔细观察，果然看到在那粉红色的肉片中间有白色的条纹——噢，三文鱼的名字可能是这么来的吧！

修斯湖畔作者留影

## 十三、雪崩

落基山高大险峻，满山遍野几乎全部被森林覆盖，苍苍茫茫，郁郁葱葱，蔚为壮观。但我们在旅途中也发现另一种状况：有的山坡上寸草不生，从上到下一棵树也没有，像用剃刀剃过一样。

询问原因，导游给我们说了两个字：雪崩。

原来这落基山脉冬天降雪很猛，累计降雪厚度可达十几米，加上狂风吹过，有的地方积雪厚度超过几十米，冰雪包裹了整个森林山野。这样冰雪越积越厚，越累越重，终于有一天山坡再也承受不住，那冰雪便撕裂开来，裹挟着森林树木，席卷着地皮山石，轰隆隆倾泻而下，仿佛山呼海啸，真像天摇地动——这便是雪崩。雪崩过后，所经之处草木皆无，山石裸露。而崩塌下来的冰雪一下子拥堵了整个山谷，不用说过往的行人车辆，就是100多节的列车也会被一口吞没，遭受灭顶之灾。

落基山积雪

落基山就是这样，多雪多灾，险象环生，在陡峭的山坡上雪崩是经常发生的。为了防止和减少雪崩带来的灾害，加拿大当局在峡谷的铁路、公路上面搭建了一个个雪棚，雪棚是用钢筋水泥建造的仿佛半透明的隧道，这样一旦发生雪崩，冰雪也会从雪棚顶上滑过而落入山谷，不致对车辆和人员造成伤害。

我们在这里旅游的时候正值暑天，对于雪崩留下来的山坡只当景观看待，设身处地地想一想，雪崩却是一种可怕的自然灾害，能够设计出一种雪棚来应对灾害，真可谓用心良苦，穷途一策。

落基山景点资料图

## 十四、罗杰士通道

1867 年 7 月 1 日，当时只有 4 个省共同组成加拿大联邦，其他省和地区并不在其中。

加拿大西海岸有个哥伦比亚省，当时游离于加拿大和美国之间。美国要求它加入，条件很优厚：帮它还清此前的所有债务；加拿大也邀请它加入，条件很优厚：除了替它还清债务，还答应修通从西海岸到东海岸、跨越加拿大全境的太平洋铁路，把哥伦比亚省与东部各省连接起来。

于是哥伦比亚省答应加入加拿大联邦，时间是 1871 年。

原本承诺修通铁路用10年时间，即1871年至1881年。可是1881年到了，铁路未通，于是哥伦比亚省提出意见要求退出联邦。这让联邦政府的政客们十分着急，一方面重组铁路；另一方面积极筹集资金，加快铁路进度。

其实铁路的难点在落基山脉。落基山纵贯南北，太平洋铁路横跨东西，按照当时的技术水平和施工条件，困难非比寻常。新任命的总工程师罗杰士是个美国人，他带领着技术团队不避艰险，不畏严寒，在落基山左冲右突，终于找到一条峡谷通道，比原来的设计里程缩短了120公里，不仅节省了大量资金，还大大缩短了工期。加拿大政府为了褒奖他的功绩，用他的名字命名，将铁路通过的峡谷称作罗杰士通道。

我们旅游时，所乘大巴就是从这里通过的。如今的罗杰士通道，不仅铁路通过，公路也早已畅通，而且公路正在加宽，我们一路都能看到施工场面。唯一不能改变的是，这里山谷确实狭窄，地势确实险要，雪崩经常发生，因此修建的雪棚特别多，有一段6公里长的路上竟然连续修筑了36座雪棚！

罗杰士通道

## 十五、最后一根钉

落基山上有个斯加姆司镇，只有 3000 人，那里有个景点叫最后一根钉。

乍听这个名字，我们听不懂，后来才知道说的还是修铁路的事情。

横穿加拿大的太平洋铁路在 1881 年重新组织后，到 1885 年终于修通了。是年的 11 月 7 日上午 9 时 22 分，加拿大政要齐集斯加姆司为铁路合龙打下了最后一根钉。于是乎举国欢腾庆祝这一重大事件。时隔 100 年后到了 1985 年，加拿大政府在这里建了一座碑，全国 10 个省，每省都要献上一个有代表意义的石头合起来建在碑上，上书“1885. 11. 7. 9：22—1985. 11. 7. 9：22”字样，正式命名此地为“最后一根钉”。

我们在参观时，看到山沟里专门设有停车场和出售纪念品的商店，前来参观的人虽不算多，但络绎不绝。人们在这里仔细寻找那根钉并拍照留念。据说，当年修建铁路时有 1. 7 万名华工，其中 600 多人在施工中献出了生命，这件事再次说明，国家贫穷落后，人们就会受到歧视；只有国家强大了，人民才有靠山，才能挺直腰杆。

有意思的是在这个小镇上也有一家华人饭店。那是一位台湾老乡，原本在温哥华开饭店，但一有了钱就要去赌博，结果一次次输得精光，最后下决心离开城市，搬到这个小镇上来了。我们问他生意如何？他说，满共只有 3000 人的小镇，能好到哪里去，不过可以吃饱肚子罢了！

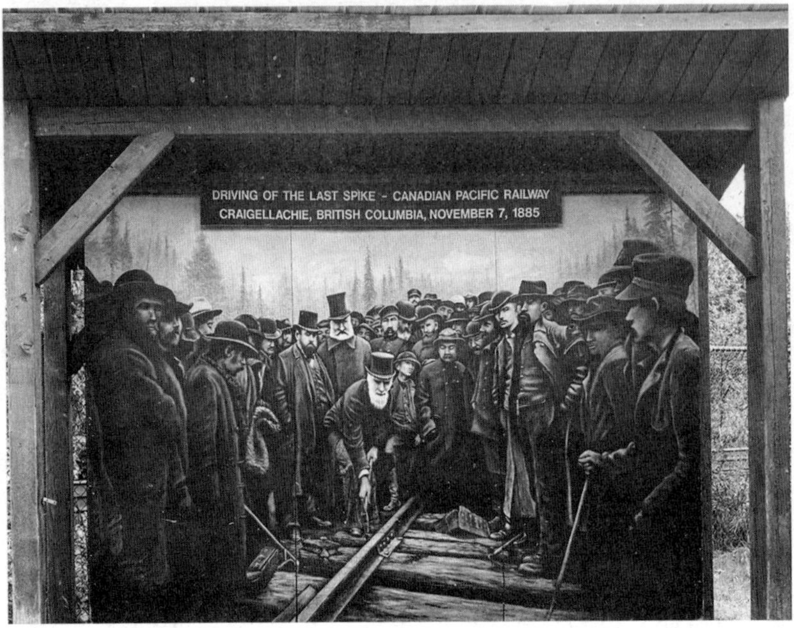


最后一根钉景点资料

最后一根钉景点

## 十六、甘露市

人所共知，美国的花旗参是赫赫有名的，而加拿大与美国地图相连，气候比美国还要凉爽一些，正是人参生长的理想地方，因此加拿大的花旗参比美国的还要吃香。

我们在落基山旅游时，就到了花旗参的故乡甘露市。我们被领进一家花旗参加工厂，一进门就是品尝参茶。那茶呈淡黄色，十分好喝，茶杯不大，但想喝多少都不受限制。这是一家台湾人开的工厂，人参的加工设备如同我们粮食加工设备一样，特别是人参烘干房，一连几排，每排若干间，气派很大。打开其中一间，我们看到人参摆放得层层叠叠，满满当当。一位台湾女士给我们介绍人参的生长和加工过程。她手中拿着一棵有枝有叶、有根有须的人参，说这棵人参已经生长 6 年了。一粒人参种子在有温度有湿度的地方培育 3 年才能发芽，种到地里需要树荫遮阳，半阴半阳，至少生长六七年才能长成；也就是说，一棵人参长成需要将近 10 年时间，怪不得十分名贵呢！讲完之后把顾客领进产品陈列室，那里的柜台上、货架上摆放的都是人参制品，有瓶有罐，有盒有片，有胶囊也有各种参面，就是价格不菲，比市场上还要贵些，我去多伦多和温哥华的时候曾到药店里看过，基本上弄清了花旗参的价格，心想到了产地一定会更加便宜。不想现在到了落基山上的人参产地，价格反而比城里还要高，还要贵，这是为什么？对方的解释是市场上的东西真假难辨，他们这里货真价实。我们也被弄迷糊了，心想跑了几万里路总得买些真品回去，于是便买了几盒，带回来了。

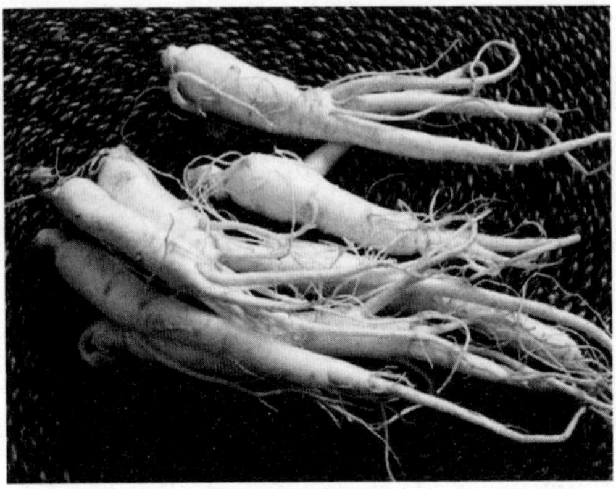

甘露市的花旗参

甘露市是个好听的名字，京剧里有一出戏就叫《甘露寺》，讲的是刘备到东吴招亲的故事；而此甘露市非彼甘露寺，这里是风调雨顺、气候凉爽的人参种植区，是北美洲最大的人参产销集散地。我们在这里买到了货真价实的花旗参，心情还是蛮痛快的。

甘露市街景

## 十七、酒店与冰酒

落基山中有一个城市叫基隆拿，全市有 22 万人口，可以算作落基山区最大的城市了。基隆拿一带都是河谷地带，日照时间长，昼夜温差大，是葡萄生长的好地方，自然而然成为加拿大的葡萄酒生产基地，特别是冰酒闻名遐迩，远销世界各地。

说起冰酒，还有一段故事呢！葡萄本来是成熟以后才用于酿酒的，可是有一年降雪提前了，葡萄尚未成熟就被冻到了冰雪之中。果农觉得将这么多葡萄丢掉太可惜，就试着用冰冻葡萄酿酒，不想酿出的酒比原来的还要好喝，从此冰酒一炮打响，名扬世界。

基隆拿酒庄雕塑

我们的游车在基隆拿停留，导游将我们带进一家酒庄。

那酒庄有不小一片房子，有供游客休息的长廊，有用于品酒的大厅，有柜台，有餐厅，门外挂满鲜花，还有一个高悬在半空中的大酒瓶，成为吸引顾客的标志。酒庄为客人免费提供冰酒，顾客排队每人一杯。我慢慢喝下一杯，觉得味道不错，醇香满口，余味悠长。

酒庄的外面就是成片的葡萄园，葡萄蔓用木桩架起，一行一垄十分壮观。我们专门跑到葡萄园里转了一圈，看到葡萄果实只有小指头那么大，还没到成熟的时候呢。

西方人是十分喜欢喝冰酒的，他们坐在高高的凳子上，手里把玩着酒杯，不紧不慢地品上一口，韵味无穷。中国人对红酒没有多大的兴趣，我们同行的游伴都是中国人，他们当中买酒的人很少；至于我们一家人纯粹是看稀奇，品罢酒便离开了。

基隆拿酒庄的游客

## 十八、水怪湖

离开基隆拿，前行不远遇到一个湖泊，名叫欧肯纳根湖，四围青山，草木连天，一泓清水，碧波荡漾，湖泊面积300平方公里，水深达1500米以上，在群山之间气势磅礴。

游客都赞这是个好地方，不料导游却说，此湖名叫水怪湖，湖中常有怪物出现。据说，1872年一位女士目击了水怪的出现。依据她的描述，水怪体长60米—150米，头部像马，身躯像蛇，犹如拱形，另有神话传说，湖中水怪曾掀翻了一艘船，因此当地的印第安人过湖，必先祭奠供品。

为了弄清水怪到底是怎么回事，加拿大政府做出规定：凡发现水怪者，悬赏100万加元，但要有时间、有地点、有证人、有证据。可是将近100年过去了，那100万加元的奖金还在那里放着。

欧肯纳根湖

我们来到湖边时，特地停车下去观览湖光山色。路边有一个标志牌，上面绘制着目击者所说的水怪形象，我们看到那是一条龙，是一条中国龙。旅游团的人们一下子大胆起来，下到湖边尽情玩水，欢笑嬉闹，就是嘛，中国人遇到中国龙有什么可怕的。

从水怪湖出来，我们洗掉了满身风尘，换上了一身轻松，又继续前进了。

欧肯纳根湖码头

## 十九、班芙

在落基山的北段，在那崇山峻岭之中，有一个班芙国家公园，面积达 6641 平方公里。

全加共有 37 个国家公园，而这个公园是 1885 年建立的，属全国第一。公园内遍布高山、森林、湖泊、温泉、冰原和冰川，因此被列入世界文化遗产名录。

早在 19 世纪太平洋铁路修建期间，这里就发现了温泉，于是铁路集团在这里建立了温泉酒店，吸引了大量游客，于是形成了今天的班芙镇。班芙镇中心有一条南北方向的大街，名叫班芙大道，大道的西北边是民居，国家明文规定，这里的常住人口不得超过 8000 人，以便保护自然环境；大道的东边是宾馆酒店，每到夏季所有酒店全部爆满，每天的来客超过 10 万人。我们到达后住在大道北段的一栋四层木楼里，木楼古色古香，给人一种身在五台山的感觉。小镇四周森林围拢，街区花团锦簇，雪山流下来的弓河穿镇而过，形成一条宽 32 米的弓河瀑布。优美的环境加上凉爽的气候，成为人们理想的避暑胜地。有人说，到加拿大旅游不可不到落基山，到落基山不可不到班芙，此话一点儿也不假。

我们在班芙街上从南到北转了一圈，闲庭信步，一览无余。大街旁有两家华人饭店，一曰川菜酒楼，一曰竹园饭店，我们进入竹园饭店吃了一顿晚餐。亮茹还在一家商店买了一顶帽子，以作纪念。

漫步班芙

班芙美景

傍晚班芙街景

## 二十、露易丝湖

从班芙出发，不到半小时车程便到一处景点——露易丝湖。

露易丝湖位于班芙镇西侧 50 多公里处，是班芙公园里最著名的湖泊。由于湖水中含有冰川留下的矿物质，阳光下呈现清澈的蓝绿色，一如蓝宝石般瑰丽，故取名翡翠湖。后来为纪念英国公主露易丝而更名为露易丝湖。

露易丝·卡罗琳·阿尔伯塔是英国维多利亚女王的小公主，她当年不顾自己的高贵血统与皇室的强烈反对，与平民罗恩相爱。婚后维多利亚女王将他们贬黜到遥远的加拿大。后来，罗恩当了加拿大总督，并与妻子积极倡导修建了加拿大第一条国家铁路。为了纪念他们的功绩，人们用公主的名字正式命名这美丽的湖泊为露易丝湖，并将公主的姓改作露易丝湖所在的省——阿尔伯塔省。

露易丝湖三面环山，层峦叠嶂，翠绿的湖水在壮丽的维多利亚冰川的映照下显得更加静谧，更加秀丽迷人。湖水的颜色会随着光线的强弱而变化，也会随着游人的位置远近而不同，湖水的变幻多姿为露易丝湖平添了许多神秘的色彩。尽管这里经常游人如织，但如醉如痴的美景仍令人感觉如在世外桃源一般。我们到达的那天正有雨，淅淅沥沥的小雨让天气有点阴冷，也给游览带来不便。我想，如果是晴天在湖边的小树林里一躺，真像融入大自然一般，美妙极了！

不过还好，湖边不远处就是高大的露易丝湖城堡大酒店。它是1886年初建的，以后又几经发展，目前有500多个房间，可以同时容纳1000多位客人。酒店紧靠湖畔巍峨气派，内部装修美轮美奂，金碧辉煌。我们全家人走进大厅，并上到二楼的观景台，透过拱形玻璃窗眺望了外面露易丝湖的美景。

据说，每当冬天，露易丝湖就会冻结成冰川。那时候世界各地的滑雪爱好者就会云集于此，这里便成了滑雪运动者的天堂。

路易斯湖远景

雨中路易斯湖畔作者夫妇合影

路易斯湖畔

## 二十一、寻找大冰川

在落基山中旅行最刺激的莫过于寻找大冰川了。沿着山脉北上，最终到了亚索巴斯卡山，著名的哥伦比亚冰川赫然就在前面。那是高高的雪山，山峰银装素裹，与天空的云雾连在一起，天地难分，间隙难辨。在两座山峰之间，一条白练顺势而下，倒挂山脚，像奔腾的大河瞬间凝固，像巨大的瀑布瞬间冻结——这便是冰川，是哥伦比亚大冰川。

游车沿山而上，首先到达冰川服务中心，买票以后我们换成统一配备的大巴。大巴可坐 50 多人，开车的司机却是一些身材纤细的少女，让人怀疑她们是否能够驾驭这么庞大的车辆。导游介绍说，这些少女都是高校的学生，她们利用假期出来打工，以便为自己挣取学费。听了之后，令人肃然起敬。

大巴行走十几分钟便到达另一个中转站，游客一律下车，登上特制的冰川车，冰川车不同寻常，通体透明，以便游客观察四面八方的景色；冰川车十分高大，轮胎直径达1.6米，功能特异，既可爬30多度的陡坡，又能在冰川上行走。大胡子司机性情活泼、风趣诙谐，故意在陡坡上撒欢，吓唬众人。

哥伦比亚冰川是落基山上最大的冰原，厚度从100米到达360米，冬天气温在-50℃以下，每年从4月底到10月底开放。由于全球气候变暖，冰川每年以5米的速度消退，消融的雪水下流进入哥伦比亚湖，哥伦比亚湖水下流成为哥伦比亚河，哥伦比亚河最后流入太平洋。

冰川车从半山腰的陡坡开下，到达冰川后并沿着冰上劈开的车道向上攀行，最后到达冰原中部。下车一看冰原上游人已经不少，大家蹑手蹑脚害怕滑倒，有的东瞧西望，有的抢先拍照，有的拿出随身携带的水瓶，在流水的地方接水。当日天气阴沉，天低云暗，气象预报说，冰川上的气温大约在0℃左右。置身巨大的冰川之上加上冷风劲吹觉得浑身凉透，冷得够呛，我们赶紧拍照留念，瑄瑄和她的小伙伴跌倒爬起高兴得不得了。因时间有限，我们装了两瓶冰川水便随车返回。

返回途中我不由得想，20世纪的1992年我曾来过加拿大，也登过大冰川，记得当时看的是冰川与陆地连接的地方，我曾手脚并用在冰川上爬行了一段。从1992年到现在，已经整整 24 年了，以每年冰川消退的速度计算，累计消退已达 120 米。120 米，足以让冰川的尾巴伸到沟底了！

哥伦比亚大冰川合影

哥伦比亚大冰川远景

其乐融融的旅行团合影

## 二十二、冰川玻璃桥

雄伟的落基山，不仅是纵贯北美洲的脊梁，也是加拿大的分水岭，在山脊以西，大小河流统统流入太平洋，属太平洋水系；在山脊以东，河流由西向东注入大西洋，属大西洋水系。那么往北呢？那就属于北冰洋水系了。

我们离开哥伦比亚冰川，游车开向北部一条山谷，那条河叫圣瓦塔河，属北冰洋流域。北极的风顺谷吹来呜呜作响，惊心动魄。在这条峡谷上方 280 米的高空，加拿大人修建了一条“天空步道”，名叫冰川玻璃桥。我们下了游车，进入环山步道，步道紧邻悬崖，栏杆上雕塑着各种飞鸟，展翅欲飞，形象逼真，然而真正的飞鸟飞不了这么高，只在山谷中飞行。步道尽头连接的就是玻璃桥，玻璃桥呈U形，凌空飞架，通明透亮，走在上面如临深渊，如履薄冰，每迈一步都胆战心惊，仿佛随时都能失足掉下。幸好游人众多相互壮胆，假如把一个人单独放上去，说不准会吓得尿裤子。

站在玻璃桥上远眺可以望见三道冰川：一道是“乌鸦爪”冰川，因冰河从山顶流下呈三爪状而得名，现因地壳温室效应，已经消掉一爪，剩下两爪了；第二道是弓冰川，像弯弓一样盘旋而下，颇具气势；第三道是哥伦比亚冰川，那是万年冰原，地势高达3745米，面积达325平方公里，冰层厚度有300多米，是落基山上的冰川王。站在玻璃桥上，以冰川为背景拍摄几张照片，值得一辈子珍藏。

冰川玻璃桥前合影

从资料上知道，在美国亚利桑那州的大峡谷上最早建起“玻璃天空步道”，在加拿大落基山的玻璃桥当属第二例，如今，中国湖南的张家界大峡谷上新建了375米长的玻璃桥，刷新了世界纪录，让我们由衷感到高兴。

2016年7月

冰川玻璃桥全貌

玻璃桥上的游客

# 回国前后

## 一

来到加拿大几个月以后，终于赶到了这里的夏季。

多伦多和汉密尔顿所在的安大略省位于加拿大的东部，受大西洋气流的影响，冬季奇寒，暴雪连降；夏季酷热，暑气难挡。今年又是罕见的旱年，这个夏季没降一场透雨，阳光直射下来如同火烧一样，晒得树叶打卷，草坪枯黄，令人实在难以招架。但想想应该可以坚持住，也许挺一挺就过去了。谁知此时，一团北美洲的“毒炎”正悄悄地向我袭来。

那是 8 月初的一天，我隐约感到脖子左侧有点不适，好像有团热气正在那里游动。要在往常，这根本不算一回事，但当下在国外，觉得还是小心为妙，于是赶紧吃了小女儿郝玫从国内带来的“蓝芩口服液”。这是板蓝根和黄芩制成的中药，消炎去火，完全对症，规定每次 2 支，但我每次都喝 3 支，可是连喝两天，作用不大。为了把毛病治疗在萌芽状态，我改服阿莫西林胶囊，结果也不奏效，除了脖颈的疼痛加重，体温也上升到 39℃。

郝玫有点儿着急地说，快到医院去吧。在加拿大看病必须预约，等待时间至少也得一个星期。为了及时诊治，我们选择一家相当于国内的“三甲”医院，挂了急诊号。

当天已到傍晚 6 点多，但我们不敢再耽误，于是我和亮茹、郝玫以及她 6 岁的女儿瑄瑄，一家老少四口全部出动，由哈尔滨老乡封师傅开车送到医院。抬头看看，医院外观高大气派，装饰考究，但我们无心细看，赶忙进了医院。

进入急诊室内，首先到了一台机器前抽签挂号，然后排队等候。在我们前面候诊的人不少，比我们后来进来的人更多，还有用车推进来的重症病人，或是腿断骨折，或是头破血流，可谓名副其实的急诊患者，呼呼隆隆径直推进里面去了。

我们在门口的候诊区等了大约一个小时，终于轮到叫号。值班护士询问了我的情况，知道没有加拿大的医疗保险，便看了护照，签了医疗合同，然后将我领进一个房间，先是了解病情，后是测了血压。那血压计与我们国内的有所不同，除了在胳膊上缠紧布条外，还用架子夹住另外一只手的指头，测量结果同样是高压、低压、心率、体温等几项内容。检查完，护士在我手腕上系了一个纸环，上面打印着我的姓名、年龄、国籍等有关信息，让我们都到下一个区等候。

又过了一个小时，第二区域叫号，将我领进一间诊室，也是大致询问了一下病情，之后给我服了两片半白色的药片，最后抽血化验。当时抽了两管血，放入试剂后分成四管，送去化验了。接下来我们到第三区域等候。

也是过了一个小时，第三区域轮到了我。一名护士让我坐上轮椅，将我推进电梯，下到地下一层，先拍 X 光片，拍脖子的正面、侧面；拍胸部，一会儿呼气，一会儿憋气，拍得十分认真。之后躺下进行 CT 检查，重点部位是脖子。这一系列检查做完，让我们到第四区域等候，时间正好是晚上10点。

第四区域是医院的核心治疗区。相比之下，前三个区域是辅助区域，做的是了解病情、化验摸底等基础性工作，到了这里才算到了正经地方。那是一个有礼堂那么大的长方形大厅，正中设有两个护士台，周边有40多间诊室。在这里看病，不是医生固定坐在诊室里，让患者轮流进去检查，而是护士把不同的患者分别领进不同的诊室，医生跑来跑去进行检查。在我们候诊的地方有两排椅子，共6个座位，我们一家就占了4个。在这里等啊等，一直等了两个钟头，到午夜12点，我才被安顿在一间诊室。那是一个10多平方米的房间，里面放着一张半躺半卧的检查床，周围陈列着一些叫不上名字的医疗器械，地上只有一把椅子。我在床上躺下了，亮茹和郝玫只能轮流歇坐，瑄瑄早已累得睡着了，郝玫抱着孩子更是疲惫不堪。本来以为很快就能检查好，不想又等了一个小时还不见动静。护士解释说，今天病人特别多，医生根本忙不过来。

可能是过分疲累的缘故，我在不知不觉中睡着了，一觉睡了将近两个小时，醒来整整3点钟。一看浑身出了一通大汗，汗水湿透了衣裤，连床上也在流水。我一边擦汗，一边觉得身上轻松、舒服多了，疾病仿佛好了一半，这让我不禁想起儿时的情况——

记得小时候，我像野马一样，整天疯跑，翻梁过沟，爬崖上树，暑伏炎天也在毒日下奔跑。终于有一天中暑发炎病倒了。农村缺医少药，但农村有农村的办法：每当这个时候，父亲就会砍回一捆柳树枝条，把其中细软的枝条挑出来，堆在炕楼下的底脚处，再洒上凉水，笼成一张凉床，父亲就让我睡上去。身体刚一碰到凉床，啊呀，冷得直叫唤，直打滚，但折腾一番也就适应了，也就安静了，渐渐也就睡着了。等到第二天清晨一觉醒来，浑身出了一通透汗，连身体下的柳树叶也死蔫了；可浑身轻快了，病痛没有了，就如同我此时在医院的感觉一般。我不禁觉得奇怪：难道我这个70多岁的老头，也和小时候一样，大汗一通，身上的病也就好了吗？

正在这时，医生来了。那是一位五六十岁的白人女大夫，进入诊室简单问了几句病情（郝玫作答），拿起一个带灯泡的小探头，检查了我的两耳，探看了喉咙，又用听诊器检查了我的胸部、背部，还叫来护士再次给我抽血化验。这次又抽了一管血，分到三个管子里化验，这样前后两次共进行了七个项目的化验。之后，医生走了。护士进来说，还有别的患者需要进来检查，请我们离开诊室，到外面等候。这样我们只好重新来到门外的椅子上等候。

此后，再也无人理会我们。我们只有坐在那里熬时间、盼结果，一直过了3个钟头，到了早晨6点，有人把我们叫到护士门前，先前那位白人女大夫也出来了，她手里拿着几张病例纸，一条一条向我们交代，左一个“OK”，右一个“OK”，统统都是“OK”。就是说，检查了一个晚上，检查了这么多的项目，全部没有问题——没病！没有病当然是好事，但脖子感到不适，是否需要吃点药呢？郝玫把这个意思跟人家说了，人家说不需要，回去多喝水便“OK”了。女大夫左手握笔，在那张纸上写上最后一行字码，算是做了记录。末了，她又拿起一只塑料细管，让我张大嘴巴，将那细管伸入我的喉咙，搅了一下，然后拿出来装进一个透明的塑料袋里，与病例纸放在一起，说：还要进行化验，如有问题会通知你们，如没问题就算了。

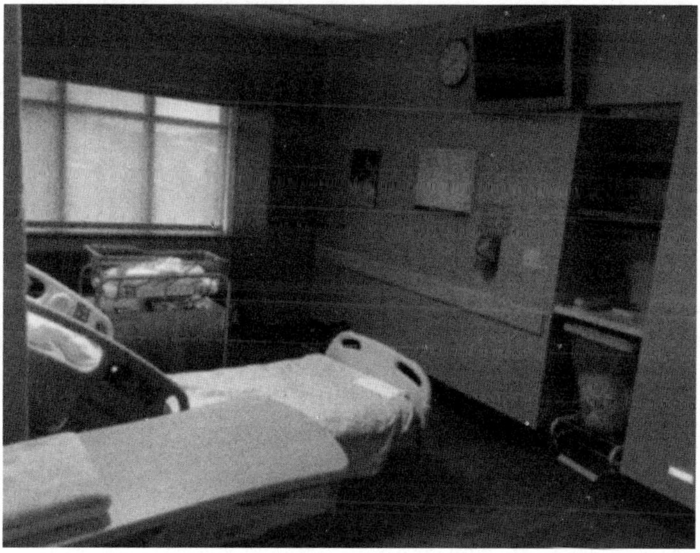

市中心医院急诊检查室

从医院出来是早晨 7 点多。也就是说，我们从昨晚 7 点进入医院，到现在已经整整 12 个小时了。虽然人困马乏，但检查结果说没病，总比有病强，况且我身上真的感觉好多了。于是我们怀着半信半疑的态度往回走。

## 二

从医院出来，我没有回家，而是到了一家宾馆，登记住了下来。

郝玫在加拿大住的是一栋十二层的公寓大楼，是用公费租下的，虽然面积宽敞但并不凉爽。她担心我们住在那里受不了，便毅然决定住在宾馆，以便能够尽快康复。我们理解女儿这份孝心，也想尽快恢复健康，便心安理得地在宾馆住了下来。

宾馆条件不错，前面是大街，背后是树林，花束丛影，环境优雅，一楼还有游泳池。房间里干净整洁，宽宽大大，空调电视一应俱全。我打开电视机，竟然在一个频道看到了中国的电视剧《甄嬛传》。这是我出国以来第一次看到自己国家的电视节目，心里十分高兴。午饭后我美美地睡上一觉，心想道，在这里面休息两天毛病肯定好了。

谁知睡到半夜，房间里的报警器突然拉响，将我们从睡梦中惊醒，然后刺耳的响声持续不断。没奈何，我们只好报告一楼大厅的值班人员。来人说，可能是室温过高的缘故，让我们把温度往下调一调。当时室温是 24℃，正好凉热，但按人家的要求，只好调到 20℃。不想过了一个多钟头，警报再次响起，我们也再次被惊醒，赶紧起来叫人，此时室温过低，我们揭去棉被感到冷得打战。值班人员再次来了，但也没有办法。修理吧，他不是电工，不会修；切断吧，寻不到开关，找不到线头，无法切断；调换房间吧，全部住满，没有余地……黑人值班人员的态度，情急之下拿起一个棉花枕头，捂住墙上的报警器，指望能止住噪声，他就那么抱住枕头在墙边挺立着。一来噪声是低了一点，但没有止住；二来黑人兄弟这么挺着也不是办法，我请他歇着去吧，至于警报，想响就让它响吧！

就是这个倒霉警报，折腾得我们一宿没有睡着，而且一会儿热，一会儿冷，让我这个半病人根本受不了。果然不到天亮，我就觉得浑身发烧，脖子肿痛，声音嘶哑，疾病重新袭来。

公寓旁的宾馆房间

## 三

从宾馆回到家里，我就正儿八经成为病人了。首先是脖子左侧那一团“毒炎”已经滑到脖子正中，脖子肿了，脖子粗了，先是吃饭困难，后来连水也难以下咽。体温继续升高，连自己都感到脖子发烧，脑袋发烧，浑身发烧。

疾病惊动了中国老乡，与郝玫同样身份的访问学者都伸出援助之手，这个送药上门，那个前来探望，大家献计献策说，不用阿莫西林了，服用阿奇霉素效果好一些。而我也吃不下饭，空腹下阿奇霉素刺激着胃里更加难受，但也顾不了太多了，只好硬着头皮服下去。谁知这一系列举措，根本抵不住疾病蔓延，我的喉咙肿得连半口水也咽不下去了；不仅咽不下，还呛得连连咳嗽，气也喘不过来。我坐立不住，只好躺在床上，昼夜难以入睡。老伴和女儿急得团团转，又急又怕，又忙又躁，已经一个礼拜没合眼了。

面对这种情况，女儿说赶快回国吧。我和老伴也说，回吧。本来我们打算再住一段时间的，但面对这种情况，人家加拿大不给咱治病，任其发展下去，某天连气管也堵住了，那真要了老命啦！此前也听人说过，从国外出来的访问学者，拉肚子拉了一个月，体重瘦了十几斤，在加拿大得不到救治，只好回国去了；还有一个女博士，胳膊被蚊虫叮了一口，红肿发炎，直至溃烂，加拿大一不给服药，二不给输液，也只得回去了；想不到今天轮到了我，本来输上抗生素就没事了，但倒霉的加拿大医院就是不给你治疗，能有什么办法？

郝玫当即行动，很快在网上订好了第二天下午从多伦多飞往北京的航班。老伴一边照料我，一边收拾返程的行李。而我，病情继续加重，不住地发烧，不住地咳嗽，发炎需要喝水，而水又喝不下去，恶性循环，越来越重，连听见人们说话都觉得心烦。唯有意识还算清楚，心想，既然订好机票，就赶快回吧，回去就有救了；但航班还在明天下午，上了飞机还得飞 13 个小时，这样算来还有两整天的时间，我这身体能坚持住吗？假若因为病重人家不让登机，那可怎么办？难道真要把老命扔在加拿大吗？我真愁这两天的时间太长了！

当天，云南出来的访问学者、医学博士小董来了，他带来的退烧药水暂时救了急。那是一种粉红色的药水，喝一点就会出一身汗，体温就会降一点。挨到第二天去机场前，我喝了一次药，一出汗，一退烧，精神果然好了一点，我们赶快乘车前往机场。汽车照例是封师傅开，郝玫和孩子随车送行，云南的小董因为是大夫也随车护送，中科院的小陆也要去送，可惜车上坐不下。

汽车在高速路上奔驰，我强打精神往车外望了一眼。我想在临别的最后时刻，看看加拿大的天，看看加拿大的地。我看到这是一个多云天气，高空中云团很多，有白色的，有灰色的，也有黑色的，相互搅和，推来拥去，很像我此时的心境。我记得，4 月份我来加拿大那天，阳光和煦，天气很好，几个月生活下来，本以为已经适应了这里的环境，想住多长时间就住多长时间，不想今天半路出错，败下阵来，不得不匆忙离境，有笑话说，“加拿大，大家拿”，看来我一个人是“拿”不下加拿大，反而被加拿大“拿”下了。我有种失败的感觉，有一种懊恼的情绪。反过来又想：不行，我不能站着进来，躺着出去，及时撤退，也不能被别人看成东亚病夫，而又被人看成一个倔强的老头！于是我挺了挺腰杆，不仅顺利地进入了机场，也顺利登上回国的飞机，直到走到商务舱的座位，才躺下身来。亮茹害怕我干咳发炎，问空姐要了一杯冰块，不时给我含化一点。我倒头便睡，勉强可以坚持，也没出大洋相。空姐见我一路不吃不喝，询问是否有病，亮茹只说，他想睡觉。

论地球上的位置，加拿大正好在中国的背面，如果沿着赤道走，相距两万公里，现在的航线是走北京，那也近不了多少。虽然万里高空，疾速如电，但我心急如焚，只恨路长。在极度的煎熬中，在半醒半睡的迷糊状态下，飞机终于在首都国际机场降落，我长舒一口气，心里说：回家了！

首都机场上空

## 四

北京时间 8 月 15 日，下午 6 点 45 分，我们乘坐的航班提前 15 分钟降落在首都国际机场，机场服务人员用轮椅将我推出来。当我第一眼看到儿女们一起向我扑来，不禁激动得热泪盈眶，幸福得晕眩过去。

在多伦多送别时，小女儿郝玫极度紧张，一面偷偷抹泪，一面又不敢哭，只是将情况赶快通知到家中的哥哥姐姐。得到信息后，孩子们急如星火，连夜赶到北京。儿子郝云更是开车从朔州赶来的；大女儿郝瑞、二女儿郝燕跑到太原坐动车，没坐上，便干脆坐飞机赶来了；三女儿郝玉孩子小走不了，急得直叫唤。在北京工作的女婿胡育峰来机场了，外孙女婿小杨也来了。孩子们错领会了精神，以为老父亲既然因病回国，一定是什么大病重病，于是七手八脚分头行动，又是找熟人，又是约医生，甚至叫救护车直接开到机场接人。人老了，有几个孝顺儿女比万贯家产都强，孩子们的拳拳孝心，真是让人感动，让人心甜；我和老伴能有这样的儿孙后代，此生足矣！当然有些情况我是后来知道的，当时只是觉得孩子们将我送到医院，经过一番检查后很快打针输液，立马得到了救治。当凉凉的药液进入血管时，我彻底睡了过去。

“毒炎”侵入已有一个多礼拜，小火已经烧成大火，小病已经形成大病，一瓶接一瓶药液输进去，犹如在熊熊火焰泼了一瓢凉水，“哧”地冒一股白烟，之后照样燃烧。我能切身感受到我方大军与“毒炎”军团作战的状况。开头两个回合，“毒炎”军团巍巍不动，凭借它几天来在脖子中部扎下的大营，据守要塞，顽抗到底。后来看我方来军不断赶到，打了第一回合还有第二回合，打了第二回合还有第三回合，这才招架不住，乱了阵脚，但仍负隅顽抗，特别是命令预先潜伏在支气管里的小分队发起反击。因此当输液输到第5天时，虽然症状有所缓解，但我却剧烈地咳嗽起来。

过去讲战斗故事，经常讲到“咽喉要地”。通过这次疾病，我才切身感受到“咽喉要地”的重要性——在我病重那几天，不能吃，不能喝，唯一留下喘气的余地，当时要是“毒炎”军团在气管部位大做文章，纵有千军万马也难以救援，非出问题不可。“毒炎”军团虽然凶猛，预先派出小分队潜入气管，但潜伏部队没能及时发起进攻，错过了最佳时机，让我躲过了一劫。而今我方大军发起全面反击，“毒炎”军团纵然负隅顽抗，仍然大势已去，为时晚矣！

在北京医院输液治疗 5 天后，症状逐渐缓解，我便和老伴和儿女们全部返回忻州老家。回来后继续输液到第 9 天，才算告了一个段落。

北京街景

## 五

2016 年的中秋节就要到了。儿子郝云在朔州工作，他说，他所在的神头镇将要举办一场赏月晚会，让我们老两口去看看，也让我散散心。

朔州我已去过多次，大概情况也知道一些，但这次一转，才对神头有了新的认识。神头，背靠神女山，高峻挺拔，风光秀丽，面临神头海，河湖交叉，碧水连天。神女山上有神女阁，供奉的是拓跋公主，相传公主是北魏王朝的君王拓跋珪的女儿，生下三条龙后坐化成仙，后人为纪念她，在此建庙供奉，永续香供。她的三个儿子人称三大王，专司风调雨顺，泽佑万民，亦有大王庙祭祀。有言，山不在高，有仙则名；水不在深，有龙则灵。神女山仙风飘荡，擎天一柱，神头泉灵气十足，通海达洋；在雁门关内，在北国高原，能有这样的灵山秀水，能有这样的河湖湿地，真乃天地之恩赐，华夏之异宝也！

近年来，神头镇从大处着眼，细处着手，总体规划，整合资源，大刀阔斧建设旅游开发，进行美丽小城建设，绿化了神女山，扩展了神头海，疏浚了桑干河，建成了循环路，结果山绿了，水清了，灯亮了，村美了。如今的神头镇万众一心，人心思变，士气高涨，急奔小康，在这样的背景下举行一场中秋赏月晚会，实在是大振人心！

晚会就在神女山上举行。是夜，天上碧空如洗，明月高悬，地上灯火辉煌，游人如织。神女山绿树满山，花草遍野；盘山公路曲折而上，干净整洁；导引旗分立两旁，迎风招展，为行人指引着方向；人造瀑布凌空飞下，喷珠溅玉，带给人们意外惊喜。赶会的人们一面上山，一面仰望天上的明月，一面欣赏沿途美景，无不交口称赞。

时到晚上8点，观众入座，顿时乐声大作，锣鼓喧天，灯火齐放，大幕拉开，舞台正中的荧幕上映出“月满神头，情满中秋”八个大字，晚会正式开始，只见一群雄狮闪亮登场，摆尾摇头，欢腾跳跃，点燃了节日气氛；一队的杂技演员凌空飞跃，叠加造型，让观众不由赞叹；一曲高歌《祖国颂》，荡气回肠，引人入胜，将晚会推向高潮；一首当地女歌手演唱的《老百姓》，更是引来无数热烈的掌声……

晚会举办得相当成功，演出早已结束，人们还不忍离去。

神头泉

从朔州赶会回来，我的精神好多了。一来看了节目，度了中秋；二来转了神头，赏了美景；三来看到儿子他们勤政务实，积极肯干，我心里踏实多了。因此孩子问我身体怎么样，我干脆地回答：完全好了，可以再跑一趟加拿大了！

2016年11月20日

## 澳新散记

游过澳洲好些年
今天想起写一篇
打开日记看一看
资料依然存里边
整理思绪拿起笔
旅游画面在眼前
写就几段蛤蟆文
叫作散记在下面

### 一、先说新西兰

早在18世纪之前，欧洲探险队就发现在南太平洋上有块无名大陆，但具体位置在哪，情况如何，概不清楚。1768年，英国王室决定抢在其他国家前面发现和占领这块大陆，并任命詹姆斯·库克为海军少将，带领船队前往南太平洋探寻。这库克可不是个等闲之辈，他是探险家、航海家和绘图专家，他曾三次远航太平洋、大西洋，探究南太平洋诸岛，先后发现了新西兰、澳大利亚、夏威夷，并把英国的米字旗插上这些岛屿，宣示占领。他还带领船队绕过南极圈、到达南美洲，成为有史以来穿越南极圈第一人。但在最后一次到达夏威夷时，因与土著人发生打斗而身亡。

当年的科技不像现在这样发达，航线不像现在这样精准。库克船长远洋探险，经历一年多时间、费了九牛二虎之力才于1769年找到一块陆地，但那不是澳洲大陆，而是新西兰。面对陌生的环境，又兼语言不通，库克派出两名船员上岸打探，可是半天也不见回来，等他们找到船员时，发现土著毛利人早把那两人五花大绑、开膛破肚将五脏挖出来，权当西瓜、面包一样生吞活吃了。啊呀呀，真够瘆人的！

英国人当然不客气了。他们有的是快枪快炮，一阵猛射，打倒打死不少毛利人。毛利人吃了苦头，才知道"白毛子"不是好惹的，于是一哄而散，逃之夭夭。英国人登上这片土地，宣布了对新西兰的占领。

库克登陆后，又用一年时间对新西兰作了环岛航行，将南岛、北岛作了详细的考察，除此之外还绘制了新西兰全域的海岸线，并给岛上不少地方命名。

摸清并控制新西兰后，库克于1770年找到了澳大利亚。他将澳洲也作了一番勘探，得出的结论是：新西兰气候温润，适宜发展农业；澳大利亚尽是荒漠，适合流放罪犯。他将这一结果报回国内后，英国正处于工业革命、圈地运动后农民失业的危机时期，便立即组织失业农民，扛了农具、牵了牲畜赶往新西兰。另一方面，国内地盘窄小、转圜困难，便把罪犯大量流放到澳大利亚。澳大利亚是块独岛，罪犯逃不出去，更不会跑回英国。因此说，新西兰人是农民的后代，而澳大利亚人则是囚犯的后代。直到今天，当两国球队比赛橄榄球，打到兴奋的时候便对骂起来，一方骂对方“臭农民”，对方回骂“臭囚犯”。其实他们是同一个祖宗，都是英国人。

## 二、改造毛利人

若以史而论，土著毛利人已有上万年的历史了，但直至库克发现之前，他们还是世界上著名的食人族，几近原始。

毛利人以渔猎为业，刀耕火种，常吃生鱼、生肉，兼吃野果、野菜。该人种皮肤棕红，体形短粗，十分强壮，且能歌善舞、喜欢文身，脖子上、手腕上经常挂着一串串饰物。古代打仗之前，毛利人都要跳一场战舞。他们组成庞大的阵势，穿着草裙，戴着花环，手持棍棒，身上脸上涂成各种颜色，又是跺脚，又是吶喊，又是瞪眼，又是吐舌，做出各种怪相，给敌人以恫吓，给自己以助威。可惜这一切在英国人那里不起作用，库克的人马一阵快枪快炮就把他们降服了。

英国人占领之后，做出了一系列规定，颁布了一系列法律，其中一条是不准毛利人互相通婚。就是嘛，如果他们还同过去一样相互通婚，相互繁衍，辈辈如此，何时是个尽头，何时才能进步？而这一招来得绝，干脆不让他们繁衍了！随后，新西兰的南岛发现了金矿，各地的各色人等都赶去淘金，华人劳工也去了，据说光是南岛的皇后镇就聚下中国劳工一万多人。于是英国当局下令：每人一个毛利女人，领上走人。好处是不用发愁打光棍，不用花钱就能讨老婆；坏处是，那些毛利女人身强体壮、膀大腰粗、力大无穷、野性十足，稍不高兴一个巴掌打过来，让你满地找牙。如果让她踹上一脚，大约骨头也要断掉两根。咱们那些同胞远涉重洋、冒险卖命，本意是出卖苦力、挣几个钱回去成家立业，也有的人家中已有妻室，可是这一下子，凭空摊上个比淘金还艰巨的任务：为毛利人改造人种、繁殖后代，可让他们吃尽了苦头！

可怜那些同胞，同一群类似野人的毛利人做了夫妻；可贺那些同胞，把中华民族的优良品种传到了海外，为改造毛利人做出了贡献。经过这样华毛二代、华毛三代的繁衍，毛利人进步了，脱胎换骨了，可以说现在的新西兰早已没有纯粹的毛利人种了，不少人血管里流着华人的血液。

现在我们到新西兰旅游，有一个必看的景点就是毛利文化村。那里介绍毛利文化的起源和发展，了解毛利民族的建筑和居住条件，参观毛利的编织、木雕等工艺展品。至于毛利人，与普通人无异，经过混血遗传，甚至比黄种人、白种人还要漂亮呢！

## 三、人少牲畜多

从地图上可以看到，新西兰在地球的南端、太平洋的尽头，距离南极只有 2000 公里。现在人们到南极考察，走两条线路，一条是南美洲的智利，另一条就是新西兰。知道南极冰天雪地，猜想新西兰也好不到哪里，一定是人迹罕至、寒冷异常吧！可是去了一看，并非这么回事。

新西兰由北岛、南岛两个岛屿组成，形状像大洋中漂浮的两片树叶或两条鱼，中间隔着一条不宽的海峡叫库克海峡，海岸线长达 6900 公里，国土面积只有 26 万平方公里。

由于地形狭长，四面环海，全国离海最远的陆地也不会超过125公里。

这里海拔不高、气候温和、雨量充沛，年平均降水量在1600毫米—2500毫米之间，属于温带海洋性气候。故此，绝大多数地方冬不严寒，夏无酷暑，常年绿树红花、草木遮天。可以说这里是植物世界、动物天堂、畜牧王国、人间乐园。

别看新西兰有这么好的自然环境，有发展农业的优越条件，偏偏人家全国不种粮食，只是养牛、养羊、养牲口。据导游介绍，我们旅游的那年，全国养羊6000多万头，养牛2000多万头，养鹿1000多万头，合计超过1亿头。小小的新西兰，全国只有400来万人口，牲畜却养了这么多，那不是畜牧王国、动物天堂是什么？现在好几年过去了，我想，这些数字只会增加不会减少。按全国人口计算，每人每天的牛奶拥有量超过100公升，因此喝牛奶比喝纯净水还要便宜，一瓶纯净水卖3.5元，两升牛奶才卖3块钱。因此，新西兰成了闻名世界的畜牧强国，每年都有大量的羊毛、羊绒、羊皮、羊肉、牛奶及其制品出口，其数量、质量均居世界前列。还有鹿茸、鹿鞭、鹿肉、鹿血、鹿胎销往世界各地，成为贵重的药材和滋补品。

此外，新西兰还有一种动物叫羊驼。这种东西个头比羊高大，脖子很长，体格健壮，似羊非羊，很有骆驼的架势。羊驼的毛细而长，柔而精，中间有孔，冬暖夏凉，属世界珍品，有“软黄金”之美誉。

新西兰有这么多好东西，自然经济发达、国家富裕、人民生活水平很高，其经济实力进入全球前30位，幸福指数全球第四。

## 四、到处都有活火山

新西兰面积不大，火山却不少，该国的中部地区就是个火山高原。活火山就是现在仍然活动的火山，里面地火燃烧、岩浆滚动，随时就能开口，随时都敢喷发，一旦开口一喷，定然天昏地暗，毁灭一切。但人类就是日怪，甚至胆大包天，竟敢与之为邻，在它附近居住，有的还辟作旅游景区，供人们参观游览。我到新西兰时就去过那里的一座活火山。

火山在北岛上，具体地点叫罗托鲁阿。旅游车离开城市，开到半路就不走了，下车后进入人行道，两边草木繁茂，遮天蔽日，什么也望不出去，但能听到轰隆隆的响声从天而来，惊心动魄。走到近前才看清，那是一个偌大的山谷，背后的山峰高不见顶，下面的山谷深浅莫测。就在半山腰这一块，到处都有火苗，到处都在冒烟，遍地都有沸泉，遍地都在喷水。那喷水的叫间歇泉，时断时续，水柱高达几十米、甚至100多米，落下来仍然烫人。整个山谷里有数不清的喷泉，喷射出数不清的水柱，高低错落、交叉纵横、此起彼伏、终年不息。在导游的带领下，我们躲着近处的喷泉，跑过一座桥，进入景区腹地。嗬！确是古今奇观，也是危险去处。你看那整座山谷，岩石裸露，一毛不长，活像一盘铺了炕板石而没有抹泥的大炕，有的缝里漏火，有的地方喷烟，把整座山谷烧烤得热火朝天。导游说这里可以在石头上歇坐，一群游客便选择光滑的地方坐下来。谁知不到一分钟就烫得屁股疼，好像衣裳也烧着了，一个个跳将起来，连惊带吓仓皇而逃。人们说这地方能烤土豆、红薯，依我看，就是牛肉、羊肉也一烤一个透熟。尤其山沟里那沸泉，在泥浆中冒出无数个泉眼，突突翻滚，吱吱冒气，让人觉得泥土石头都让它煮成糨糊了。

太刺激了，也太可怕了！真应了那句话，“坐在火山上，随时都会葬身火海”。于是一群人逃也似的离开了这里，离开了这块是非之地。

事后我想：为什么火山大多都在海岛上？当然别的地方也有，但多见于海岛，比如日本，比如冰岛，比如印尼，比如夏威夷，还有这个新西兰。我看这些地方都是地壳的薄弱点，都是当初的火山口，历史上发生过大规模的火山喷发，地壳深处的物质大量喷涌而出，堆集起来，高出海面，形成了陆地、形成了山丘，甚至形成一个又一个的海岛。因此，有一部分独立的海岛不是从某些大陆延伸出去的，而是从地球深处喷发出来的，从大海大洋中长起来的。现在这些岛屿，等于火山口上的一个个盖子，封闭严密的成了死火山，封闭不严的便是活火山，便要冒烟窜火，便要不定时地发脾气。因此我以为，人和大自然相比，永远微不足道，永远不成比例。人类只能顺应自然、尊重自然、探究自然，而不能违背自然、无视自然甚至欺负自然。太阳一天不照，世界就会陷入黑暗；太阳日夜连煦，地球就会被烤焦。眼下世界上有那么几个战争贩子，整天四处作恶，到处称霸，烧杀抢掠，为所欲为，好像地球就是他们家的，看谁不顺眼就要收拾谁。以我之见，千万不要得罪地球，千万不要得罪大自然！倘若某一刻神灵动怒、天地发火，再狂的恶棍也不堪一击，瞬间便会灰飞烟灭。因此我深深感到，“地球村”的提法是科学的、正确的，“命运共同体”的倡导是英明的、善意的，这些正确的理念必将会被世界上越来越多的人民所接受，所践行。

还是让我们善待地球吧！

## 五、澳洲是个岛

如果说四面临水的陆地叫作岛，那么澳洲大陆就是一个岛，而且是一个独岛。只不过这块独岛面积大了些，达 769 万多平方公里。它位于太平洋的西南部，与其他大陆距离很远，因而独自成洲，称作澳洲。这块独岛上又只有一个国家，叫作澳大利亚。因此，叫澳洲也罢，叫澳大利亚也罢，指的就是这个地方。

澳洲大部分地方地势低平，很少高山峻岭，平均海拔只有 350 米，属热带和亚热带气候，年降水量为 250 毫米—2000 毫米。其自然环境是中部为荒漠地区，其间有 11 个大沙漠，降雨少，植被少，杳无人迹。而周边临海的一圈却是雨量充沛、植物茂盛、宜居宜业、人间乐园。因此将其比喻为“老头谢了顶的脑袋”，是很形象的。

澳大利亚的国名含义为“南方的大陆”，这里的土著居民原本以狩猎为生，用一种“飞去来器”捕猎动物，生吃袋鼠、活鱼。后来欧洲人来了才改变了这种状况。英国人占领了新西兰，对毛利人算是比较客气的，而澳大利亚这边就不同了，放进来的囚犯都是一些杀人放火的亡命之徒。他们对原住民展开疯狂杀害，以致十有八九成了他们的刀下之鬼。澳大利亚现有人口 2500 万，其中原住民只有 40 来万。政府每年都要给土著民族多发一些钱，算是对他们及其祖先的一种补偿吧。

澳大利亚的国树为桉树，这是一种常绿植物，树形高大，树冠成塔，颇为好看，又有药用、经济等多种价值。这里有一种动物叫考拉，是树生动物，靠食用桉树树叶生存。桉树叶中含有一种麻醉剂，考拉吃了以后便睡着了，一天团在树上能睡十八九个钟头。

还有一点，澳洲全境没有猛兽，没有大型食肉动物，牛羊可以随便放养，绝对安全。因此说，澳洲这个南太平洋中的“大岛”还是蛮有特点的。

## 六、金山墨尔本

澳大利亚的行政区划是 6 个州、2 块领地。在其南部有个滨海城市叫墨尔本，是维多利亚州的首府，是全国第二大城，也是世界著名的旅游城市。

从现在倒数 200 年，墨尔本无人居住。1840 年，这里只有 1 万人。1851 年，墨尔本发现了金矿，大量的人从各地赶来淘金，其中包括大量的华人劳工，使墨尔本顿时热闹起来，人口迅速增长，逐渐发展成为一个富有的大都市。

我在这里要插话几句。中华民族乃世界上最古老的民族，最优秀的民族，也是最勤劳勇敢的民族。华人遍布世界各地，地球上只要有人居住的地方几乎都有华人。华人为世界各地的发展和繁荣出力流汗、流血牺牲，做出了不可磨灭的贡献。但近代以来，华人在世界上是备受欺负的。尽管他们帮助美国修筑了穿过赌城拉斯维加斯的大铁路（赌城是有了铁路之后才修建的），尽管他们参与建成加拿大横贯东西全境的大铁路，尽管他们在号称“旧金山”的美国西部城市圣弗朗西斯科卖命淘金，尽管听到澳大利亚的墨尔本发现了金矿，便马不停蹄赶到这座“新金山”继续卖命，但他们是被欺凌、被奴役的。同样的劳工，他们的待遇只有白人的三分之一或五分之一，权益没有任何保障，受罪白受，死了白死。因为国家衰弱，成为列强的殖民地和半殖民地，人民大众当然成了亡国奴，连清朝大臣李鸿章赴日签订条约，还被整了个头破血流，何况平头百姓？国破家亡，无人做主，华人在世界上备受欺凌是必然的。一部中国近代史，就是中华民族的屈辱史啊！

2016 年中国外交部部长王毅访问加拿大。在记者招待会上，有人发出挑衅言论，王外长当即回击，批驳他“不知道从什么地方来的傲慢”！追其根源，这是殖民主义的遗风作怪，歧视华人的惯性使然，帝国主义的阴魂不散啊！殊不知，当今的时代已不是往昔的世界，中华民族不仅站起来了而且强起来了。这些年，海外不少地方发生战争冲突或者自然灾害，中国政府立刻派出飞机或舰船，把自己的公民迎接回国，免遭苦难。这说明什么？说明中国强大了！说明我们的国家已经进入世界大国、强国的行列了！

话还得说回来，当初中国劳工和其他国家的劳工纷纷赶到墨尔本，钻进地层深处，挖矿淘金，流血流汗，前后几代人，历时 60 年，直到把这里的金沙淘干淘尽。

现在，墨尔本市郊的疏芬山下，仍然保留着一座建于 19 世纪的金矿遗址，成为一座大型露天博物馆，生动地再现着始于 1851 年的辉煌的淘金史。遗址在一道缓慢的山坡上，那里有弯曲的道路，有 19 世纪修建的房子，分门别类有马车店、布料店、糖果店，有铁匠铺、铸造厂、蜡烛厂，有剧院、邮局、药房等等，都是当年金矿鼎盛时期的格局，被原汁原味地保留下来了。据说，当时从这里往中国寄一封信，至少半年以后才能到达。

我们在这里游览时，在导游带领下曾乘坐矿车钻入井底，到达当年淘金工人劳作的现场，沿着阴暗狭窄的巷道走了一圈，直到钻出地面，亲眼观看并体验了 100 多年前矿工开采时使用的设备和工作环境。在矿区西南角有一处中国区，是当年中国矿工集中居住的地方，房屋低矮，陈设简陋，可以想见当年的劳工是十分艰辛的。以那时的交通条件，不远万里漂洋过海是何等艰难？但他们硬是背井离乡来到这里，把血汗洒到井下，将黄金采出地面，为墨尔本的崛起立了头功，为澳大利亚的繁荣做出了贡献。他们以及他们的后代已经融入到澳大利亚的社会当中。

现在的澳大利亚，据说华人有 100 多万，是深受国人敬重的民族。在墨尔本市，前些年有一位姓苏的华人市长，为城市的发展建设做出过重大贡献，深得民心，连任三届，第四届民众还要选他，是他坚辞才只好作罢。

## 七、首都堪培拉

英国占领澳大利亚后，最初分为几块殖民地，1901 年组成澳大利亚联邦，开始建国，首都临时设在墨尔本。对此，悉尼方面的人不满意了。因为澳大利亚人口高度城市化，全国将近一半的人口居住在悉尼和墨尔本两大城市，其中悉尼人口最多。于是悉尼方面的议员发表意见：第一，我们的城市最大、人口最多；第二，我们的城市是著名海港，商贸繁荣，经济发达；第三，当初老祖宗来澳洲，第一步就是从悉尼登陆的，并建起第一个英国殖民区；第四，……但不管鸡嘴说成鸭子嘴，墨尔本方面绝不放弃，为定都问题，两大城市争执了八九年。直到 1911 年，双方达成共识、联邦政府通过决议：在两个城市之间另选一块地方建立新的首都。具体怎样选呢？他们又商定：某年某月某日，两方各自派人骑马相向而行，待两支人马会合的地方便是建都之地。好！问题终于有了结论。可是日期到了，墨尔本方面已经动身，悉尼方面却迟迟不动。他们耍了个小聪明，推迟两天动身，结果会面地点距悉尼近，238 公里，距墨尔本远，507 公里。新都起名堪培拉，意为“会合之地”，也叫“聚会的地方”。

其实，堪培拉最初只是山间的一块不毛之地，联邦政府在定都之后才专门划分了一块 2395 平方公里的土地，成为首都领地。随即请世界范围内的著名设计师，将城市设计成环形及放射状道路，把行政、商业、住宅区分开，并在城市中心开挖建筑了周长达35公里的格里芬湖，四周森林环绕、绿意盎然，将新首都建成一个坐落在花园里的城市、一个现代化的大都市。

建都于1913年开始，历时14年，到1927年建成，并迁都于此。

我们旅游时到过堪培垃，给我留下两大印象。一个是从悉尼去堪培拉的途中有个乔治湖，是个间歇湖，面积890平方公里，18年有水，18年无水，彼此循环。有水时，一夜注满，碧波荡漾；无水时，一夜退完，鱼虾遍地。我们参观时正值无水期间，一眼望去恍若草原牧场。多少年来、多少专家学者轮番考察研究，到现在也没得出结论，真乃世界奇观。另一个是参观了国会大厦，而且是正在开会期间。当我们进入大厦时，看那会场就像一个圆桶，主持会议的议长及重要人物都在桶底，议长坐在一边，另有四五位坐在近前，此外的所有议员分坐圆桶周边，高低不等，远近不一。我们所有参观的人都是从楼上进去的，位置仿佛到了桶口上。里面都是一层一层、一圈一圈的椅子，入坐里边等于进了会场，只不过人家在下半部，游客在上半部，互不干扰。大家听见里面正在发言辩论，但弄不懂人家在干什么，于是卖了眼窝，看了新鲜，稍待片刻就退出来了。事后才知道，这是世界上唯一在开会期间对外开放的国会。

## 八、骑在羊背上

澳大利亚矿藏丰富，矿产品出口全球第一，因此被喻为“坐在矿车上的国家”。澳大利亚畜牧业发达，畜产品誉满全球，因此又被称为“骑在羊背上的国家”。我今天说的是它的畜牧业。

澳大利亚的畜牧业规模大、市场化程度高，实行机械化生产、信息化管理。草肥水美的自然条件加上先进的管理技术，使畜牧业从原产品到终端产品形成独特的产业链，从而成功地占领了世界市场。具体来讲有以下几个方面：

第一，大力种植牧草，走以草兴牧之路。该国有大面积的天然草场，此外人工草场有 2580 万公顷，这些人工草场均以一定比例的禾科草种与豆科草种混播，这样既能保证一年四季牧草茂盛，又能保证牲畜的营养均衡。

第二，严格控制载畜量，防止过度放牧。不管任何人、任何公司，不是想养多少牛羊就可以随便养，而是国家都有统一的标准，统一的规定。干旱地区、半干旱地区、雨水丰沛地区的标准是不一样的，多大的草场只能匹配相应的牲畜数量，一头也不许超过。

第三，实行科学管理，实现可持续发展。诸如草场要合理施肥，每隔几年要翻耕重播；牲畜要分栏饲养，草场要轮歇休养；牛羊等各种牲畜都选择优良品种，并且不断繁育更新。

第四，实现高度的机械化、自动化，严格把控市场准入关。不要说大的专业公司，即使是一般的家庭牧场，都有耕作、播种、锄草、喷药、收获、剪毛、挤奶、贮藏、运输等一系列机械，挤牛奶、剪羊毛全部实行机械化，牛奶的收集、贮存、运输、加工以及其他畜牧产品的生产过程，不仅实现了机械化、自动化，而且高标准、严要求，一丝不苟，贯彻始终，保证供应市场的全部是优质产品。

我这样啰唆，不是要全面介绍澳大利亚的畜牧业情况，让人读起来枯燥无味，而是实在叹服人家的管理经验和精益求精的精神。回看我们的身边，有些人急功近利、唯利是图，一味地制假售假。特别可恶的是在食品、药品上做文章。你到饭店吃一顿涮羊肉，有人告诉你那是假羊肉，是狗肉、兔肉甚至老鼠肉压制而成的，让人感到恶心；你到超市买棵大白菜，有人曝光那菜上喷了甲醛，让人吃得害怕；孩子打疫苗是为预防疾病，没想到遇上了假疫苗，真是误人不浅；患者正在治病，用上了假药，如同雪上加霜，付出的是生命的代价……如此等等，不一而足，说明什么？说明产品的质量至关紧要啊！也许，这是资本运作、商品经济发展中的一个必然过程，经过制度约束、法律惩治，辅以批评教育、见识提高，特别是当事人迎面撞墙、头破血流之后，是会有所改变的。我们的国家、我们的社会正在从事这方面的治理。而澳大利亚早已逾越了这个阶段，成为一个成熟的市场经济国家，而且成为发达的世界强国。

## 九、说说袋鼠角

澳大利亚有一种野生动物叫袋鼠。成年袋鼠体形很大，有两米多高，重达100多公斤，蹦跳有力，奔跑时速可达六七十公里。袋鼠还有一个特点是只能前进，不能后退，因此澳大利亚把它的形象印在国徽上，彰显这种永远向前、决不后退的精神。

后退的精神。

我们旅澳期间去过它的袋鼠角。袋鼠角在澳洲大陆东海岸，在昆士兰州，首府是布里斯班。那里是个风景如画的地方，黄金海岸绵延百里，清澈的海水、柔软的沙滩、明媚的阳光、温暖的海风，吸引着来自世界各地的游人，让他们沉醉其中，乐不思返。那里的热带雨林郁郁葱葱，树木茂盛，树体高大，实在惊人，我们曾有七个人并排站在一棵树前照相，其宽度也没挡住那树的树干，你说那树有多粗、多大！还有那闻名于世的大堡礁，是世界最大最长的珊瑚礁群，长达2000余公里，由无数已经死亡固化的珊瑚虫和还在活着的珊瑚所组成，千姿百态，五光十色，神秘莫测，蔚为壮观，成为大自然的杰作和举世闻名的遗产。

回头再说这里的袋鼠。袋鼠这种动物虽然个头很大，但它与鼠同类，繁殖很快，一群一窝，数量呈几何级数增长，到了一定峰值便泛滥成灾。因为它的主要食物是鲜嫩的树枝、树叶和青草，成群结队的袋鼠会与牛羊争食，给畜牧业造成危害。再者，澳洲岛上没有狼狮虎豹等食肉动物，没有形成进一步的自然食物链，致使袋鼠数量只会增长，不会减少。怎么办？

毕竟人类要比袋鼠聪明，终于想出来一个办法——那就是围猎。袋鼠的习性是白天在窝里睡觉，晚上出来活动，那就把时间选在晚上；袋鼠最集中、最猖獗的是昆士兰州一带，那就把战场定在这里；然后把民众统统组织发动起来。到了确定的那天晚上，人群将南北西三面围拢起来，独留东面一条通道，然后敲锣打鼓、灯笼火把、呐喊叫器，震得大地山响，并且将包围圈越收越紧、越推越前。袋鼠群落受了惊吓，朝着东方没命奔逃，很快形成滚滚洪流，平时的速度接近100公里每小时，这时候达到100大几十公里每小时了。谁知，远方尽头是深不可测的悬崖，是要命的深渊，袋鼠们冲到近前根本无法收住脚步，只好一头栽到崖下，跌个粉身碎骨。于是，这里被称为袋鼠角。

这样清理一次，袋鼠便会急遽减少，大陆便会清静几年。但官方从未有此报道，只是当地导游口头介绍而已。西方世界假仁假义，成立动物保护机构，据说路上碰伤一只袋鼠，只要打个电话，有关部门就会派人救治。因此，对于这样血淋淋的大规模屠杀，他们是只会做而不会说的。正像某些帝国主义国家，杀人放火，无恶不作，但人权叫得山响，就是这个道理。

据说，澳洲大陆目前袋鼠存量为2000万只，是否到了峰值，不太清楚。有报道说，袋鼠肉也不难吃，袋鼠皮也很珍贵。既然如此，何不将袋鼠也像牛羊一样饲养起来，成为家畜的一种呢？还有，现在的世界科技发达，信息传播速度很快，说不定哪天会有高人站出来说：袋鼠肉最有营养，富含特殊元素，可以延年益寿。那样全世界的人都会争吃袋鼠肉，争喝袋鼠汤。到了那个时候，说不定整个澳洲大陆会不养牛羊，而专养袋鼠，成为袋鼠产品出口大国呢！

## 十、海边看石头

南半球的季节与我们正好相反，每年的7月是冬天，9月是春天。我们那年是11月底去的，正逢那里的盛夏，芳草遍地，四野皆绿，花开枝头，生机勃发。从墨尔本出发向西而行，便是一条长达 260 公里的大洋路。这条宽阔平坦的公路，像一条飘带横亘在山水之间，前面是汹涌的大洋，背后是起伏的山峦。从这里放眼望去，高远辽阔，了无遮挡，顿生一种天涯海角的感觉。说起来也是，我们国家的海南三亚，大海边矗立着石刻："海角""天涯"。到了台湾最南端的鹅銮鼻、猫鼻头，也说那里是海角天涯。这次来到澳大利亚，来到南太平洋的尽头，觉得这才是真正的海角天涯。其实，地球是圆的，远近、偏正都是相对而言，没有绝对的海角，更遑论天涯了！

站在大洋路边向前望去，海洋近岸处矗立着大小不等的 12 块礁石。按照距离远近的比例来讲，这些礁石都是巨石，搏风击浪，岿然不动，风起云涌，稳如泰山。依我之见，那是岸边坠落的山崖，经过千百年的冲刷淘洗，最后剩下来的全是巨石，海洋也奈何不了它们，风云也撼动不了它们，只好让它们立着，要说景观也算景观，要说平常又很平常。

可是，有关资料不是这么说的。据权威专家考证，这些礁石由几亿块小石头聚积而渐渐形成，继而埋藏在海底。后来，强烈的海潮和风力终令这些岩石露出水面，屹立在海边已有 2000 万年历史了。那么，既然有了专家之言、科学论断，我等就不能胡说瞎猜了。人家以圣经故事里的十二使徒为之命名，将其叫作十二使徒岩。从此，这些石头活了，而且有名有姓了，成了现在鼎鼎大名的十二使徒岩，成了火热的旅游胜地。

这让我们深受启发，想到旅游开发的重要性，想到景物命名的必要性。不妨列举两个例子。一个是保德县城的飞龙山。过去这里不叫飞龙山，而叫脊阴峁。因为位于县城背后，地处偏僻，怪石嶙峋，一毛不长，是个兔子不拉屎的地方。近年来起了一个十分响亮的名字“飞龙山”，一下子飞了起来！现在青山绿水，风景独好，成了省级森林公园。我曾写过一首赞美它的“打油”诗，叫《登飞龙山》，曰：“天龙山上起飞龙，干石圪梁飘绿云，亭台楼阁美如画，一路攀登到顶峰。”有人笑说，这哪里像诗呀！我接着又曰：“描它为龙它是龙，绣它为凤它是凤。盘古至今皆如此，指点江山全靠人。”不管像诗不像诗，我抓住了问题的要害，那就是指点江山、改造山川、建设家园、美化世界，靠的就是我们人类自己。另一个例子是湖南的张家界。那里的天子山上有块巨石，上面有国家原总理朱镕基的题字——“张家界顶有神仙”。一语中的，顿生辉煌，画龙点睛，字字千金！你说张家界真有神仙吗？肯定没有。但这样的题字给景点注入了灵气，增添了光彩，增加了无穷的吸引力。景点开发、景物命名，在一定程度上讲，就是要把死的叫活、活的叫神、神的叫响、响的叫热而已！

2017 年 4 月 5 日

# 域内一顾

## 塞上西湖

——神头记事之一

神头是朔城区的一个乡镇，人称“工业强地”“工业大镇”“商贸重镇”。因其历史悠久，人文荟萃，有山有水，风光秀丽，亦是旅游名镇。

从朔州市区出发沿着绿树掩映的神朔大道东行十公里，便来到了神头泉区。泉区正北，巍巍洪涛山，层峦叠嶂，连绵起伏，成为阻挡西北风沙的天然屏障；泉区风和日丽，空气湿润，举目可见大小泉眼，喷银吐玉，汇集成一个个天然湖泊，神头镇的十几个村庄装扮其间，湖面波光粼粼，水鸟飞翔，湖岸绿树婆娑，风光旖旎，到处一派水乡风光。

神头是桑干河的源头，河道里分布着七大泉组。比如东神头村西有玉龙泉组，西神头村东有黄道泉组，附近河滩上有地质勘探部门开凿的两眼喷泉，状似狮头，终年喷涌，它们共同组成一个自然湖泊，人称神头海，面积约5700平方米。往南不远处是司马泊镇，东北有三泉湾泉组，东南有七星海泉组和莲花池泉组，这些泉组又形成一个自然湖泊，叫作司马泊海，面积达2.7万平方米。此外还有规模更大的金龙池泉组，面积达3万平方米，泉水喷涌，深不见底，湖中有水围寺，岸边有鄂国公庙和尉迟恭擒海马遗迹。至于位于小泊村的特大泉眼，泉水翻滚，浪热开花，落入池中，叮咚作响，其水量，其气势，堪与济南的趵突泉相媲美。

以上所述是较大的泉组，此外还有中等的泉组，比如西神头村的浪叫沟、古庄村的庙湾、新磨村的汇河湾、下西关村的苍湾、长城村的后沟、马邑城南的河湾、西影寺村的古城湾都属中等泉组。至于小泉小水，处处皆是，无法计数，上至神西村，下至马邑城南的古寰州遗址，长达15里的河滩中有九湾十八盘，湾湾有泉眼涌冒，盘盘有小溪流淌，最终汇聚成今天的神头海。

除了本地水源，发源于管芩山的恢河，发源于大同境内的元子河，也奔涌而来，与神头海三水合一，形成桑干河，此后浩浩荡荡向东北方面流去，流出山西，流经河北，流到北京进入永定河，流到天津进入海河，最终注入渤海。因此说神头是桑干河的源头，是塞上西湖，可谓名副其实。

塞上高寒之地，每到冬季千里冰封，万里雪飘。然而桑干河源头之水常年保持在14℃以上，泉水清纯，清澈见底。

夏天河边绿草如茵，鱼虾漫游；到了冬季，每当黎明时分，河面是水汽蒸腾，白雾弥漫，如纱如绫，飘飘忽忽，煞是好看；水汽落到树上，结成冰花，形成雪松，又是一番别样风景。

灵山秀水，历史悠久，自然留下不少神话传说。比如尉迟恭擒海马的故事，说的是金龙池宿有二龙，每当夜深人静的时候，便化作二马，外出显威，又是奔腾跳跃，又是狂嚼青苗。当尉迟恭得知这一情况后，决定擒拿海马。是夜风清月明，尉迟恭提前埋伏在湖畔，待到二马出现即腾空而起，跃上马背，并用手牵住另一匹马的鬃毛。二马受惊，欲潜回池中，说时迟，那时快，尉迟恭两腿钳夹马腰，一手死拽马鬃，另一只手臂死死搂住湖畔的大柳树。海马围着大树一气转了三圈，只听那树身发出滋溜溜响声，大瓮一般的树身顿时被拧成了麻花。海马被驯服后，成了尉迟恭的坐骑，随后投奔义军，驰骋疆场，为大唐开国立下了汗马功劳。

这固然是神话传说，但螺纹柳却真实存在，现在繁殖到了第五代，枝叶依然茂盛。

还有一个慈禧太后找水源的故事，说的是慈禧晚年为保养龙体，每天早晨都要喝玉泉山的泉水沏的西湖龙井茶。突然一天觉得茶不对味，便责问秉茶太监，追查下去才知是玉泉山泉水断流。于是派出找水的大臣带领人马，沿永定河上游之处寻找水源，虽然在内蒙古南部，山西北部找到水源，但都不对头，最后才在桑干河的源头找到黄道泉，这次对上号，交了差。慈禧龙心大喜，下令保护水源，并派出大批人员将泉眼掏空，结果泉眼疏通了，玉泉山的泉水也流出来了。慈禧下旨，从此黄道泉改成皇到泉。

2017 年 5 月 1 日

神头美景

作者父子合影

神头古树

# 神山巍峙

——神头记事之二

神头镇背靠洪涛山，洪涛山海拔1974米，由西向东，蜿蜒绵延，雄伟壮阔，月月苍苍，是神头乃至整个朔州盆地的天然屏障。

在洪涛山的怀抱里，有一座拔地而起的小山，高可百丈，方圆八里，仿佛擎天一柱立在东西神头两个村庄之间，名叫神女山。神女山虽不算大，但它背靠雄山，面临平川，左边山脚有东神头村，右边脚下有西神头村，怀前拥簇着明镜似的泉群——神头海，是大自然造就的一块风水宝地，更兼有神女的传说，让它充满了神秘的色彩。

相传在距今1600多年前的南北朝时期，北魏王朝定都平城（今大同），朔州地面乃京畿之地，魏王拓跋经常率领王公大臣和子女后妃到此巡游。其爱女拓跋公主尤其热爱这里塞外江南的迷人景色。有一次，时值中午，天气炎热，便下湖游泳，忽见一颗红色宝珠从水面上漂来，光华四射，鲜艳夺目，便托在掌中赏玩，谁知那宝珠竟飞入口中，咽到肚里去了。

拓跋公主随父皇母后回到平城之后，肚子一天天大了起来，这使她莫名惊慌。她是君主的女儿，是金枝玉叶，肚子突然大了起来，连自己都说不清楚，如何向父母说明，如何向世人交代？她哭了又哭，痛苦极了，眼看就要分娩，这该如何是好？终于有一天晚上，她下定决心，走出国门，离开平城，来到神头，瞅准了这个风光秀丽的小城，爬到半山腰一块平坦的石头上，便生下了三条龙子，接着公主原地坐化了。这三条龙子，老大为赤龙，老二为白龙，老三为黑龙。它们围着母亲不停地左转右转，但见母亲已归天，毫无办法，只得洒泪告别，腾空离去。

拓跋公主生三龙后，在那平滑的山石上，留下了她生前踱步的深深的脚印，分娩时凹入山石的臀印、手印以及流下的鲜红的血迹。之后虽然离世 1000 多年，然而印痕、血迹均在，尤其是在雨后，血迹像鲜红的朝霞闪闪发光。

拓跋公主生三龙的故事，被人们传为神话，拓跋公主生三龙的地方，被人们视为出龙遗迹。人们为了纪念拓跋公主，便把这座神头山改作神女山，在山下为三条龙建造“三大王庙”，四时供奉，永续香火。

可惜的是，由于久经战乱，三大王庙已毁。尤其有一个时期，人们跑到神女山上开山取石，隆隆的炮声轰得神女山遍体鳞伤，拓跋公主生三龙的遗迹也受到严重的破坏，西北面已形成绝壁和沟壑，原来的地形地貌已面目全非。

进入新世纪以来，政府大力倡导科学发展、可持续发展，神头大地才焕发生机。如今的神女山，经过持续不断的绿化、美化，满山存绿，四野山花，一条盘山公路从山脚通到山顶；当初毁掉的三大王庙已经恢复重建，还在山顶上新建了神女阁，树立了拓跋公主的汉白玉雕像，使这里成为人们真正向往的地方，成了人们休闲娱乐的旅游胜地。特别是自去年以来，当地政府对神女山及周边地区实施了亮化工程，每到夜幕降临，神女阁、三大王庙灯火通明，拓跋公主的神女雕像横空出世，光芒四射，在向人们微笑，在向人们招手！

2017 年 5 月 2 日

拓跋神女雕像

神女阁

作者夫妇和儿子一家合影

## 马邑古城

——神头记事之三

朔州古城马邑。自秦设马邑县、唐朝改为马邑郡以来，至今已有 2000 多年，历史沿革，斗转星移，朝代更迭，沧海桑田，多少都城大邑毁于战乱，多少高楼大厦被夷为平地。我想那马邑古城也是如此，只是一个历史名城、历史符号而已。谁知，马邑古城至今犹在，它就屹立在神头镇内，屹立在朔州大地上。

从神头镇政府所在地出发，沿桑干河东行十余里便来到马邑。出现在我们面前的是一座土城，它像一座用黄土夯筑的古堡，坐落在桑干河畔，断壁残垣，满目苍凉，看样子，屹立在这里已经有许多年月了。桑干河从土城西南流过，城角已被河水冲垮，露出城内的房舍；一条东西方向的大道穿城而过，豁开了城墙，打开了原本封闭的古城。

马邑古城由来若何？据明万历年间的《马邑县志》记载“秦时建城辄崩觖，有马周旋驰走反复，后随马迹筑之，城乃成，遂名马邑”。同时说明，马邑古城历经千年，但在元代以前皆为土城（我有不同看法：土城咋能抵御敌寇？肯定曾是砖城，只不过后遭破坏而已）。到了明代，为抗击蒙古族入侵，隆庆六年（1572），刘庆箕、刘公弼以筑边城上奏，皇帝允其奏，乃命知县跃汴、守备时尔直分别监督。从当年四月动工，到万历元年（1573）十月完成。在原有土墉的基础上培土加夯，层层夯实，四面砌以石基，五尺以上俱用砖块包之。建角楼四座，城楼两座；东西门建有重楼，高四丈；城内建有橹台、观音堂、城隍庙、娘娘庙、文庙、牌坊等一应设施，还有护城墩十五个。所谓橹台，就是在西门内北侧与城墙相连处，建成向东凸出四丈、向上高出二丈的方形平台。上面又建魁星楼和文明阁，站在文明阁上放眼四望，远情近景尽收眼底，北面的洪涛山、西面的黑坨山、南面的紫金山连绵不绝，如链如屏；眼前的桑干河滔滔西来，浩荡东去，环城而过，成为一条天然的护城河。修建橹台，名为观星台，实为瞭望哨，以防止敌人突袭也。

随着朝代几废几兴，马邑有时改称鄯阳，有时改称朔州，有时又复称马邑；随着战火几燃几歇，马邑古城遭到一次又一次破坏，但直到新中国建立，城墙上的大部分城砖均在。彻底毁掉古城是从 1958 年开始的，当时大搞农田水利工程，四乡农民赶着马车到马邑任意拆除城砖。城里居民原本热爱自己的故乡，不想拆除城砖，但见外人前来拆除，便也顾不得许多，男女老少纷纷出动，拆下城砖占为己有，一座明代建成的砖城很快又变成秦代的土墉了。

写到此处我想起了老家保德州。我们保德原来也有一座很好的古城，雄踞山巅，高可入云，古色古香，远近闻名。1938 年，日本鬼子放火烧城，还派飞机扔了炸弹，但毁坏的只是一些房舍类建筑，城墙基本完好。可是新中国成立后百废待兴、百业待举，且缺少建筑材料，于是人们瞅准了古城，把城砖当废物拆除下来，建机关、建学校、建民房。我上初中时，赶上了拆城的“尾巴”，也参与过拆墙的战斗，结果生生地把一座古城拆毁了。现在想起来确有几分愚蠢，也有几分可笑。

马邑古城也是这样，劫后余生也只剩下土墙了。土墙时断时续，但大体轮廓还算完整，尤其西城墙较为完好。城里住着整整一个村子，村名马邑，隶属神头镇管辖。我们没有具体测量城墙的长度、高度和厚度，而是换成转了一周，驻足打量一番。真乃虎倒雄风在、城倾浩气存，马邑古城虽然历经2000多年风雨，但依然保持着当年的雄风壮阔，苍劲挺拔之气，令人倾倒，令人膜拜！

令人欣喜的是，今天的人们终于懂得了保护文物古迹的价值，懂得了旅游开发的重要性。在城市开发中，朔州历史上的名人、古迹也与现代设施“挂了号”，如为了纪念三国名将张辽而命名张辽路；为纪念唐朝开国公尉迟恭而在崇福寺里陈列着尉迟恭用过的兵器；此外还命名了鄯阳街、马邑路，并建成马邑社区，还在市府广场上竖起腾飞的骏马。我们相信马邑、神头乃至朔州的明天会更加美好！

2017年5月5日

作者父子在古城马邑

马邑古城远景

马邑古城土墙

# 福建记事

说起福建，我已去过两次。第一次是 1996 年，那时我在宁武工作，是去学习的，学习不是旅游，但以参观的方式跑过一些地方；第二次是 2015 年，是二女儿郝燕带领我们老两口出去旅游的，自然也跑了一些地方。先将两次的所见所闻略说如下。

## 厦门

### 一

两次去福建，第一站都是厦门。

时为 1996 年农历正月初六，春节的年味还没有退去，地委就通知我去厦门学习。那是中组部举办的扶贫培训班，培训对象是山西、甘肃、宁夏等省的地县两级干部，山西有忻州、朔州、长治、临汾、运城等地市，其中忻州连我在内共去了四人。

厦门与山西最大的区别是气候不同。新春刚过，北方依然寒冷，人们还是一副冬天的打扮，可到了厦门一看，绿树葱茏，雨水不断，虽然不像夏天那样炎热，但天气十分暖和，让我亲身感受到祖国南北的气候差异巨大。

厦门位于东海之滨，古往今来都是天然良港，改革开放以来成为中央确定的五大经济特区之一，经济项目发展，城市光彩照人，各项事业欣欣向荣。我们学习期间，当时的市委书记做了报告，我们也参观过那里的工厂、商店和学校，其中包括厦门大学、集美大学、厦门工程机械厂，还有忻州老乡王秉岐的桂龙集团办公地等，无不为厦门的飞速发展和繁荣兴旺而感佩。

厦门地处台湾海峡西岸，与台湾岛隔海相望，是大陆距离台湾最近的地方。我们去了厦门不多时，就赶上台海局势紧张时期，当时台湾的李登辉当局闹“台独”，我中央政府集结重兵，加强军演，随时准备迎头痛击，据说往日和平时期，台湾所属的金门岛与大陆常有往来，特别是小金门，是一个乡镇，距离大陆只有一水之隔，他们的乡镇长经常到大陆串门，大陆的有关人员也去转悠，相互之间都是熟人。每年过元宵佳节，岛上和岸上同时燃放烟火，隔水联欢，共度良宵。

可是让李登辉这么一闹，大敌压境，战事将发，和平的局面没有了，友好的气氛不见了，笼罩在头顶的是战争的阴霾。我们当时完全可以感受到那种紧张的局面和压抑的气氛。

后来，李登辉没敢在“台独”这条路上继续往前走，大陆的警戒也就随之解除了。

## 二

厦门是著名的爱国华侨领袖陈嘉庚的家乡。陈嘉庚生于1874年，卒于1961年，毕生从事祖国的解放事业。他曾旅居马来西亚，是那里有名的橡胶大王。他筹集大量资金支持孙中山领导的民主革命，支持祖国的抗日战争，支持中国共产党领导的革命斗争，同时在家乡创办了厦门大学、集美大学以及其他中小学，1949 年出席了中国人民政治协商会议，曾任全国政协副主席，可谓功勋卓著，赫赫有名。

我们还参观过厦门大学和集美大学，特别对集美大学的航海专业印象深刻，那里的教室建造得像一艘艘船，四周都是海水，窗前设有舵轮，在那里教练演习如同驾驶轮船航行在海上一般。这里正在培养着大量的航海人才，为祖国的海洋建设做出了巨大贡献。

令人没有想到的是，陈嘉庚这样一个巨富，自己的生活却十分简朴。我们参观过他的故居，连蚊帐还是补了又补，都舍不得更换，而把节省下的每一分钱都用于祖国的解放事业和建设事业。

陈嘉庚逝世后就安葬在他的家乡，集美那里就有他的墓园，经常有人到那里凭吊。

## 三

我第一次到厦门住的是培训班，地点在思明区的半山上，比较偏僻。第二次去就不一样了，我们入住鹭江道的瑞颐大酒店，条件很好，特别是窗户就对着鼓浪屿，阔似一幅风景画。

鼓浪屿是厦门海湾里的一个小岛，面积只有 1.87 平方公里，常住人口 2 万。岛虽不大，但声名不小：第一是它的名字，取自“涨潮水涌，浪击礁石，声似擂鼓”之意，十分传神；第二是它的风景，全岛绿化面积占到总面积的 40%，各种植物种群丰富，草木茂盛，百花盛开，四季不谢，从空中看去酷似镶嵌在蓝色海洋中的绿宝石，美丽动人；第三是它的建筑，既有中国式的传统建筑，又有欧美式的西洋建筑，还有当地华侨在事业发达之后建造的公馆、别墅等建筑，使这里成为中西合璧的建筑博物馆；第四是它的人文，鼓浪屿素称音乐之岛，培养出殷承宗、周淑安、林俊卿、陈佐煌、许斐平等一大批杰出的音乐家。如今，岛上有一百多个音乐世家，人均钢琴拥有率为全国第一，有国内唯一的、国际一流的钢琴博物馆。明朝大将郑成功当年曾将这里作为根据地，并从这里发兵台湾，打败荷兰殖民者，收复台湾岛，成为一代民族英雄，因此鼓浪屿为他专辟了纪念馆，并竖立了他的青铜雕像。

到鼓浪屿旅游十分方便。我们登上跨海轮渡，五分钟便到了岛上，随即乘上电动车环岛游览，尽赏海岛美景。海岛面积不大，建筑一栋接连一栋，显得十分拥挤，那些公馆、别墅都是早期出国谋生的华侨在事业有成之后回乡建造的，规模十分巨大，投资十分昂贵，属于建筑中的精品。我们参观了著名的八卦楼、三一堂、白家别墅、廖家别墅、观海别墅等，体会到其主人在建筑过程中投注的心力，也能体会到其主人对家乡、对祖国的挚爱。

从民居中出来，我们登上鼓浪屿的制高点——日光岩。那是一处由花岗岩组成的山头，仿佛擎天一柱，兀然独立，顶峰成为百米高台。日光岩又称龙头山，与厦门岛上的虎头山隔海相望，一龙一虎把守海港，保卫着祖国的海疆。

鼓浪屿是国家5A级景区，每年接待游客达1000万以上。为了保护旅游资源，维护景区秩序，从2013年起鼓浪屿实行游客总量控制，且所有登岛游客均要进行安检方可放行。

鼓浪屿的日光岩

## 泉州

### 一

从厦门往东是泉州，与厦门一样，这里同样是天然良港，相传当年郑和下西洋就是从泉州出发的。郑和，本姓马，名三保，回族，云南昆明人，明初入宫做宦官，从燕王起兵，故姓郑。永乐三年（1405 年）率领官兵、水手 2.7 万多人，分乘大船 62 艘，远航西洋，途经越南、爪哇、斯里兰卡，到达印度以西，两年后回国。之后 28 年间，共 7 次下西洋，远航 30 余国，最远到达非洲东岸、红海和伊斯兰教圣地麦加。所乘大船长四十四丈四尺，宽十八丈，可容千人乘坐。这些航行比西方哥伦布的航行提早半个世纪，加强了中国同亚非各国的联系与经济文化交流，属于世界远程航海史上的创举。

正因如此，泉州古往今来都是一个对外开放的港口城市，当地人下南洋到海外，如同晋西北的人们走西口一样，是一件理所当然的事情，生活要到那里讨，钱财要到那里去挣。泉州市政府的人讲，这些海外华侨遍布东南亚，遍布二三十个国家，人数超过泉州现有人口的数倍，每年所得的侨汇都是当地的一笔巨大的收入。

清源山老君岩

## 二

泉州往西不远处，就是它所属的县级市晋江市。晋江不仅在泉州，在福建甚至全国数起来也是少数发达地区之一，单单一个妇女使用的卫生巾，就红遍全国，走向世界，成为一项主打品牌。比如他们有一个生产饮料的企业，所用原料是一种热带水果，名叫红毛丹。可是好长一段时期，市场上买不到红毛丹，只能买到这种水果做成的罐头。于是晋江这家企业就把罐头买回来当成原料，再加工成饮料，即使这样，产品还能销往海内外，赚取大量的利润。

我们惊叹他们的胆略，佩服他们的闯劲。在接待我们的时候，年轻的县委书记带领班子成员现场演唱了歌曲《爱拼才会赢》。正像歌词中所说，“三分天注定，七分靠打拼，爱拼才会赢”，晋江人、泉州人的天地都是他们通过打拼得来的。

开元寺

## 三

离晋江不远处是石狮，石狮是个县级市。

说起石狮，人们自然会想到20世纪80年代后期至90年代初期的制假贩假，那时候石狮是全国制造假冒伪劣商品的巨大窝点。他们能把塑料泡沫做成羽绒产品，能把人造革做得比天然皮革漂亮十倍，假劣产品不仅在国内市场上泛滥，且远销俄罗斯。当时正逢苏联解体，俄罗斯国内百业凋敝、物品奇缺，假货便乘虚而入，泛滥成灾。后来，俄罗斯等“独联体”国家大呼上当，假冒伪劣产品才不吃香了。

石狮因制假贩假把名声搞坏以后，好长一段时间在社会上信誉度极低，但它的经济始终是发达的。它原本是晋江市所辖的一个镇，但由于经济发展、能量膨胀，“小水养不住大鱼”，终于在 1987 年经国务院批准从晋江析出，由镇变市，成为与晋江平起平坐的县级市。

我们那年参加的培训班是中组部举办的，牌子很硬，所到之处都是盛情接待。正当晋江市委、市政府宴请的时候，石狮市的人也来邀请，可以看出来晋江市的人对石狮市的人十分反感，认为他们不过是以往的一个镇而已，根本不放在眼里；而石狮的人不服这口气，非要请到不可，并直接找到培训班的带队人、中组部原来的秘书长何载，终于把我们一行人领到石狮去了。

石狮市中心有一个广场，广场中央竖立一尊高大威猛、摆尾摇头的狮雕，号称东方醒狮，是石狮的市标。在石狮，我们看了市政建设，看了风景名胜，也看了不少企业，不能一一尽数，现在只能将它近年来取得的成绩和荣誉综述如下：

石狮市是全国百强县（市），
中国十大活力县级城市，
中国大陆最佳商业城市，
中国休闲服装名城，
中国休闲面料商贸名城，
全国科技进步先进市，

全国文化先进市，
全国双拥模范城，
全国首批新农村建设特色市，
全国科普示范市。

还有福建省文明城市、教育强市、卫生城市、生态城市、园林城市等一大堆头衔。

石狮市中心的东方醒狮

## 漳州

漳州位于厦门以西，属于福建省的西南部，现在是福建的一个地级市，1996 年还叫漳州地区。

漳州是个农业区，经济以农业为主。我们去参观时从车窗往外看，到处都是香蕉树，都是甘蔗林，虽然时令为春节刚过，北方依然寒冷，但这里一片绿色，树上结出的香蕉一团一团、一块一块，十分巨大，大概每一团都有几十斤重，都用蓝色塑料布包裹着。我们不懂这样包裹起来有什么作用，但看到满地都是这样的做法。

到了市里的农贸市场，看见新采下来的香蕉一片翠绿，垒得如同小山一样，拉运的汽车来自全国各地，相当拥挤。我这才知道，香蕉刚采下来是绿色的、硬朗的，待运到全国各地销售的过程中，它才变成黄色，也才好吃了。

我们还看到，这地方的田地里到处都是果树，有橘子、柚子，上面结满果实；还有那菠萝，叶片像蒲公英一样张开，中间长出硕大的果实，十分喜人；还有那蘑菇繁殖基地，在不见阳光的棚子里，蘑菇生长得蓬蓬勃勃。相比之下，我们北方天气严寒，冬季太长，白白浪费了时间，物产自然少了很多。

漳州风景

漳州属下有个平和县，这个县进行改革时有个规定：干部可以上山开荒种地，谁开谁有，收入归己。我们去参观时看到，那地方所谓的山只是一些丘陵，所谓的荒地比我们这里的耕地还好，干部们在地里种了橘子、柚子等各种果树，尤其那柚子，一颗就有三四斤重，一斤就能卖两块钱。这样既发挥了机关干部的余力，又增加了他们的收入，可谓一举两得。

漳州市平和县街景

## 龙岩

毛泽东主席词句“红旗越过汀江，直下龙岩上杭”，说的是红军反“围剿”、挥师闽西地区的事。龙岩就在闽西地区，目前是福建省的一个市。

我在这里说到龙岩，是要说那里的土楼，因为福建土楼主要集中在龙岩、漳州两个地区。龙岩市的永定县，漳州市的南靖县、华安县是土楼群最为集中、最具代表性的地方，已于2008年以“福建土楼”的名义列入世界遗产名录。我在2015年冬天到了福建，最想看的就是土楼。那天早餐后，我们从厦门动身一路西行，到了南靖地面，看见高速路两旁都有土楼的招牌，我以为马上就要看到土楼了，不想汽车继续行驶一个多钟头，直达龙岩市永定县洪坑镇的洪坑村。一下车，就见村边路口矗立着高大的牌楼，雕龙画凤，彩绘涂金，既是招牌，也是大门。在当地导游的带领下，我们穿过绿树遮阴的道路，来到土楼集中的村中。

迎面看到的第一栋土楼是“振成楼”。它的外形既像一个圆筒，又像一顶封建时代的官帽，顶部的屋瓦酷似官帽的帽檐；土楼高达四层，其中三层四层朝外开有窗户，下面两层没有窗户；门楣上刻着“振成楼”三个大字，两旁有楹联：“振纲立纪，成德达材”。

振成楼是洪坑村林氏家族21世林鸿超兄弟修建的。林家原本家庭贫困，后因林鸿超的父辈三人经营烟草而发达起来，合力修建了方形土楼福裕楼，且为乡里修桥筑路，修建学校，做了不少公益事业。之后林父独自修建一栋圆形土楼，可因劳累过度，不幸病逝。林鸿超继承父志，于公元1912年起，花费5年时间，耗费8万光洋，修建了这座无论规模造型还是功能内涵都出类拔萃的土楼王——振成楼。

振成楼高四层，直径57.2米，占地面积5000平方米，中西合璧，富丽堂皇，八卦结构，阴阳相济。土楼基础为大石构筑，接着用夹墙板夯筑 1.5 米厚的墙壁。土楼原料以当地的黏质红土为主，掺入适量的石灰、石子，经反复拌匀、捣压，做成“熟土”；一些关键部位还要掺入适量的红糖、糯米粥，以增强其黏性；每隔一段还要在土墙中间埋入木条、竹片作为“墙弓”，以增加其拉力。只要经过反复夯筑，筑起的土墙便如钢筋混凝土一般，坚固异常。

土楼的内部结构，按八卦分为八等份，分成八个院落，卦与卦之间设有防火墙；第一层作厨房、饭厅，第二层作粮仓，三四层为卧室，全楼共有 208 个房间；土楼的正中位置是中心大厅，是全楼的活动中心，可作为议事厅、宴客厅，也可兼做戏台，大厅四角立着四根环抱不住、高达八米的花岗岩大石柱，据说这是从上海购买，然后经过水陆两用才运抵这里，建到楼内的。全楼设有三道大门，大门门板厚 20 厘米，外包钢板加固；八个单元的顶层都设有瞭望台，随时可以观察外面的动静；楼内有两口水井，可供全楼人员使用，因此遇到特殊情况，大门一关，全楼妇孺老幼皆可高枕无忧。

我们看过外观后，从大门进入土楼，仔细参观了内部陈设，特别是观赏了八卦结构。我们惊叹设计者的聪明才智，更加佩服建造者的独具匠心，可以说，无论外观还是内构都给了我们极大的震撼。无怪乎 1989 年，振成楼的建筑模型曾同北京天坛的模型一起送往美国洛杉矶，参加国际建筑模型展览，引起世界一片惊呼，被认为是“东方建筑明珠”、世界建筑史上的杰作。

从振成楼出来，导游林小姐带领我们来到山坡上的另一栋土楼——振福楼，这里是林小姐的家。振福楼也是一座圆形的土楼，但名气没有振成楼那么大。振成楼不准游人上楼，振福楼内却完全可以。林小姐带领我们攀登有些破损的木质楼梯上到二层、三层，参观了他们的卧室以及室内的家具摆设。我们看到房间面积不大，也就十来平方米，由于外墙为圆形，房间四面也不是直角，家具不好摆放，住起来也不舒服。看完这一切之后，林小姐带领我们来到外面新建起来的房子，招待我们品尝自产的各种新茶，吸她手工卷的各种香烟。说实话，这地方的手工卷烟与名牌香烟没有二样，味道也不错，出于礼貌，我们买了几包茶，又买了几条烟，离开了土楼之乡。

龙岩土楼俯视图

龙岩土楼远景

龙岩土楼近景

## 福州

看过土楼之后我们到了福州。

福州是福建的省会，是大城市，停留两三天根本摸不着头脑，但我记住了福州的特点，福州的特点是“三山、两塔、一条江”，“三山”是指省政府背后的屏山、市政府背后的乌山和五一广场附近的于山；“两塔”是指矗立于市中心的乌塔、白塔；“一条江”是指通过市区的闽江，把整个城市分为江南、江北两部分，山环水绕，风光秀丽。

在福州，我们游览的主要景点是“三坊七巷”。“三坊七巷”位于市中心，是一片明清时期的古建筑群，所谓“三坊”是指衣锦坊、文儒坊和光禄坊；“七巷”分别为杨桥巷、郎官巷、塔巷、黄巷、安民巷、宫巷和吉庇巷。三坊位于西侧，七巷位于东侧，中间隔着一条后街。打个比方，如果说“三坊七巷”是蝴蝶的两扇翅膀，那么南后街便是蝴蝶的身体部分、中轴部分，整体来看是一个“非”字形的建筑群。“三坊七巷”的建筑历史从唐宋一直追到至今，现在保留下来的主要以明清建筑为主，街道内坊巷纵横、石板铺地、亭亭楼阁、白墙黛瓦、布局谨慎、工艺奇巧，是福州市历史名城的重要标志，也是中国十大历史文化名街之一。

南后街和“三坊七巷”是福州市最繁华的商业区，古往今来商贾云集，买卖兴隆，日常所需的柴米油盐、生活用品的三十六店一应俱全。我们在这步行商业街上，从南到北转了个遍，看看街区建筑古色古香，街面干净整洁，路边还有专供游人休息的椅子凳子，舒适而惬意，两旁的商店里各式货物应有尽有，五花八门，而且价钱都不贵。

“三坊七巷”人杰地灵、人文荟萃，近代以来的历史事件，如虎门销烟、洋务运动、戊戌变法、五四运动、一二·

九运动等，都是中国历史发展的重要节点，从“三坊七巷”中走出的人物都在这些事件中扮演了重要的角色。他们包括：

甘国宝：曾任台湾镇总兵，又是山水画家。

林则徐：“睁眼看世界的第一人”，晚清政治家、思想家、中华民族抵御外侮的伟大民族英雄。

左宗棠：晚清重臣、军事家、政治家，长期驻守福建，最后病故于福州。

沈葆桢：林则徐的女婿，曾任总理船政大臣兼南洋大臣，为晚清洋务运动重臣之一。

陈宝琛：溥仪的老师，晚清重臣。

严复：清末很有影响的资产阶级启蒙思想家、翻译家和教育家。

林旭：“戊戌六君子”之一，维新变法失败后被慈禧太后顽固派杀害，年仅 24 岁。

林长民：五四运动引发者。他的女儿林徽因、女婿梁思成是中国著名的建筑学家。

林觉民：“黄花岗七十二烈士”之一。

王冷斋：抗日英雄、国际军事法庭的王牌证人。

郁达夫：中国现代著名的诗人、小说家、散文家，曾在“三坊七巷”居住。

冰心：现代著名诗人、作家、翻译家、儿童文学家。

郑孝胥：中国近代的政治人物、书法家。

邓拓：中共宣传战线重要成员，曾长期担任《人民日报》社长。

陈矩孙：一二·九运动组织者。

福州市貌

## 武夷山

一

在福建的最后一站，我们来到武夷山。武夷山位于福建北部，北与江西省交界，境内群山峻岭、风景奇绝，是世界自然文化双遗产胜地。这里原是福建崇安县，1989 年撤县改市，名为武夷山市，面积 2798 平方公里，人口 23 万。由于县城离景区较远，游人往来不便，故在景区修建街道、宾馆、饭店、茶室等一应设施，并辟建了飞机场，促进了旅游事业的大发展，使旅游成为当地国民经济的一大产业。

我们到了武夷山，入住景区的悦华酒店。酒店对面就是福建省标志性景观——大王峰，那山像戴着一顶官帽，拔地而起，高入云天，是人民大会堂福建厅的壁画的主角，也是我们从电视上看到的宣传福建的主要画面。现在到了近前，看得更加真切，更加生动，更加感人，更加震撼。

入住酒店的房间，凭窗而坐，一边品茶，一边欣赏窗外景色，不是神仙，胜似神仙。

## 二

到达武夷山的当晚，我们观看了张艺谋导演的“印象大红袍”山水实景演出，真乃山重水复，天旋地转，策划得奇思妙想，演绎得出神入化，不仅让人大开眼界，也让人们了解了大红袍的来龙去脉。

相传在明朝洪武年间，有一举子上京赶考，路经武夷山时腹痛难忍，昏倒在地，巧遇天心山永乐禅寺大和尚将珍藏的茶叶泡与他喝，才将他救活过来。该举子进京后皇榜夺魁，中了状元，便专程返回武夷山答谢救命之恩。大和尚说不用谢他，该谢的是茶树，于是升科状元脱下御赐红袍，绕树三圈将红袍披在茶树上。这便是大红袍名茶的来历。

又传，状元将茶叶带回京城，恰遇皇后连病不起，百医无效，便将茶叶献上。皇后服用后身体渐康，皇上大喜，遂亲赐红袍一件，命状元前往武夷山致谢，并颁下圣旨将大红袍作为贡茶，派人专守，所采茶叶悉数进贡。从此，武夷山大红袍，披上更加神秘的外衣。

可惜的是，由于年代久远，大红袍母树目前只留下六棵，树龄已达 370 多年，每年只能产茶 2—6 两。1972 年美国总统尼克松访华时，毛泽东主席将大红袍作为贵重礼物送与他时，也只送了 4 两。

看了演出，听了有关介绍，不禁对大红袍肃然起敬：那是一种什么茶呀？它生长在哪里啊？

第二天早晨以后，我们怀着急切的心情出发了。游车离井悦华酒店，向北行驶 20 分钟便到了一处山门，于是下车、买票、过闸、进山。眼前山石壁立、高不见顶，在两山夹峙中，峡谷幽深，光线暗淡，游人只能在石缝中穿行。但毕竟是南国风光，无论石缝中还是崖壁上，到处都是草生树长，蓬蓬勃勃。我们在峡谷中穿行多时，眼前豁然开朗，来到一块四山围定，但比较宽展的地方。导游介绍，此处名叫九龙巢，头顶上的高山名叫天心山。巢者，窝也，是九条龙居住的地方，地名的奇特说明地势的险要，说明所产茶叶的珍贵。

天心山峰峦高耸，岩壁削立，然而此处半崖上突然伸出一截石塄，那六棵茶树便一字排开，生长在石塄上，其中四棵靠近一些成为一组，另两棵稍微隔开成为另一组。那地方悬空，在半崖上，游人只能抬头仰望，不能靠近，据说当年采茶都是由专业人员搭乘远梯才可完成，自从 2005 年最后一次采茶 20 克，送交国家博物馆珍藏后，母树茶叶不再采摘，而当作国宝保护起来。我看那茶树不过是几丛细细的枝条，高不过一两米，顺顺溜溜，端端庄庄，枝叶扶疏，默然静立，其情其景，很难与 300 多年的老树联系在一起。我原来想，300 多年的老树，定然是老干虬枝、秃角折腰，万万没想到竟然这般苗条、这般秀气。我想，如果说北方的大树是伟丈夫，那么南国的茶树便是俏佳人；北方的老树是八十老翁，那么这几丛茶树便是妙龄女子了。我不禁惊异非常，且肃然起敬，面对茶树拜了几拜，之后恋恋不舍地离开了。

从九龙巢返回，我们直奔景区茶社，急于品尝经过剪枝栽培而新近生产出来的大红袍名茶。在茶室坐定，有女郎接待，别看她们年龄不大，可知识渊博，茶艺老到，一边讲解，一边表演，一式一招，均见功夫。比如端茶，先用拇指、食指捏住茶碗，用中指托住碗底，最后将无名指、小指一屈，作兰花指状，显得优雅大气。比如喝茶，先把碗盖揭开，凑到近前嗅嗅，闻闻香气，再将茶碗送到嘴边，轻轻吸溜，发出“嗞嗞”声响；茶汁喝进口中不是立即咽下，而是咕噜噜打几个骨碌，品足滋味，然后才徐徐咽下。看了这番表演，才知道自己的粗鲁无知——本人喝茶从来是临渴举杯，咕咚下咽，一饮而尽，谈不上吃，更谈不上品，十足的牛饮罢了。

受过这番调教，我亦细斟慢饮，果然越吃越觉醇香，越品越有韵味。我忽然想到，大红袍乃是昔日皇家的贡品，今日吃到我们寻常百姓的口中，其中除了名茶的韵味，不是还有时代的韵味和人生的韵味吗！

2015 年 5 月 1 日

武夷山风景

# 新疆纪行

## 新疆真是好地方

——新疆纪行之一

近日我去了一趟新疆。时值八月下旬，夏犹未尽，秋日刚始，艳阳高照，金风送爽，实在算是最佳时节。

从出门乘车到坐上飞机，我的脑海里始终回响着一首歌：

我们新疆好地方，天山南北好牧场。

戈壁沙滩变良田，积雪融化灌农庄……

这是一首赞美新疆的歌曲，从20世纪中叶唱到今天，从我们少年时代唱到满头华发——“新疆是个好地方”，已经深深印在我们每个人的心头。

可是新疆毕竟是我国的西北边疆，地势高，纬度高，气温低，距离远，因此我有时不免把寒冷和荒凉同她联系到一起。特别是在寒冬腊月，媒体报道新疆连降大雪、道路阻断，暴风雪把汽车甚至火车都刮倒了的时候，真让人不寒而栗。这时候就会产生一个疑问：唱的比说的好，说的比实际好，实际会是个什么样子呢？

这次我到新疆，身临其境，观山看水。生产建设兵团的朋友带领我们参观游览了一些具有代表性的景点和地方，虽然只有短短几天，然而眼界大开，见识大增，没想到新疆有这么多富饶的绿洲，这么多漂亮的城市和农村，地域辽阔，资源丰富，阳光明媚，气候温和，我不由得在心里赞叹：新疆真是好地方！高大雄伟的天山山脉横亘在自治区中部，雪山和冰川融化的水源滋润着新疆大地，养育着几千万各族儿女。在那广阔原野上到处都是肥沃的土地，大片的农田，人称“米粮川”“大粮仓”，盛产小麦、水稻、玉米、棉花、蚕丝和各种水果，特别是南疆长绒棉、和田桑蚕、吐鲁番葡萄、蟠桃、哈密瓜、伊宁苹果、库尔勒香梨闻名遐迩。这里更是广阔的牧场，畜牧业相当发达，新疆细毛羊、伊犁马、巴里坤马、塔城牛闻名全国。这里出产甘草、虫草、雪莲等多种名贵药材。真可谓地大物博，资源丰厚。

新疆南有塔里木盆地，北有准噶尔盆地，有中国最大的沙漠塔克拉玛干沙漠和古尔班通古特沙漠，别看这些沙漠和戈壁一毛不长，地下到处都有宝藏。这里富产煤炭、石油、天然气、铜、铁、金、银和各种玉石，其数量、品质在全国都是名列前茅。我们且不细说那藏量丰富、规模宏大的煤矿，也不说那遍布各地的油田、气田，以及那贯通关内和通往国外的巨大的输气管道，更不说那色彩斑斓、灿若群星的玉石、宝石，我们单说那清洁能源——风电。在我们内地也有风力发电和光伏发电，但一般规模比较小，比较零散。到了新疆，沿着高速公路走一圈，目之所及到处都是风电，特别是在达坂城一带，在长达100多公里的旷野上，风电装置多得像树林子一样，左右成行，规模宏大，无边无际，实在令人震撼，也会让人对新能源、新科技和未来世界产生出无限遐想。

新疆与俄罗斯、蒙古、哈萨克斯坦、吉尔吉斯斯坦、塔吉克斯坦、阿富汗、巴基斯坦、印度等国接壤，是我国通往中亚和欧洲的重要门户。现在，京新高速公路基本建成，中欧铁路早已贯通，在新疆境内不仅公路成网，民航也成网络，乌鲁木齐自不必说，就连克拉玛依、哈密、吐鲁番、阿勒泰、伊宁、喀什、和田、阿克苏、库尔勒、富蕴、且末等城市均建有机场，已经形成立体运输网络，交通运输十分便利。随着国家对外开放的深入发展，特别是随着习近平总书记提出的“一带一路”倡议，新疆各族人民紧密团结，开拓进取，建设步伐越来越大，变化越来越快。作为古丝绸之路上的核心地带，作为我国连接亚欧各国的重要门户，新疆大地必将焕发出更加夺目的光彩。

新疆真是好地方，新疆的将来一定会更加美好！

新疆歌舞

作者夫妇和舞者合影

## 天池游记

——新疆纪行之二

人们习惯于把高山地带的湖泊称为“天池”，名字响亮，逼真诱人。中国的“天池”首数长白山天池，次数天山天池，当然还有山西宁武的马营海天池。我这里要说的是天山天池。

我于8月下旬到了新疆，第二天便去游览天池。早餐后从乌鲁木齐出发，一直往北走，首先路过的是米泉市，现在这里已属乌鲁木齐市区，称为米泉区。这里地势平坦，油田遍布，一看就是好地方。再往前走进入阜康市，阜康不错，道路两边目之所及都是大片农田，土地肥沃，庄禾茂盛，是新疆粮食主产区之一，天池景区也在其境内，天池是世界自然遗产、国家 AAAAA 级景区、国家地质公园、国家重点风景名胜区，旅游业相当兴旺，已成为当地主导产业。从阜康市区开始，一路上坡，逐渐到了一个山口地带，正前方被一溜建筑将山口封住，上面大书“天山天池”四个大字，无疑，这便是景区大门了。看看四周环境，两山之间是片很大的广场，有办公楼，有宾馆饭店，有停车场，游客乘坐的大小车辆到了这里必须统统停下。

这里规定，凡年满 65 岁以上的老人均可免票，于是我和老伴没花钱就进了山门，乘上景区统一配备的游车，行驶半个钟头后停在一处“哈萨克民族风情园”门口。据说，这里的哈萨克族兄弟原本住在天池周边，以放牧为生，后来为了辟建天池专属景区，便将他们从山上迁到山下，在这里建了“民族风情园”，一来给游客服务，提供吃、住、游、购、娱，更重要的是为这部分牧民开辟了收入门路。

时已中午，我们便在风情园里用餐。这里都是“农家乐”，院子里绿树遮阴，树下安放着饭桌，我们围桌坐定后，主人便在院子一旁的厨房里开始做饭。很快，馕上来了、羊肉串上来了、烤包子上来了、碎肉拌面也上来了……吃食花样很多，味道也不错。我们边吃边聊，边欣赏园里的风景，看见院子后面是一个个的蒙古包。一问才知，这是哈萨克族的房子，和蒙古包一样，但不叫蒙古包，而叫毡房。毡房既可自己居住，也能接待客人，我们很想看看里面是个什么样子，但时间不允许了。风情园的长廊里陈列着各类玉石饰物、各种手工艺品和种类繁多的药材，可供慕名而来的游客自由选购。

从风情园出来后我们重新上了游车，车子沿着河谷向山上开进。天山雪水在河谷中缓缓流下，滋润得满沟满坡草生树长、郁郁葱葱，其中最多的树是榆树。导游介绍说，这些榆树是清朝名将左宗棠当年镇守新疆时从关内带出来栽植成活的，故此人称“左公榆”，现在已成天山一景。

车到终点，游客纷纷下车。我们又每人花10块钱乘坐一段电瓶车才到了天池景点。站在天池岸畔放眼瞭望，湖泊周围的山体一片苍黑。仔细打量，山体向阳的一面生长着密密匝匝的针叶林，颜色苍翠；山体背阴的一面基本没有什么植被，裸露着石山苍黑的本色。远处的高山冰封雪盖，一片银白，在强烈的阳光照耀下放射出刺目的豪光。再看眼前的天池，湖水清澈，晶莹如玉，仿佛一块蓝宝石镶嵌山间。天池地处天山东段最高峰博格达峰的半山腰，海拔2000多米，湖面呈半月形，长3400米，最宽处1500米，总面积4.9平方公里，最大水深105米。四周群山环抱，绿草如茵，野花似锦，更有云杉塔松挺拔苍劲、遮天蔽日，使湖泊成为驰名中外的“天山明珠”。

当天游人众多，湖畔可供游人拍照的最佳位置简直拥挤不堪。我和老伴费了好大劲才登上湖中的游艇，凭栏临风，环湖畅游，观山望景，心旷神怡。有神话传说，天池东边的小天池是王母娘娘的洗脸盆，西边的小天池是王母娘娘的洗脚盆，大天池则是王母娘娘的洗澡盆，所以天池也称瑶池。

旅游归来，天池美景仍然常现脑际。神话传说固然令人神往，郭沫若的诗句亦意味无穷。郭诗曰：

一池浓墨沉砚底，万木长毫挺笔端。

我亦胡诌两句续在后边：

冰山雪峰展巨幅，瑶池华章映蓝天。

天山天池风景

作者夫妇天池合影

## 吐鲁番之行

——新疆纪行之三

8 月 26 日，我们到了吐鲁番，正遇那里的葡萄节。本来旅游的人就不少，加上过节更是人山人海，车辆如潮，热闹非常，让我们充分领略了葡萄沟的盛况。

从乌鲁木齐到吐鲁番大约 180 公里。汽车从市区出发，一路东行，一路慢坡，在不知不觉中就进入吐鲁番盆地。吐鲁番实在是个有名的地方，早在我们上中学的时候就知道“吐鲁番的葡萄哈密瓜，库车的羊肝子一朵花”。从地图上看，吐鲁番就是一个绿点，因此在我的臆想中吐鲁番是个不大点儿的地方，是个“洗脚盆”，是个深坑，要不怎么能比海平面还低 150 多米呢！现在到了实地一看，一了解，才知道猜想与现实相差千里。原来吐鲁番由四山围定，盆地面积达 50140 平方公里，其中低于海平面以下的面积就有 4050 平方公里，用形象化的比较，整个盆地面积相当于忻州地区面积的两倍，其中低于海平面的面积比我们河、保、偏三县的面积总和还要大。天山的冰雪融化后为盆地提供了丰沛的水源，加上光照充足，昼夜温差大，使这里成为葡萄、蟠桃、哈密瓜等优质瓜果最理想的生长环境。

吐鲁番目前是个地级市，其行政区域包括高昌区、鄯善县和托克逊县，盆地的三个主要绿洲分布在三区县，都是优质葡萄的生产基地，其中吐鲁番的葡萄沟最为著名。我们去的那天正赶上这里的葡萄节，汽车根本开不进去，无奈我们只得老远就下车步行，边走边欣赏沟内美景。葡萄沟长约 7 公里，宽约 2 公里，沟内两侧山峰对峙，沟底清水畅流，果树丛生，清爽宜人，一行行参天白杨郁郁葱葱，满沟满坡的葡萄架层层叠叠，一串串葡萄如翡翠般碧绿，晶莹剔透，夺目诱人。我们在这样的环境中参观游览，如同走进人间仙境一般。

沟的两旁都是维吾尔族人开办的“农家乐”，具体说就是用葡萄架搭成的一个个凉棚，棚内有吃、有喝、有玩、有乐。你可以端坐桌前饱餐维吾尔族兄弟为你烹制的大盘鸡、拉条子、手抓羊肉和烤羊肉串，也可以随意品尝新鲜葡萄、哈密瓜和大西瓜（瓜果一概免费），还能边吃饭边欣赏文艺节目，高兴了也能上台共舞，与各民族的朋友共同联欢。

在葡萄沟我们还参观了坎儿井。坎儿井是干旱地区的新疆人民寻找水源、保护水流的一项伟大创举。吐鲁番地区地表温度高达80℃以上，降水极少，蒸发量极大，为了解决用水和防止水分蒸发，先辈们发明和创造了坎儿井。坎儿井由竖井、暗渠、明渠和涝坝组成，全靠人工挖掘而成。目前，吐鲁番地区有坎儿井1000余条，总长度达5000多公里，出水量达3亿立方米，源源不断地将天山雪水送往吐鲁番绿洲，浇灌着这里的果园和农田，养育着勤劳善良的各族儿女。

我们凭常识知道，吐鲁番的坎儿井与万里长城、大运河齐名，并称为中国古代的三项伟大工程，但是之前并不知道坎儿井的具体状况。此次我们亲临现场，钻到地下看了暗洞，看了水流，才切身感受到工程的艰巨，先辈们的伟大。坎儿井引天山雪水，掘地而来，横穿火焰山，贯通吐鲁番，形成一系列地下暗河，最深的地方距地面90多米。如果不是亲眼所见，如果不是工程放在那里，如果不是工程至今还在沿用，简直让人不敢想象。由此足见先辈们的功绩，足见新疆各族人民的不凡，足见中华民族的伟大。

从葡萄沟出来，东行 30 公里便到了火焰山。火焰山，名不虚传！山野像被大火烧过，一片焦红；气温高得吓人，人去了感觉像进了烤炉一样，鸡蛋随便放在地上便烤熟了；更兼古典小说《西游记》神乎其神的渲染，让火焰山声名大振，成为万众瞩目的旅游热地。我看到那里一面是开阔的旷野，一面是起伏的山峦，但所有山野都是一片红色，故此把这里说成昔日的火焰山或当今的火焰山都不为过。更引人注目的是，原野上竖着一根巨大的“金箍棒”，直径 0.65 米，棒高 12 米；而棒的中央部分是一个长达 5.4 米的温度计，能够测量 100℃以内的地表温度和空气温度（准确率±0.5℃），抗风能力 12 级，抗震烈度为 7 度。此棒于 2004 年落成，以“最大的立体造型温度计”入选吉尼斯世界纪录。我们去的那天天气不算很热，“金箍棒”上仍然显示为 60℃，可见，每当夏天这里的气温都会达到七八十度甚至更高。

文章结尾的时候还得添上一笔。那天我们在火焰山感到气温很高、骄阳似火，便想戴戴帽子，这时候才发现帽子早就丢了。回想起来大约丢在葡萄沟了，同行的师傅便专门开车返回去寻找。我们满以为丢定了，不想一会儿工夫便找了回来，原来维吾尔族兄弟给咱完好无损地保存着呢！

吐鲁番的葡萄沟

火焰山的金箍棒

吐鲁番的葡萄名不虚传

## 天山情

——新疆纪行之四

阳光灿烂，万里无云，从太原飞往新疆的SC6411航班正在9000米高空疾速飞行。当飞机进入新疆境内时，我迫不及待地从机窗往下看，只见雄伟的天山山脉冰封雪裹，一片银光。在山峰的下部基本上是一种黑苍苍的颜色，山脊高耸，像剔净肉的鱼骨；山石嶙峋，露出树叶般的脉络，给人的感觉是壮阔、苍茫、庄严、凝重，钢浇铁铸，不可动摇。

天山富含无尽宝藏，特别是那制造原子弹的热核材料就是首先在这里发现的。由此我想起一个人，一个普普通通的人，他曾是一名戍边战士，也曾是一位探宝勇士，现在是乌鲁木齐的一名退休干部，他的名字叫白培业。

老白出生在20世纪40年代，家乡山西保德地处晋西北黄土高原，一色的黄土地养育着一色的黄种人，庄稼种在山梁上，窑洞挖在山坡上，吃水要下山沟里，环境不佳，日子艰苦，人一出生就过着半饥不饱的生活，正像著名歌手杭天琪唱的：

我家住在黄土高坡，大风从坡上刮过，
不管是东南风还是西北风，都是我的歌……

艰苦的环境、艰难的岁月雕塑了坚忍的性格，养成了坚强的意志，因此他从十几岁参军起表现出来的就是吃苦耐劳、英勇顽强、敢打敢拼、不屈不挠。正因如此他进步很快，同时参军的战友大多还是列兵，他已是中士、上士了。他们是工程兵，经常开凿隧道，一次施工中突发塌方，他舍身冲上去排除险情、抢救战友，荣立三等功，被全师提名嘉奖。正当他在部队摸爬滚打、快速成长的时候，国家又一次发出召唤，他们集体转业到另一条战线——地质勘探部门。在部队时他的通信地址是："中国人民解放军××部队××中队××分队"，用的是部队番号，让人摸不着头脑。到了地质队同样是保密单位，通信地址变成了："新疆维吾尔自治区乌鲁木齐市××信箱"，仍然让人摸不着头脑。一般的地质队驻扎在野外，甚至在山沟里，唯独他们这个地质队驻地在自治区首府乌鲁木齐市，而且是保密单位，从中足以看出它的地位和分量。

其时，正值国际风云变幻的非常时期，世界头号帝国主义一边炫耀核武器，一边进行核讹诈，妄言中国是贫铀国，根本找不到生产核武器的原料；另一位曾经许诺帮助我们的"老大哥"背信弃义、毁弃前言、撤走专家、带走资料，妄图将中国逼上绝路。面对重重困难，中国人民的伟大领袖毛泽东主席高瞻远瞩、力挽狂澜。他指出，制止核战争、粉碎核讹诈的唯一办法是自己拥有核武器。于是举国家之力，自力更生、艰苦奋斗、奋发图强、群策群力，在科研队伍奋力攻关的同时，一支勘探核原料的地质队伍应运而生。于是乎我们的老白同志便从工程兵转业到地质队，投入到另一场艰巨而伟大的战斗之中。

地质队从事的是野外作业，边疆的气候决定了他们只能半年出队钻探，半年在家休整。真乃：头顶天山鹅毛雪，面迎戈壁大风沙，茫茫草原立井架，林海深处把钻打；风霜雨雪何所惧，脱皮掉肉只等闲，探问地球宝何在，拿来铸我中华剑！他们以大无畏的气魄叩击天山、钻探天山、问询天山——宝在何处？用孙悟空的话来说就是：快把你的宝贝统统给我拿出来也！豪气冲天的地质队员们，足迹踏遍新疆大地，热情融化天山冰雪，伊犁河谷有他们的钻架，达坂城东有他们的帐篷，生命禁区几进几出，天山深处扎寨安营。其间白培业同志负过伤、流过血，戈壁滩斗风沙七天七夜不下战场，魔鬼城大钻探半年时间没离开一步，被人们誉为“地勘铁人”。

持续的奋战终于取得辉煌的成果，汗水鲜血终于浇灌出史无前例的花朵——1964 年 10 月 16 日 15 时我国自行研制的第一颗原子弹爆炸成功，第一朵蘑菇云在我国西部升起。顿时举国欢腾，世界震动，那些长期奋战在找矿第一线的勘探队员们流下了激动而幸福的眼泪。

诚然，勘探队是个群体，老白只是其中一员。但他确是其中一员，确为祖国的尖端科技、为祖国的国防事业做出过贡献。

乌鲁木齐的老兄弟

老白是我的表兄，早在少年时代我俩就情深意厚，然而彼此分别已经整整半个世纪了，青春少年已经成了白发老头，相见已不相识，半天才能回过神来。此次我们终于在新疆的乌鲁木齐会面了，我见他虽然脸上挂满岁月的风尘，但身板依然硬朗，腰杆依然挺直，声音依然洪亮，性情依然很急。说到他找矿探宝、曾经为国家做出过重大贡献的事，他爽朗地说，那不是贡献，只能算工作。并说，正是由于这份工作，让他与祖国的西北边疆结下不解之缘，在天山脚下扎了根，成为一名地地道道的新疆人。

2018 年 8 月 20 日

作者与老白

## 东湖探醋

作为山西人，每天吃饭几乎离不开醋，本省所产的紫晨、东湖、水塔、宁化府等品牌的醋大都吃遍了，感觉味道都不错，可是从来也没有想过去醋厂转一转，看看醋是怎样酿制出来的。

今春某天，日朗天晴，惠风和畅。二女儿郝燕听说省城一家醋厂对外开放，接待游客，便带领我们老两口前往参观。

从忻州到太原，走高速公路一会儿就到。汽车从大东关进入市区，走不多远就到了一家工厂，只见大门上方赫然写着“东湖醋园”四个大字。毫无疑问，这便是我们要探访的工厂了。

原以为工厂就是一片厂房，灰不溜秋，没啥看头，再不就是遍地大缸，满厂醋味儿。不想进入厂区一看，绿树遮阴，曲径回廊，环境幽雅，干净整洁，且到处充满诗情画意。进门不远就是一个放映室，工作人员一按按钮，屏幕上立刻显示出画面，介绍陈醋的悠久历史，介绍陈醋的工艺流程。对于前来参观的游客，首先进行一番醋文化的熏陶。原来东湖醋园是山西老陈醋集团建立的全省第一家动态展示传统与现代老陈醋生产工艺流程和老陈醋历史文化内涵的工厂化博物馆，里面收集了我国西汉以来的各种酿醋器皿、农耕器具和700余个醋疗药方，以古今器皿展示、文献典籍摘记、图片照片写真、产品实物陈列等形式充分展示了山西老陈醋的历史文化底蕴。如今这里成了国家AAAA级景区，已经与省内外100多家旅行社建立了合作关系，每天接待从四面八方前来的游客，美国、日本的电视台等境内外媒体均对东湖醋园进行了详尽的报道。

我们首先进入的是一排仿古建筑，这是古色古香的“美和居”醋坊，来到这里犹如来到了500年前的老陈醋作坊，老醋芳香、扑鼻沁心，醋味十足、难以忘怀。作坊内“蒸、酵、熏、淋、晒”的老陈醋制作工艺和步骤一览无余。老陈醋制成后按生产日期入库，统统灌装进特制的大缸大瓮里，那大缸直径在一米以外，几乎有一人来高，口小肚大，一瓮能盛两吨醋。这些大缸大瓮在宽大的库房里排列开来，左右成行，很有规模，很有气势，仿佛秦陵里的兵马俑一般威武壮观。在这里我们品尝了已经珍藏 5 年和 8 年的陈醋。工人师傅把醋舀进一个个纸杯，我们举杯品尝时，首先感到的不是酸，而是香，是鲜，味道极尽“绵、酸、香、甜、鲜”，令人回味无穷。

品着这里的醋，我不禁想起了孩童时代的事情。从我记事起，家里吃醋就是自己做，我奶奶就是做醋的好手。每年夏天，奶奶就要制釉，那釉是用大麦做的，发酵以后像砖头一样晾晒在那里。到了冬天临近数九的时候，奶奶就开始做醋，她把高粱、豌豆、麸皮、谷糠，连同夏天制好的釉一齐放进大锅，煮成一锅粥。当粥煮到七八成熟的时候，就把粥从锅里挖出来，装进一个大瓮里，并把大瓮移到锅头上。有时担心温度不够，还要用被子、毯子把大瓮包裹起来。这样焐上几天，大瓮里的东西就开始发酵了，起先是窸窸窣窣地响，到后来声音越来越大，咕咕噜噜日夜响个不停，那酸味儿也越来越浓烈，以至于我在晚上睡觉时要用被子把头蒙住，以减轻那刺鼻的气味。这样焐过一段时间（具体多少日子记不清了），醋就发成了，这就进入下一个工序：淋醋。方法是用开水把醋汁从糟子中冲淋下来，形成醋水混合物。最后一道工序是去除水分，方法是把装了醋水混合物的大瓮搬到院里去冷冻。数九寒天，滴水成冰，水面上不一会儿就结了冰，我们就把冰一层一层地捞去。这样捞啊捞，直到最后不结冰了，剩下的液体就成了醋。

奶奶做的醋实在香，我们吃豆面河捞或喝粉汤时，加一匙陈醋在里面，味道香甜极了，觉得世上再没有比这更好吃的东西了……

东湖醋园的出口处是产品陈列室和荣誉展示室，那里的醋制品品种繁多、琳琅满目，有瓷瓶瓷罐的，有塑料包装的，也有纸质包装的，特别是保健醋做得精巧美观，看起来漂亮喝起来方便。在荣誉室里悬挂着国家级领导人和社会名流前来视察参观时留下的照片，也有不少名人字画，都是赞扬山西老陈醋的。受其感染，我亦诌得歪诗四句写在下面：

陈醋一滴千年香，全赖五谷变佳酿。

中华文明源深远，留得人间尽芬芳。

2018年10月1日

## 重登飞龙山

日前回到保德，听说飞龙山上新建了宝塔，便与一伙同学老友相邀相约，又一次结伴登山。

盛夏的飞龙山，万木葱茏，浓荫蔽日，楼台点缀，美不胜收。那大大小小的山头都被树木遮掩，绵延起伏，一望无际；那一条条精心铺设的观光小道，蜿蜒曲折，尽通幽境。时虽暑天，然微风拂面，四野清凉，置身其中令人舒心惬意，陶醉神往。众人大发感慨：这么美丽的地方，有谁会想到曾经是一片不毛之地呢！

荣和君有诗《飞龙吟》，详细述说了飞龙山的变迁，现借用几句即可知其梗概：

保德县城东，有山号飞龙。
黄河脚前过，对峙府州城。
绵延数十里，土瘠石嶙峋。
草稀树罕见，鸟兽觅无踪。

新世纪开始，家乡人民对沉睡千年的干石山实施开发治理：

盘旋开公路，引水上山顶。
漫野栽松柏，遍地插花红。
先创生态美，再造人文景。
治理全方位，齐上海陆空。

经过十几年的奋战，昔日的干石山已脱胎换骨，一展新姿，群山变绿，万木争荣，水榭楼台，尽显神采：

石阶连天接，巍峨耸山门。
广场呈环迭，别墅显文明。
春来花烂漫，夏日绿成荫。
秋到添金色，冬装雪如银。

现在的飞龙山已被省政府命名为“山西省飞龙山森林公园”，不仅成为保德的一张名片，也是黄河中游一处闻名遐迩的旅游胜地。

我们乘坐的中巴在群山间盘旋，穿山过沟，出神入化，一会儿是避暑山庄，一会儿是农业园区，参观了林业展览馆，也拜谒过烈士陵园，最后弃车步行，直往山巅攀登。上得山顶，只见迎面耸立着宝塔一座，玲珑剔透，雄伟壮观。秉荣同学自动充当向导，介绍说：保德古称林涛寨、古定羌，历史上曾有古塔三座，名曰文昌，意指人文荟萃，昌盛繁荣，可惜毁于“文革”，皆成砖石。随着改革开放的深入，保德经济发达，百业兴旺，在飞龙山治理取得阶段性成果的基础上，经政府引导，士人献策，民间赞助集资2600多万元，移塔上山，再现韶华，于2011年初奠基，2012年底竣工，新建了这座九层八面、净高59.99米（寓意“九五”之尊）的宝塔，命名兴保塔。果不其然，进山的汉白玉牌楼上刻有一联：“众志兴县乃是长策，一心保民则为根本”，精准地诠释了“兴保塔”的含义和当今政府的治县方略。

有感于回乡的激情，又由于景观的吸引，茂田老兄一声招呼，大伙便拔步登塔，全然忘记了都是古稀之龄，也不顾腿脚不利，争先恐后向上攀登，并一口气登上九层塔顶。喘息方定，便出塔外，转塔一周，凭轩而立，只觉四外无遮，八方来风，海阔天空，欲神欲仙。俯瞰近前，保府两座县城欣欣向荣正在崛起；极目远眺，大河变细，众山变小，能源重化工基地的开发建设气势恢宏，日新月异。正应了塔门上那副楹联：

俯览陕蒙通达三省繁荣地

萦怀华夏耸立九州富贵天

高可揽月，浮想联翩，游兴难尽，终得下山。站在黄河岸畔的同舟广场，回望山上，则另有一番情趣。从广场走近山脚，再往山上攀登，陡坡上有880级台阶，台阶呈“之”字形，纵横交错，迂回曲折，名曰“步云路”。人行其间，步步向上，节节升高，确有腾云驾雾之感，真让人感叹命名者的聪明灵慧和独具匠心。

待到夜幕降临，华灯齐放，同舟广场、步云路、兴保塔以及整个飞龙山便融为一体，大放异彩。那气势磅礴的步云路灯光璀璨，美轮美奂，扶摇直上，高达云天，仿佛升空的天梯；那高山之巅的兴保塔，豪光竞放，熠熠生辉，气冲霄云，神秘莫测，仿佛待发的飞船。我们为眼前的美景激动，为家乡的巨变欢呼。面对此情此景，我不由得想起法国巴黎埃菲尔铁塔的灯火，想起澳大利亚悉尼的夜景，想起新加坡的音乐喷泉，也想起美国旧金山的九曲花街……可以毫不夸张地说，飞龙山的景观确有埃菲尔铁塔的风采，亦堪与九曲花街媲美！

想到此，我生出大话四句，作为本文的结尾：

一塔冲天豪气生，千年古寨显新容。

喜看睡龙重抖擞，振兴中华展雄风。

2018年10月3日

飞龙山前亲友合影

登上飞龙山

域内一顾

飞龙山同学聚会合影

# 家庭旅游琐记

## 青岛、大连游记

### 一、四世同游

2018年的暑天特别炎热，人们都说这是几十年来最热的一年。孩子们决意冉到青岛、大连转转，避避暑、散散心。

我家是个四世同堂的大家庭，家庭成员中凡工作忙的就不能去了，比如儿子郝云就走不开，即使这样还集中了十四口人，组成一个家庭旅游团。团中有两个老人、四个小孩，年龄最大的70多岁，年龄最小的还不满3岁。这样一个特殊的团队，睡觉睡不下，起床起不来，吃饭吃不了，走路走不快，最难照料了。每天上午10点才吃早饭，11点才能出动，晚上12点才能回到酒店。但是外孙女韩笑和外孙女婿小杨毅然挑起重担，担当了领队，负责大家的吃住行、游购娱。每当团队出行，一下就叫四五辆车，小杨打头，先到景点购票；韩笑断后，照应一群老小。真是浩浩荡荡，颇为壮观也！

游轮上喂海鸥

队伍未出发前老伴就叮嘱我，孩子们领上咱不容易，不要瞎指挥，不要发脾气。我当然应诺。等到队伍出发，孩子们扶老携幼，忙前忙后，照应得风雨不漏，我作为老人感到了满满的幸福，每天看山看水，游览景点，闲心不操，闲事不管，货真价实地当了老太爷。不过也曾管过一回事：那天到了大连的星海广场，晚饭时进了一家粥铺，一看菜单，一份海参粥几百元，一盘凉菜有的要上百元；如果吃一顿晚饭需要几千甚至上万块钱。孩子们抬举我们老两口，要在这里用餐，我却返身出来。我对孩子们说，不是说人家东西贵，也不是咱吃不起了一两顿，而是我思想上接受不了，我们需要的不是这样的东西。孩子们同意我的说法，愉快地就近吃了一顿快餐。

大家庭是由若干个小家庭组成的，维持一个大家庭的和谐也是不容易的。我们一家由于儿女孝顺，姐弟关爱，尊老爱幼，团结互助，因此所组成的家庭旅游团四世同堂一起游，一路欢笑一路歌，游得愉快，玩得惬意。

## 二、参观啤酒厂

青岛啤酒是名牌产品，远销海内外，但工厂是个什么样子，过去从未看过，故这次我们去青岛参观的第一站就是啤酒厂。

啤酒厂位于青岛市登州路56号。大街一旁是高大考究的欧式古典建筑，门前大书：青岛啤酒博物馆。车到近前，首先进入接待中心，待进到厂区一看，厂区分为A、B两区，A区在左，是百年前的老厂区，目前只作博物馆供人观览；B区在右，是现在的生产厂区。

中国古代本无啤酒，啤酒是随着帝国主义的洋枪洋炮进来的。在八国联军瓜分中国之后，德国得到占领胶东半岛的特权，于是德、英两国商人于1903年在青岛建起首座啤酒厂，年生产能力2000吨，所有设备、原料都是从欧洲运过来的。现在的博物馆里完整地保存着当年的老厂房、老设备，就当时来讲，这些东西无疑是最先进的了。后来日本鬼子入侵中国，占领青岛并接手了啤酒厂。直到新中国成立，该啤酒厂才真正回到中国人民自己的手中，并且不断发展壮大、提速升级。到改革开放之初年产量达到10万吨，现在的年产量达到100万吨，产品不仅广销国内，而且远销世界几个国家。

参观啤酒博物馆的人很多，排成长长的队伍。我们先参观了旧厂区，之后进入正在生产中的新厂区。青岛啤酒在中华大地上走过了百年发展历程，创造了一系列骄人成绩，成为享誉国内外的知名品牌。与此相对应，新厂区比原来的老厂子大得多了、宏伟多了，其先进程度已不可同日而语。尤其令人惊异的是，虽然参观线路贯通每条生产线、穿过全厂各个部位，但彼此都是完全隔离、完全封闭的，互不影响。厂房里几乎看不到什么人，都是电脑控制，全自动化操作、流水线生产，从原料进厂到产品出厂都实现了一条龙、自动化。我们看见装满啤酒的瓶子像长了眼睛、长了腿脚一样，快速入队，有序排列，快慢自如，循序渐进，最后，无论瓶装的还是罐装的都分别以各种不同的包装自动完成。

青岛啤酒厂

游客在参观途中要通过一个“原浆酒吧”，在此可以每人领取原浆啤酒一杯，品尝现榨啤酒的滋味；待到参观快要结束时又有一个“1903 餐吧”，在这里每人又可领取一杯生啤，尽享饮酒的快乐。我本来滴酒不沾，闻酒则醉，但受环境的感染、受酒香的诱惑，也领了一杯并一口气喝下，觉得醇香清洌、清暑解乏，虽然面红耳赤、头昏脑涨但也乐呵呵的，虽然时过多日但至今留有余香。

## 三、青岛八大关

在青岛市的南端，有一个伸进海里的半岛，名叫太平角。那里三面环海，一角独伸，海天相映，风光秀丽，十条幽静清凉的大路纵横其间，是最能体现青岛“红瓦绿树、碧海蓝天”的风景区。因为这里的主要街道以我国八大著名关隘命名，故统称为“八大关”。我以前虽来过青岛，但没到过这里，甚至连“八大关”的名字也没听过。这次我们住的酒店就在太平角上，整个环境就在景区。

“八大关”是 20 世纪 30 年代开辟建造的，十条大道分七横三纵，名字分别是山海关、居庸关、临淮关、宁武关、紫荆关、正阳关、嘉峪关、函谷关以及武胜关、韶关。大路口上都竖有石碑，大书“中国历史文化名街”。

一个城市的街道以万里长城的关隘命名，可谓大气磅礴，也够别开生面。更引人注目的是这里的建筑，这里群集了各国风格建筑的别墅区，其中俄式、英式、法式、德式、美式、日式、丹麦式、希腊式、西班牙式等应有尽有，堪称万国建筑博览区。这都是旧中国遗留下来的东西，是列强瓜分中国的遗迹，是半封建半殖民地的物证。想当初中华民族任人宰割，中华国土任人操弄，中国的近代史简直让人不忍回首。如今，这里成了专属旅游景区，南来北往的游客络绎不绝，到这里看街景、看建筑、游花园、观大海，抚今追昔，真乃感慨良多啊！

青岛八大关街景

青岛海边风景

## 四、乘车过胶东

离开青岛，我们的目标是先到烟台，再到大连。从青岛到烟台是城际高铁，轻快便捷，风驰电掣。车出青岛，首先通过胶州、即墨地区，只见前方是一望无际的广阔平原，阡陌纵横，庄禾茂盛，葱翠欲滴，一碧万顷。在飞速行驶的高铁上虽然分不清面前是什么庄稼，但从庄稼的长势、色调上看，从原野的整体上看，完全可以感觉到胶东半岛的肥沃与富庶，感受到祖国山河的壮美。车过莱阳、接近烟台，地形渐成丘陵，漫山遍野都是果树，这里出产的烟台苹果、莱阳梨可谓名满天下。一路行驶间我不由得想，怪不得东瀛某国对我中华大地垂涎欲滴，它那一点弹丸之地，那几个可怜的岛屿，捣烂捏到一块也没我们一个省份的面积大，更别说整个中国了。因此老天铸就了它的狼性、兽性、侵略本性，它艳羡中国，它觊觎中国，且在历史上曾侵占过中国，得到过甜头，虽然在第二次世界大战中吃了败仗，饱尝了原子弹的味道，但它侵略本性不改，至今拒不承认它的侵略罪行。不过这也有它的另一面好处，那就是：狼在门前，可以让我们提高警惕、加强戒备，一旦狼要伤人，就把它干净、彻底地消灭掉！

车过胶东半岛，本来心情挺愉快的，不由得想了这么多。确实，我中华大地幅员广阔、地大物博；我中华民族历史悠久、英才辈出，当下时逢盛世、国力强盛，如果说一个世纪前是中国同胞受苦受难的日子，那么现在就是中华民族的腾飞之时！

胶东半岛风景

## 五、船过渤海湾

这些年我是不宜坐船的。比如那年从秦皇岛乘船去大连，头昏脑涨，心慌气短，难受得要命；还有一次是去泰国旅游，乘船出海前往一个名叫芭堤雅的小岛，难受得几乎昏了过去。记得年轻时不是这个样子，年轻时经常乘坐黄河里的木船，大河浩荡，浊浪滔天，一旦出事，只死无活，心里虽然有些害怕，但不昏不晕。可是现在不行了，现在上了年纪，变得脆弱了。

这次从烟台去大连，孩子们又要坐船。我一听就犯怵。二女儿郝燕安慰说：爸爸，没事，现在的游轮可平稳呢！

既然如此，我只得依从。

轮船出港后，我赶快进入舱里的房间倒头便睡，准备把这几个钟头好歹熬过去。谁知游轮一点儿也不颠簸，几乎感觉不到船在航行，人在舱内如同在宾馆里一般。老伴亮茹和孩子们都到甲板上去了，我也睡不住了，便跟了出去——好啊！晴空万里，海天一色，清风拂面，游轮徐行。亮茹和女儿们正在长椅上拉呱，说到动情处一阵哈哈大笑，前仰后合，开心极了；小孩子们在甲板上奔跑跳跃，追逐嬉戏，享受着海上航行的新奇和乐趣。游轮行驶之际，半空中总有海鸥飞行，有的孩子把食物往空中一抛，海鸥立马箭一样飞上前去，一口就把东西叼走了。受此感染，二女儿从游轮的超市买来一包火腿肠，打开捏碎后众人随便往空中抛，成群结队的海鸥就会飞过来争抢吃的，而且越聚越多，越飞越低，游客尽情地笑，小孩尽情地跳，人鸟互动，笑声飞扬，不知不觉之间船就到达了大连码头。

游轮上的惬意时光

游轮上的欢笑

## 六、大连东港

大连市的东港真是一个了不起的地方，那里有国际一流的会议中心，有城堡式的豪华酒店，有世界最大的贝壳博物馆，有现代化的邮轮码头，有美轮美奂的音乐喷泉，更有闻名遐迩的威尼斯水城。

我们到达这里正是傍晚时分，夜幕降临，华灯初上，乐声悦耳，喷泉乍起，一派迷你醉人的景色，一派现代化的风情。游客成群结队，奔跑跳跃，喜笑颜开，欢乐非常。

最吸引人的是东方威尼斯水城。这里的地形特点与意大利的威尼斯一模一样，濒临海洋，水陆相交，城市就在水中，海水就在市里，几十条水道纵横交错，让整座城市都被水包围着。水道两边都是一色哥特式的建筑，造型别致，色调鲜亮，高大巍峨，整洁漂亮，在霓虹灯的照射下，到处散发着高贵和浪漫的气息。

我到过意大利的威尼斯，也乘坐贡多拉游览过水城，如果拿大连版的水城同威尼斯相比，我们会发现，这里的水道更宽，楼房更新，环境更美，设施更好；那里体现的是原版、古老，这里展示的是时尚、创新。两相比较，这里更吸引人。

我们家庭旅游团的成员分头下水，有的乘坐贡多拉式的尖头小船，有的乘坐较大一点的机动快艇，畅游水道，游览水城，优哉游哉，快乐也乎！

游罢水道，离船上岸，岸边环境优雅，设施齐全。我们在藤椅上坐定，旁边供应的风味小吃应有尽有，点下一桌，各取所需，饱餐一顿，尽兴而归。

大连东港的威尼斯水城远景

大连东港的威尼斯水城近景

热闹的水城之夜

水城街头漫步

## 七、神秘的棒棰岛

那年去大连，最后一天游转老虎滩，驾车驶过盘旋曲折的临海公路，风光优美，兴味十足。突然看见一个通往棒棰岛的路标，不由得发问：棒棰岛为何处？远不远？好玩吗？可惜时光已晚，只好带着遗憾离开了。

今年再去大连，棒棰岛成了首选景点。棒棰岛位于市区东南海滨，距离并不远，是一处以山、海、岛、滩为主要景观的风景胜地。这里三面环山，一面濒海，北面为群山环绕，南面是开阔的海域。我们到达时，正值游客高峰期，海滩上人满为患，那里不见沙滩，到处都是凸凹不平的鹅卵石，人们只能蹲在鹅卵石上观览；有一块写有“棒棰岛”三个字的巨石可供拍照留念，但游人大多轮不上。

棒棰岛的景色真美，在蔚蓝的大海和碧绿的树林之间，镶嵌着一栋栋白色的别墅，犹如鲜花散落在如茵的草地上，这就是著名的棒棰岛宾馆，曾经是国家级领导人的避暑疗养之地。

棒棰岛的对面山头上建有一个旭日广场，站在这里向下瞭望，岛屿海滩一览无余。我们看见那棒棰岛就是近海里一个很小的岛屿，一头大，一头小，毫不起眼；令人惊叹的是不知何人、何时将其命名为“棒棰岛”。“棒棰”二字犹如画龙点睛，不仅形象逼真，还给人带来无穷想象——“大海上有一柄棒棰”，平添了几分浪漫、几多神秘！于是乎有了许多动人的传说：相传玉皇大帝的后花园有一株金棒棰花，享天风仙露，采日月光华，五千年开花，五千年结果，又五千年成熟。不料一阵清风吹来，把这果实吹落人间，化身为一位美丽的姑娘，人称棒棰仙子。她感到人间的美好，欢快地唱道："白云为路巧铺成，天上奇种地上生。阅尽人间千般色，才知下界胜天庭。"玉皇大帝得知后，硬是把棒棰仙子追回了天庭。棒棰仙子怀着对人间的美好回忆，把自己心爱的头针从空中投向人间，落在大海变成现在的这座小岛。棒棰岛由此得名。

多么美丽的传说！多么丰富的想象！多么感人的神话啊！

2018 年 7 月 10 日

棒棰岛合影

# 沙里今昔

沙里是保德县林遮峪乡的一个村庄，其位置在整个县域的南部，北距县城80里，西距黄河岸畔的林遮峪10里，地理坐标为东经111度2分24秒，北纬38度47分43秒。

远在明清时代，户籍实行“保甲”制时，沙里属静乐都四甲；清政府垮台之后的民国初年，保德设立三个区公所，沙里属驻地在林遮峪的第三区；之后林遮峪有时变成了第四区，有时变成了乡，又变成了人民公社，现在又成了乡，不管怎么变革，沙里均为其所属村庄。

沙里现有村民135户，418人，除去外出打工者，目前村里常住人口仅100余人。全村耕地1020亩，枣树100多亩。

## 一、坐落在“太师椅”上的村庄

沙里一带是典型的黄土丘陵区，梁峁起伏，沟壑纵横，三里一庄，五里一村，分别散落在梁峁沟坡之间。拿沙里来说，其北有刘家塔，南有西曼里，东有沙塔，西有南里，这些村子与沙里的距离均为5里。综观地形地貌，沙里村宛若坐落在一把太师椅上：“椅子”的背后是一道高高的山梁，山梁又宽又长，背风向阴的一面容纳了整个村庄，“椅子”的左右扶手——即村子的东西两侧，分别是两道山梁，东面的山梁逶迤远去，5里处是南河沟乡的沙塔村，西面的山梁一直延伸，翻过梁去就是南河沟乡的四井头；“椅子”的前面——即村子的面前是地势低平的塔地，地名诸如畦子塔、木瓜塔、果塔、和尚塔、丰里塔等等，土地肥沃，五谷丰登。沟底溪水常流，畦田广布，枣树成林，瓜菜满园，是村民们的菜篮子、粮袋子，是全村的精华。

沙里本名沙岭，原因是村后有一片沙梁，叫沙舍科。据说老祖宗们在沙里立足时首先把村子安扎在那里，不幸的是一场大火把村子烧光了。可以想象，那时候植被很广，草木茂盛，加上村庄初创，柴门草户，根本经不住大火袭击，结果歹徒烧起一把火，就把村庄烧了个片甲不留。无奈之下，祖辈们才被迫搬迁到这把“太师椅”上。

沙里虽然村名带“沙”，但沙地不多，沙层也不厚，稍微挖下去就是黑垆土。俗话说“沙盖垆，如上油”，又说“娶老婆要娶一篓油，种地要种沙盖垆”，因此沙里虽然坡梁地居多，但耕地质量还是不错的。

沙里唯一的缺陷是人畜吃水困难。人家住在梁上，水井却在沟底，坡陡路远，取水困难，因此经常有人埋怨：“老祖宗怎就把村子安扎在这么个灰圪垯上，安在村前的平塔上该有多好！”但事实马上做出回答：每逢雨季，特别是雨水多的年份，村庄周边的四山都有不同程度的滑坡，村前的几道塔更是泥石流涌动，连地形都走了样，唯独村庄所在的山梁岿然不动，稳若泰山，她像一位慈祥的母亲，敞开博大的胸怀，护佑着一代又一代山村儿女，使本来弱小的村庄不断发展壮大。故此后人们不得不由衷赞叹：老祖宗们的选择是正确的！

沙里老家合影

## 二、名副其实的一家村

沙里人清一色都姓郝，是名副其实的一家村。

探究郝氏历史，可谓源远流长。有史料记载，郝氏的发源地在山西太原，商朝的天子帝乙将他的小儿子子期封镇太原郝乡，其子孙后代便以封地为姓，郝姓由此产生，并尊帝乙为始祖。

这是最早的姓氏起源，迄今已有 3000 多年历史，普天下的郝姓概源于此。

山西属黄河流域，是中华民族的发祥地，太原更处山西腹地，地中水浅，物阜民丰，郝氏人民在这里繁衍生息，迅速壮大，随着历史的发展陆续迁往全国各地以及海外生活。当然在本省居住的更多，比如在马邑古城就有不少郝姓居民。古代马邑即今日朔州，这里土地肥沃，矿藏丰富，是块得天独厚的宝地。可惜地处交通要道，位于三关前沿，乃兵家必争之地。到了元朝末年，统治者的残酷压榨激起了人民群众的激烈反抗，农民起义风起云涌，战火蔓延久烧不熄。朱元璋的两员大将徐达、常遇春统领的义军同元朝鞑子的骑兵展开殊死搏斗，地处主战场的马邑一带成了人间地狱。

在这种情况下，出于求生的本能，人们背井离乡四散逃命。据说有两兄弟逃到了保德地界，在林遮峪乡的庄里落户安家，并将村名叫作郝家庄。这就是保德郝姓的始祖，距今已有 700 余年。

郝姓在庄里开荒种地、修窑盖房、娶妻生子、繁衍后代，人口渐渐增多，而村庄狭小，耕地有限，难以容纳，于是再次分头外迁，分别搬到沙里、郝家沟、下川坪、郝家塔等地居住，其中沙里建村在明朝中期，迄今已有 500 年了。但时至今日，沙里和郝家庄的人还能论起班辈来。

据说，沙里老祖为兄弟三家，故其后辈顺理成章分成了三个支头，一直延续下来，至今村里举办婚丧大事都是以支头活动。

沙里的辈分排列十分严格。现在全村农业人口 400 有余，加上长期在外工作和居住的人口，总数将近 500 人，但不管你身份职业如何，一概不以年龄论长幼，而统统以辈分论高低。辈分高的人对辈分低的人可以直呼其名，而辈分低的人对辈分高的人则必须尊称爷、叔，至少也得在名字后面加一个称呼，比如××爷、××大爷、××叔等。

沙里民风淳朴，人情敦厚，自古以来尊崇礼尚往来，和睦相处，一家有难，众人相帮，从婚丧大事到七灾八难，到起房盖屋，到春种秋收，关键时刻都有人挺身而出，无私援助，从来不讲任何报偿。人们普遍重视名誉、名声、名绩，尊崇正经做人、老实做事，而鄙视不劳而获、偷鸡摸狗。假若提到村中某某人家，大家异口同声说“正经人家”，那就是对你的最高奖赏，最权威鉴定，娶媳嫁女概没问题，有事求人也一帆风顺；假若把名声坏了，那就寸步难行，即使你有钱有势也没人买你的账。

现在沙里不是单一郝姓了，不知何时有了一户姓冯的人家。尽管改革开放以来，不少人走出封闭的小村，见了大世面，甚至干了大事，赚了大钱，但沙里村风依旧，秩序依然，全村无赌博、无偷盗、无吸毒、无打架斗殴、无刑满释放人员，依旧保留着有史以来的优良传统。

## 三、经济生活的巨大变化

沙里由于远离城镇，交通不便，既不靠山，又不傍河，加上村小人少，其貌不扬，自古以来不为外界所重视，传统经济只有农业。千百年来人们日出而作，日落而息，老实巴交，苦熬苦受。传统农作物有谷子、糜子、高粱、黄豆、黑豆、豇豆、绿豆、红豆、小豆、扁豆、豌豆，还有冬小麦、春小麦、荞麦、红薯、山药蛋，以及芝麻、黄芥等油料作物，当然其中主要作物是谷子、糜子、山药蛋和豆类。全部活动为的是解决吃饭问题，种甚吃甚，有甚吃甚，少有余粮，少有闲钱，“糜米捞饭豆腐菜”就是待客的上品。

改革开放以后，村里的一亩三分地已拴不住全村村民，事实上光种那点地也用不了这么多人手。于是有人走出山村，闯荡世界。先是手工匠艺人出去了，后是青年人出去了，再后来中年人也出去了。他们发挥一技之长，打工、经商、办企业，在市场经济的大潮中摸爬滚打，有的已经取得一定成绩，成了有头有脸的企业家。比如郝忠玉，在山东省东营市从事煤炭加工运销，还经营出口业务，资产已达数亿元人民币；郝治平，在内蒙古等地从事铝矾土加工销售，资产达数千万元；郝永峰，在山西孝义开办化工厂，资产数千万元；郝俊平，在忻州承包工程并开办加油站，资产也达数千万元；还有郝云飞、郝军、郝彦军等，也是颇有名气的企业家。至于一年打工挣三五十万的，根本上不了榜。全村 19 岁—35 岁的人中，比较出色的就有五六十人。

打工的人外出了，村里的 1000 来亩地就由留守人员耕种，也有人抽空回去照应，照样经营得有头有序，没有撂荒现象。所种作物还是那些品种，但新增了玉米作物，扩大了豆类面积，所产粮食不仅够吃，还有余粮可卖，还可换回白面、大米。现在村民们的饭食再也不是几十年前的老样子了，不仅“糜米捞饭豆腐菜”不在话下，白面、大米也成了家常便饭。

从经济结构上看，全村 1000 余亩地每年可产粮食 30 多万斤，收入大约 30 万元；枣树 100 余亩，年产红枣 12 万斤，收入也是10万元，两项相加大约40万元。而外出人员的收入就多了，除去那些常年在外的企业家，单说每年年初出去、年终归来的打工者，每年至少收入200万元。满打满算，农林收入只占总收入的20%左右，而第三产业的收入占到总收入的80%以上。

沙里确实变了，对于大多数人来说确实富起来了，住的新窑新房，手中有钱有粮，全村光小汽车就有二三十辆。

孙儿顺顺好身手

瑄瑄打枣乐趣多

## 四、脚踏实地的山村儿女

沙里人民是优秀的人民，他们憨厚朴实，勤劳勇敢，他们默默奉献，不事张扬。虽然不曾有惊天动地的业绩，却踏下了一个个扎实的脚印。只要是做过好事的，村民们就会经常念叨他们的名字：

郝枝业，晋绥边区劳动英雄，在抗日战争时期带领群众发展生产、支援前线，做出过重大贡献，被晋绥边区行政公署授予劳动英雄称号，事迹上了《晋绥日报》，人称

“老英雄”。

郝连云，14 岁参军，投身抗日战争和解放战争，历经数不清的枪林弹雨，最后在横渡大沙河的战斗中壮烈牺牲，成为革命烈士。

郝连正，也是从小参军，身经百战，解放战争中从华北打到西南，屡建战功。新中国成立后驻守北京，20 世纪 70 年代初北京地铁 1 号线刚刚建成尚未对外开放，他就担任某地铁站站长，经常接待周总理陪同的外国元首。他最后定居北京。

郝连续，十来岁参军参战，长期驻守青藏高原，曾任青海格尔木部队医院院长、书记，临近晚年才回到保德家乡，担任过县人民医院的领导职务。

郝枝清，从小参军，后到国家核工业部所属的地质队，专为国防尖端武器探寻原料，从新疆转战山东，最后在山东定居。

郝连生，保德很有影响的离休老干部，性情刚烈，为人仗义，在群众中威信很高。曾任县人事局长、供销社书记、工商局长等职，直到去世前还担任着县老干部党支部的书记。

郝子密，曾任中共静乐县委副书记、五寨县人民政府县长、宁武县人民政府县长、忻州地区财委主任等职。

孙梅英，女，优秀共产党员，曾担任沙里村干部前后达 25 年，曾连续 5 届担任县人大代表。为人豪爽，工作泼辣，满腔热情为村民办实事、办好事，任职期间曾带领群众修筑通村公路，修建人畜饮水工程，架设通电线路，兴建小学校舍，做了大量工作，得到村民的充分肯定和赞扬，于2003年70岁时辞世。

此外还有郝枝仁、郝枝绿、郝连成、郝连科、郝明科、郝连新、郝过计、郝爱平等，不能一一尽数。他们有的是国家公务人员，有的当过人民教师，但无论干什么都是踏实肯干、尽职尽责，圆满完成了党和人民交给的工作任务。

特别值得一提的是，近年来，沙里的教育结硕果，文化大提高，已经涌现出一批受过高等教育的年轻人。就在20世纪80年代前后，沙里还没有一个大学生，高中毕业就是最高学历，而今拿到大专、本科甚至硕士、博士文凭的就有20多人，他们是：郝瑞，山西师大，本科；郝燕，太原重机学院，本科；郝玉，山西师大，本科；郝云，山西农大，本科，在读硕士；郝玫，北京科技大学，博士；郝忠玉，阳泉矿业学院，本科；郝跃峰，山西大学，本科；郝平，沈阳航空学院，本科；郝根星，南开大学，本科；郝月峰，大同医学院，本科；郝海峰，忻州师院，本科；郝敏，太原师院，本科；郝大龙，山西大学，本科；郝保良，忻州师院，本科；郝保亮，中北大学，本科；郝芳芳，南昌理工大学，本科；郝雪峰，忻州师院，大专；郝波，天津财经学院，大专；郝龙龙，天津财经学院，大专；郝文武，忻州师院，大专；郝晓东，临汾工商学院，大专；郝保庆，山西大学，大专，等等。

列数亮点是为了弘扬正气，彰显前者是为了激励后人。我们相信，今后的沙里一定会人才辈出，更加繁荣兴旺！

沙里村口留影

作者和孙儿顺顺合影

## 五、值得记述的几件事

1. 拆毁庙宇。沙里原有三座庙宇，分别是当街的五道庙、村口的观音殿、村东山梁上的龙王庙，均为明清建筑，工艺考究，相当坚固结实。特别是观音殿庙，屹立村口，宛若城堡，村民们在心理上感到有观音菩萨的护佑，心底踏实，过得安稳。每年正月初八都要为观音菩萨唱大戏，赶庙会，因此庙前成了全体村民的娱乐集会中心。1940 年保德解放，新政权提倡无神论，因此到处都在拆庙打神像，三座庙里的神像也被打掉了，不过庙宇还在，到了人民公社化时期，观音殿的楼上还做过生产队的库房。待到 1966 年的无产阶级“文化大革命”爆发，红卫兵大破“四旧”，三座庙宇被连根拔掉，一扫而光，从此村中再无任何古迹。

2. 全村背炭。20 世纪六七十年代，出于种种原因，沙里沦为周边几十里内最贫困落后的村子，口粮不够吃，全靠国家的返销粮糊口度日，集体的牲畜少而瘦弱，连社员的烧炭都驮不回来。为了烧饭取暖，村民们不仅砍完了村里的大树，也扒光了村子四周的灌木、杂草，无奈之下，每年秋冬季节就到扒楼沟的炭窑上背炭。沙里到扒楼沟往返 60 里，说实在话一般人光走路也够呛了，但沙里人还要从那么远的地方往回背炭。那时候，村里每天自发出动百八十号人，组成背炭大军。队伍里有男人也有女人，有老人也有小孩，汗流浃背，蓬头垢面，忍饥受寒，疲于奔命，成为特殊年代的一道特殊风景。背炭队伍里也有大力士，比如郝连兵，他当过兵、打过仗，曾是保家卫国的英雄，复员后当了农民不说，还受了牛马才受的苦，毛驴才驮160斤，他却能背170斤，人称背炭冠军。这固然是他和村民们的悲哀，更是那个时代的悲哀。

所幸，沙里人民终于告别了那个年代，和全县、全国人民一样过上了今天的好日子。

3. 迁建新村。沙里的村民原来大都住的是土窑洞，也有几户住石窑的，但都年代久远，破烂不堪，整个村庄一副寒酸相。20世纪80年代，村中掀起建房热潮，其原因有二：一是从1980年起农村实行联产责任制即大包干，农民的劳动积极性空前高涨，沙里人发扬苦干实干的传统精神，粮食产量大幅度上升，人们不仅吃饱了肚子，而且家家有余，户户丰盈，为修房建屋打下了物质基础；二是1980年春天，修通了从林遮峪到沙里的简易公路，为运输建筑材料提供了便利。过去从沟底往村里运石头，全靠人背，现在沟底打下石头，汽车、拖拉机、驴车、牛车一齐往上拉，速度快多了。于是乎全体村民趁热而起，一拥而上，从1982年到1986年大搞修建，家家都建四五眼崭新的石窑，立马在村东的后塌、庙梁一带建成新村一座，把原来的旧村落毫不吝惜地舍弃了，统统搬进新村居住。如此整齐划一的自发行动，如此干脆利落的迁建新村，不仅在沙里的历史上前所未有，就是在保德全县也不多见。为此，虽为本村出身而在外地工作多年的笔者不由得写诗赞叹：

沙里圪梁景象添，

新村一座建后墕。
背北面南艳阳照，
横贯东西街道宽。
高低错落终有序，
鸟语花香尽欢颜。
老宅旧窑大张口，
惊问世事怎变迁！

近年来随着大批农民进城，农村常住人口减少，有的村庄出现了荒草遍野、房倒屋塌的颓败景象，但沙里新村依然崭新，窑洞院落整整齐齐，房前屋后绿树葱茏。有的人尽管年初出去年终返回，但房屋打理得头头是道、井井有条，有人挣了钱还对房窑进行了装修。

沙里村委会

4. 为水而战。沙里祖祖辈辈吃水困难，为了解决这一难题，先后进行过几番革命。第一次是在 1958 年的“大跃进”时期，搞的是“高线运水”。所谓“高线运水”，就是在村头的圪峁上架起钢索直拉沟底，两头固定形成索道，然后把水桶用滑轮安顿在索道上，再用细铁丝拴住水桶，人们在山上摇动辘轳绞盘，就能把水桶绞上来。麻烦的是山上需要四个人轮流绞动辘轳，井口需要一个人往桶里灌水；再者，从圪峁上往家里挑水，仍然比别的村正常挑水的距离远，但就沙里而言已经是翻天覆地的变化了。不幸的，是一次水桶绞到半空铁丝突断，负重的水桶像一发炮弹顺着钢索射向沟底。井口灌水的是郝连科的老父亲，是一位 70 多岁的老人。尽管山上的人们大呼小叫，老人却浑然不觉，结果水桶下去不偏不倚正好砸在老人的背上，致使老人口吐鲜血，当场毙命。悲剧发生，全村震动，高线运水就此终结。

第二次革命在 20 世纪 80 年代中期，是女支书孙梅英组织领导的。为了解决全村的人畜吃水问题，老孙一方面扑倒身子发动群众群策群力、出劳出资，另一方面奔走呼号、八方求援，终于引起县里重视，被立为人畜引水重点项目，下拨专款铺设了管道，整修了水井，在当村修建了蓄水池，用柴油机带动水泵往上抽水。当清澈的泉水流进村里时，全村欢腾，如同过节。

然而过不多时就出了问题。先是机器故障不断，导致三日打鱼两日晒网，后来机器修好了，水源却不足——井里蓄水太少时无法抽水，人们干着急没办法。再后来机器零件丢失，管道遭到破坏，引水工程彻底垮台。

新世纪的2010年，沙里的人畜饮水工程第三次上马，是郝旺子担任支书时办的，这次办成了。同样，沟底修整水井，村里修建水池、水泵、管道配套；不同的是过去使用柴油机，如今使用电机，操作方便，又无故障，电闸一合，水便上来了——在现代科技面前，抽水上山只能算作小把戏。

回首来看，沙里为解决引水上山的问题，从1958年到2010年整整奋斗了半个世纪。虽然在半个世纪以后人畜饮水工程成功了，但沟底的井水却越来越少了。本文开头所说的“溪水长流、畦田广布”是40年前的景象，早已成为历史。近年来沟的泉眼干了一处又一处，水井也换了好几个地方，眼看这最后一个泉眼也快干涸了，抽水设备纯粹成了摆设。这两年每到冬天村里就有卖水的，是用机动三轮车从十里路远的林遮峪拉上来的，一车水卖80元—90元，折合一担水一块五毛钱。因此，眼下的当务之急是解决人畜饮水问题，否则人畜无法生存，村庄自然也不能存在。为此，现任党支部书记郝保富、村委主任郝永林、退休干部郝连成等同志十分焦急，整天跑乡跑县，反映情况，请求支援。特别是听说过境铁路钻探时，在村后的沙舍科钻到地下42米处见到了深层水，他们信心更足，极力争取县里重新立项，把深层水打出来，彻底解决全村的人畜饮水问题。

沙里村民饮水难

## 六、难以预测的未来

沙里地处南乡，远离城镇，远离繁华，也远离喧嚣。因此，当工业大潮席卷保德大地时，这里似乎没有什么动静。县城北部的煤炭都快采光了，已经出现地壳下陷、水源枯竭、村庄搬迁等不良状况，似乎也与沙里没有任何关系。

但是眼下情况不同了。2012 年，临保煤气管道穿村而过，在沙里境内铺设了 1.4 公里地下管道。兴保电气化铁路也要通过沙里，建成运煤专线。看来，用不了多久，山村的宁静将要被列车的轰鸣声打破。

村子对面的圆疙瘩梁上，中石油勘探队正在那里搭帐篷、盖房子，定点定位，明年开钻，据说要在沙里境内选好几个点，钻上几十个窟窿，把煤层气钻出来。

还有消息称，沙里地下属河东煤田，储藏有大量优质煤，目前已探明储量，不知哪天就要开采……

沙里人大瞪眼：祖宗八辈都说地下无煤无铁，除了黄土就是石头，穷得叮当响，怎么一下子好像到处都是宝贝！果真如此，说不定哪天沙里的大地就要开膛破肚，沙里的面貌就要和县城北部的采空区无异。也可能连人影儿都不见，而是机器在地下几十米、几百米的深处游走一遍，矿藏就采完了，地壳就悬空了，村子就完蛋了！

当今时代，在工业巨人面前，这些散落的村庄如同一个个柔弱的女孩，力量悬殊，不成比例，遭受屈辱是肯定的，粉身碎骨也是可能的。眼下村民们最大的能耐就是赶紧往地里多栽几棵树，着了急恨不得连筷子都插下去，以便在项目开工征用土地时多要几个票子。除此之外，别无他法。

从某种意义上来说，山村的未来并不取决于居住在这里的人民，而取决于外部条件的变化。前景如何，难以预测。

## 附录

1. 沙里于 1938 年建立党组织，最早的共产党员有郝枝业、郝凤翱、郝凤一、郝枝明、郝五则、郝七信虎、郝侯命、郝高补、郝七家拴。

2. 1947 年实行土地改革全村平分土地，人均耕地 3 垧。

3. 1955 年建立初级农业生产合作社，1956 年建立高级社，命名“永丰农业生产合作社”。党支部书记郝凤一，社长郝五则。

4. 1958 年实行人民公社化，沙里成为一个生产大队，下分 3 个生产队。党支部书记郝凤一，大队长郝连万。

5. 1958 年架设高线运水，结果失败。

6. 1980 年实行联产承包责任制，即大包干。

7. 1980 年公路通村。

8. 1985 年第二次兴建人畜饮水工程，也告失败。

9. 1982 年—1986 年，新村建成，全村搬迁。

10. 1986 年取消人民公社，沙里再不叫大队，重新称村。

11. 1988 年村里通电。

12. 1991 年兴建本村小学，建成校舍 4 间。

13. 2010 年第三次兴建人畜饮水工程，取得成功，但很快水源告急，全村再次出现饮水困难。

14. 2011 年—2012 年，通村公路和村里街道实现水泥硬化。

15. 2014 年人畜饮水工程第四次上马，县里立项投资，在前河挖截潜流、修建新井，形成较充足的水源，同时往村里铺设了管道，终于把水抽到村里，解决了全村的吃水问题。

**注**：本文作于 2012 年，2018 年选入本书时略有补正。

2018 年 9 月 10 日

## 难忘当年上“完小”

1954 年，作为保德县第四区区政府所在地的林遮峪建立了完小，我于当年入学。之前全县已有三座完小，分别是东关的第一完小，桥头的第二完小，扒楼沟的第三完小，林遮峪应该叫第四完小才对。

说起完小这个名字，现在的青少年可能不懂。那是新中国建立初期，国家整体的文化教育水平相当落后，师资力量也很薄弱，故把小学教育分成两段，村里是初小，教的是1年级—4年级，乡镇设完小，又称高小，教的是5年级—6年级。当时全县没有中学，拿到一张高小文凭就给分派工作。

由于学校刚刚成立，没有校舍和任何设施，虽在半山坡选下了校址，可工匠们才在那里建窑盖房。当年只招了一个班，也得租借民房用来住宿和上课。那时，同学们大都是些十来岁的娃娃，从未离过家，乍到学校很不适应，有的半夜哭爹喊娘，有的悄悄流泪，有的不敢上厕所干脆尿到寝室地上，总之各种洋相都有。我的铺位是在锅头的火疤上，有天晚上觉得肉疼，爬起来一看铺盖着了火，等到把火浇灭，上面烧成盆口大的破洞。可是家中困难没有多余的铺盖，母亲只能把旧棉絮填到洞里，两面用布缝住来将就。这套打了补丁的毡褥不仅让我上了完小，也陪我上完初中和高中。那时念书是自带口粮，差不多每个星期都要回家取一回吃食。人家别的村有好几个同学相跟相随，比如神山有马志强、马怀英等五六人，下塔、豆塔有韩荣和、韩怀德、韩怀喜好几个人，唯独沙里就我一人，十分孤单。有一个星期六放学晚了，起身时天已擦黑，不免心里发怵。学校距我村只有十里路，但中途经过一个车道洼，荒无人烟，狼狐出没，相当吓人。那天只觉风吹影动、草木皆兵，连滚带跑回到家中才发现身上的一件衣裳不见了，害得父亲连夜下沟跑了几里路才把衣裳捡回来。

完小的课程有语文、算术、历史、地理、自然，没有外语。语文课主要是识字教育，课文内容是些短文和寓言，比如《太阳山》，讲的是老二拾了一块金子安然无事，老大贪心不足背了一袋金子，结果让太阳烧死了；比如《寒号鸟》，说的是寒号鸟骄傲自大且好吃懒做，落得浑身只有一根毛的故事。依现在来看就是些幼儿园的东西，实在不值一谈。最难的是作文课，老师在黑板上随便写一个题目，比如《记一个最塾悉的人》或《一件难忘的事》，也不多解释就走了，两节课后就要收本子。憋得眼睛发蓝，也作不出“文”来，最后只能瞎编一气，交账了事。算术不难，是加减乘除四则运算，最复杂的不过“鸡兔同笼”“龟兔赛跑”“蜗牛爬墙”之类，一点也不费劲。还有一门珠算课，同学们每人从家里背来一架大算盘，拨拉起来乒乓乱响，斤秤流法打得滚瓜烂熟。有时回到村里遇上征公粮结账，参与进去打得又快又准，大人们齐夸：“这小子的书没有白念了！”心里觉得相当高兴。

同学们最感兴趣的是音体美课程了，可惜建校初期的老师都是光头秃顶的老先生，文化程度不低但暮气沉重，了无生趣，逢到音体美便空了堂。教室门前有一片不规则的操场，也有一只篮球，人多手稠轮不上，没奈何，同学们就聚在一起吹牛、抬杠、侃大山。有的说他爷爷厉害，曾经打死一匹狼；有的说他老子也不逊色，一下子就能扛起一头大肥猪；有的说他爹更有特点，吃豆面从不加调料，而是先把辣椒、咸盐一口吞下，再把光棍豆面吃下去——谁知这一下让众人抓住了把柄，说他爹就像个傻子一样，羞得该同学再也不敢这样吹了。还有更绝的，一位外号叫“马大牙”的同学竟然说：“你们谁懂得什么叫马列主义?”一语既出，惊倒四座，众人大眼瞪小眼，无言以对。沉默半晌才有一人嗫嚅道：“大概是你村的吧，你们不是都姓马吗!”逗得大伙笑了个人仰马翻。可惜这位自称懂得“马列”的同学连初中都没考上，念完高小就回家了。

终于在第二年，学校来了一位年轻教师，姓贾，顶多20岁，师范毕业，精干漂亮，多才多艺，使我们的学校生活一下子像吹进春风、注入活力，空前活跃起来。之前，老师教我们唱歌只会唱《大离婚》，唱《兰花花》还找不对调子；贾老师教我们唱《在那遥远的地方》，唱《南泥湾》，还唱《黄河大合唱》，音体美都行，课也讲得很好，使我们品尝到了上完小的乐趣。可惜半年以后贾老师要去参军了，我们弄不懂为什么当了老师还要去当兵，总之他要走了。离开学校那天，我们沿着黄河岸畔去县城的方向送出很远，哭得稀里哗啦，贾老师也依依惜别，洒泪而去。

过了一段，学校又来了一位徐老师，也是年轻人，据说是五寨师范中师毕业，学历比贾老师还高。他不苟言笑、表情严肃，不仅当了我们的班主任，还当了学校的教导主任，直至我们毕业。

完小这种办学形式从新中国成立初期一直延续到“文化大革命”，后来为五年一贯制、七年制所取代，再后来几经变革，年轻人已经不知道这个名称了。然而，它却深深地储存在我们老一代人的记忆里。

2018 年 9 月 15 日

## 东关古会二十五

农历正月，人称大新正月，意在一元始复，万象更新，各地都有古会庆祝，时间大多在正月十五，即元宵节的传统灯会。不过也有例外，比如偏关县城是在二月二，保德东关是在正月二十五。

东关何时、何因选了这个日子？经请教博古通今的陈秉荣同学得知，明朝末年东关庙梁建起碧霞宫，正月二十五是碧霞宫的庙会，由此推断，始于明末清初，距今已有三四百年的历史了。古会古会，古老集会。这个日子经过百年淘洗、世纪风云，已经深深融入黄河儿女的血脉，烙在保德人民的心头。以至于“文化大革命”期间有人要把它当作“四旧”破除，破不掉；有人要把它改成正月十五，也改不了。古会就是古会，二十五就是二十五，岂能随便更改！

我家住在保德偏远的南乡农村，距离县城 80 里，往昔年代村邻们整天与黄土打交道，很少远行，根本不清楚外面的世界，就连县城也觉得远在天边，遥不可及。当时点遍全村没有几人去过县城，有人一辈子去过一两趟县城便引以为荣。父亲对我说过，他年轻时曾进城赶过会，是与本村两个同龄人相跟。头天早上从家里动身，天擦黑进了县城东关，晚上看了红火赶了会，因为没钱住店，后半夜便守火龙，等到天亮往回返，共用两天一夜跑了160里路，一分钱没花就把会赶了。父亲说，会场实在热闹，整个东关河槽人山人海、水泄不通，你几乎不用走，因为拥挤的人群就把你抬起来了！我那时年少，听了云里雾里，实在想不出县城有多大，河槽又是什么样子。只能等到每年的正月二十五晚上，便随村里的后生们站在圪梁上向北望，但县城遥远，既无光亮，亦无声响，最后所能听到的不过是村里的几声狗叫而已。

15岁那年总算考上保德中学，终于圆了我的进城梦。进城的头一件事不是别的，而是首先在“城”里疯跑一气，这才发现县城无城，东关镇当沟流着一条小溪，从南往北注入黄河，将县城一分两半。河沟两面以及背后的山坡上都是人家，鳞次栉比，连绵不断，其规模阵势远非乡下村镇可比。西面最热闹的地方叫花园圪洞，那里有县委、县政府的三层“拖地楼”，东面最热闹的是新市场，那里有几家商铺。河沟不宽，两边护岸的堑塄随沟弯曲、时断时续，不算漂亮。这一片地方统称河槽，是保德县城的中心地段，是大街、闹市的代名词，所以这里的人不把上街叫上街，而叫“下河槽”。这时候我才知道，东关就是县城，县城就是东关，乡下人统称之为“城东关”。

城东关对每年的古会相当重视，东关镇就有一位专管“闹红火”的干部，名叫李保孩，人称李市长。大年一过，人们在大街上遇到他就问：李市长，今年的红火咋闹呀？他随口回答：大闹！由此落下一个歇后语：李保孩过二十五——大闹。

其实，大闹不是一句空话。马上就有镇村干部上门“齐钱”，不论市民、农民一家不落，一人一份以户缴纳。逢到这种时候，家家都很踊跃，绝对没有一户为了少缴几个钱而隐瞒人口的。等到钱款缴齐，古会的筹备工作便全面展开。

东关的古会一般是三天：二十四开始，二十六结束，二十五是正日子。大会还没开始就见家家张灯结彩，处处披红挂绿，大小机关、所有店铺全部挂起红红的灯笼，把县城装扮得红红火火、一团喜气。二十四早饭刚罢，就听到河槽里锣鼓喧天、笙管齐鸣、火炮震天、人声鼎沸。在人群的欢呼声中，高跷、秧歌、狮子、盆船、腰鼓等各种文艺队伍全部出动。保德中学也派出强大的演出阵容，戏曲、舞蹈、秧歌、武术、体操、活报剧等悉数登场，大个子学生王贵忠扮演的美国总统艾森豪威尔，头戴二尺高的礼帽，手拄半截文明棍，领着他的难弟“光头蒋”，洋相出尽，笑翻全场。由于河槽上下、堑塄两边都是观众，所有的文艺队伍都是前有专人开路，后有人员护卫，才能分开人群、打开场子、摆好阵势，尽情表演。也不管哪一种表演，都是唢呐吹得震天响，锣鼓打得动地摇，演员行头全亮相，功夫绝活一齐来。观众云集，前呼后拥，喝彩不断，欢声如潮。真乃“前街秧歌后街戏，当街还在耍把戏”“赶罢东关二十五，不看长安闹元宵”。

每当日头落下，夜幕降临，整个东关便以红色取代了一切，灯笼是红的，旺火是红的，春联是红的，衣裳也是红的，从天到地一片彤红。此时，舞狮表演在大街中央开始，雄伟的狮子跳椅子，上方桌，最后攀上梯子顶端，绝活频现，惊险刺激。另一厢，“二鬼摔跤”正在表演，亦幻亦奇，笑翻会场。当年虽然没有电灯，但灯火辉煌照耀如同白昼，尤其那遍布河槽的大火龙，高大威猛，熊熊燃烧，光华四射，火气逼人。每一个火龙周围的人群都自动围成一个大圆圈，圈里有唢呐吹奏，有锣鼓敲击，有二人台演唱，也有民间艺人表演，最出名的是东关丑角“雀儿屁股”，表演诙谐，扮相出奇，笑得观众前仰后合肚皮疼。

在街头文艺表演的同时，古会按照它的传统程序依次展开。第一个节目是“转会”。所谓“转会”就是组织灯笼队伍，用三个晚上的时间把县城范围内的闫家圪塄、陈家塔、庙梁、后坡、前湾子、楼圪凸、马家湾的大街小巷全部转遍，表示民办民赏、万民同乐。转会开始，几套鼓乐班子在前面开路，轮番吹奏、此起彼伏、乐声嘹亮、从不间歇。后边是游行队伍，灯笼高举、火把相连、逶迤而进、一拉数里。这支游行队伍与其说是转会，还不如说是赛灯，因为县城的商铺字号以及各家各户在年前就做好了灯笼，都是匠心独具、别出心裁，狮子灯、老虎灯威猛雄壮，孔雀灯、凤凰灯华彩妖娆，猴子灯、金鸡灯活灵活现，西瓜灯、芫荽灯宛若真品，正像“二人台”里唱的：“西瓜灯红彤彤，白粱灯绿茵茵，茄子灯紫腾腾，芫荽灯碎纷纷……”一点不假。按照规定，东关的每户人家必须派出专人打着灯笼参加游行，这就形成一支非常庞大而壮观的游行队伍。队伍所到之处，家家大门前都是明灯高悬、火龙照耀，全院人马统统出迎燃放火器，顿时鞭炮齐鸣，唢呐高奏，充满欢乐、充满吉祥，火器燃放多长时间乐队就演奏多长时间，直到你把“武器”放完了，游行队伍才转向下一个门楼。这样的“转会”，每晚都要从天黑转到半夜才能完成。

第二个节目是“转灯”。所谓“转灯”是在后沟的空地上布好“九曲黄河阵”，灯呈连环，路呈单行，人山人海，互不阻行。游人从“入口”进去，必须转罢“九曲”，方能从“出口”出来，否则任何地方没有出处。如此一个小小游戏，足见中华儿女的聪明智慧，中华文化的博大精深。“九曲黄河阵”的通道两边栽着整齐划一的灯杆，上面安放着红绿相间的灯碗。民间传说，“转了灯营会，一年都顺遂”；又说，“今年抱回灯，来年就添丁”。于是引得不少人家拖儿带女全家转灯；不少妇女悄悄抱灯、红男绿女，任凭挑选，以遂心愿。

待到“转会”的队伍返回，“转灯”的人流涌出，时间已到半夜三更，此时古会进入第三个节目——放火器。这是古会的最大亮点，也是晚间的最后一个节目。只见河槽的桥头上早已备好火器：西边竖起高杆，杆上吊着“十二莲灯”，一经点燃，十二层莲花依次绽放，五光十色，姹紫嫣红，喷烟吐火，直冲斗牛。桥头的东边设有一个高台，台上安了一座“城”。那“城”是个每面一米多的正方体，上有垛口，下有城门，俨然一座城池的微缩景观。据说“十二莲灯”和“城”都是专门师傅定制的，这样的能人满城也只有一个两个而已。子时刚过，夜雾更浓，河槽成了人的海洋，就在大家引颈瞭望、翘首等待的时候，火器的引线点燃了，只见灯火顿亮，城门大开，瞬间工夫万炮齐发、天地轰鸣。那特制的“麻雷”高射半空，声若雷震；那既可听又可看的“炮打灯”射到半空时自带明灯一盏，正当观众惊呼的时刻，只听“咣”的一声凌空爆炸，明灯坠落。当第一波火力打到一定程度，第二波火力立即展开，这是横火、竖火编织的交叉火网，仿佛火龙乱舞，电光乱闪，雷劈当头，火烧脚底。最可观的是“城”中心有一个“火锅子”！你想想，开水溢了十分厉害，油锅溢了十分可怕，如今是火焰溢了，那是什么景象？是成千上万的“不掠子”滚出锅外乱跑乱窜，有的像火箭一样射向远方，有的打着旋儿直冲人群。尽管管理人员早把游人挡在禁戒线之外，空出一定距离，仍有人吓得乱叫、急得乱跳，只恨不能钻到地缝里去。紧接着就是第三波火力，这时候所有的烟火一致对天，那安放在城墙四周的几十个“花筒子”一齐绽放，金光万道，璀璨夺目，向天而发，经久不息。临到最后，射向天空的是几发炮弹，金黄，硕大，明亮，时长，像一颗颗金蛋从天而降，预示着黎民百姓又迎来一个金色的好年！

我那时正当年少，有的是精力，有的是兴趣，每当听到唢呐一吹、锣鼓一响，乐得脚不点地往出跑。古会期间学校放假三天，专让师生赶会，真个金吾不禁，玉漏无催，废寝忘食，夜不思归。有一年过古会，头两天赶会赶累了，第三天晚饭后实在困乏，便在寝室里躺下暂息，心想等一会儿再看火器不迟。谁知一觉睡过“梁”，醒来已是第二天早上。纵然千惋惜万懊悔也无法补救，因为那动人心魄的古会已在头天晚上结束了。

2018 年 9 月 20 日

## 同学校友及几段顺口溜

本人没有上过大学，不知高等学府的大门朝哪开，虽有一张大专文凭，也是后来混下的。我上的中学是保德中学，先是初四班，后是高二班，整整六年，由一个毛头少年成长为一个青年。学校给了我知识，也给了无穷的乐趣，如果一一叙说，难免成了老婆娘的裹脚布，现在只能略述一二。

我们那个高二班，可是一个好班！学习好，纪律好，团结好，班风好，简直没有不好的。特别是同学之间团结友爱、互相帮助，是保中建校以来前所未有的。后来这一班人全部参加了工作，虽然岗位不同、级别有异，中间还经过一个“文化大革命”，史称“十年动荡”，但从未发生过“驴踢狗咬”的事，友谊保持始终，让人至今想起来心里都是暖暖的。

具体说到同学，先说老兄吕茂田。茂田既是班干部，又是全校的学生会主席，在校很有名气。但他同一般的班干部不一样。有些干部学习稀松，假装积极，吆吆喝喝，咋咋呼呼，老师看见顺眼，同学却很讨厌。茂田品学兼优，为人谦虚，与同学十分亲和，又能以身作则，自然赢得同学们的尊重和拥戴。特别是他的语文成绩突出，文章写得漂亮，以至于参加工作以后写报告得心应手、投稿子篇篇上靶。后来他自己走上领导岗位，顾不上写作了，但退休以后重操笔杆，仍然写出几十万字的散文集《月夜黄河渡》。

他当过县委书记、行署副专员、地委副书记，一贯的作风是为人低调、平易近人，即使是素不相识的老百姓上门，他也会主动敬烟并认真接待，因而在干部群众中赢得很好的口碑。我们同学有缘，打了一辈子交道，退休以后虽然不在同一城市居住，但常有微信联系，嘘寒问暖，嘱咐叮咛，忆昔怀旧，打趣逗笑，给老年生活带来别样情趣。

2019 年的大年三十，我照例给他发去贺词，辞云：

新春已到，还未过年。
晚饭吃罢，节目未演。
抓紧时间，正好拜年。
祝福快乐，祝福康健，
祝福吉祥，祝福团圆。
祝福长寿，向天再借五百年！！！

下面该说刘俊生了。

俊生是个老忠臣，既是班干部也是学生会的干部。那年代大搞勤工俭学，劳动是必修课，学校经常组织学生参加植树造林、开荒种地、修建校舍等劳动，还参加过大炼钢铁和修筑梅花沟水库。不管做什么，俊生都是身体力行，吃苦耐劳，遇到苦活累活总是抢在前面，带头实干，一副老大哥模样。当年正值困难时期，学校伙食吃不饱，同学们就从家里带来糠炒面充饥。有段时间俊生的炒面吃完了，便靠众人接济。他感到过意不去了，便筹措粮票从粮食门市部买了50斤糠皮杂粮炒面，装了整整一面袋子扛回来，放在寝室里让同学们敞开肚子吃。事情虽小，但看出他是个厚道大气之人。他还有个特点是为人低调、不事张扬。他哥刘忠文是忻州地委秘书长，在老百姓眼中是个很大的干部，可他从未提起过，以至于同学们全不知道。后来刘忠文二次返回保德担任县委书记，他也没有“偏得雨水”，仍然心态平和地在教育部门工作，表现出来的人品、修养、气量都非常难得。

我在保德工作时，我们两家曾在一个院子住过，窑挨窑，门对门。我家的小女儿和他家的小女儿同年出生，相差不过几天。有段时间我在公社上班，平时住在乡下，亮茹在家忙得不可开交，于是中午做饭的时候，俊生就把两个孩子一起哄走了，为亮茹帮了不少忙。这件事我们全家记得，亮茹经常提起，感激不尽。

伟人说过，一个人做一件好事并不难，难的是一辈子做好事。俊生一生在教育部门、组织人事部门工作过，后来又当过县级领导，一路走来都是与人为善，乐于助人，因而深得众人敬重，是大家公认的好人。俊生退休以后，居住在保德县城的黄河岸边，沐风观雨，心情豁达，正在安度晚年，乐享太平。

下面要说刘进良。

刘进良和刘兆宽的老家是四井头，与我们沙里相距五里。因而我们开学放假都是相跟相伴，关系自然非比一般，格外亲热。进良是个多才多艺之人：拉二胡、弹三弦一把好手；当演员、演节目一把神拿；写美术字、仿宋字全校独一无二；除此之外还会糊灯笼、扎风筝、自制乐器。班里的复习资料全部由他刻写油印，保中校墙上、楼檐上的大幅标语统统由他一手书写。

他参加工作以后，当过公社书记、县上局长，这在县里来讲已经够得上有头有脸、很风光了。但说实在的，进良同学真是“屈才”了！他在保中上学时，自编自演过不少小戏，扮演的盲人黄包子惟妙惟肖，丝毫不亚于近年来赵本山的表演；扮演的老太太更是活灵活现，耳朵上挂两串红辣椒、手里拎一把破笤帚满台乱转，赢得阵阵喝彩和如雷掌声；在大型话剧《智取威虎山》中，他饰演的小炉匠栾平，艺惊四座，好评如潮。我敢说，是出身贫寒误了事，是偏僻山区屈了才，进良要是不生在山区小县，要不从事行政工作而入了演艺这一行，那绝对是一流演员，甚至是名角大腕。故此，编四句话送他：

进良同学不简单，
从小就是好演员，
假若为兄早出道，

哪能轮上李保田。

进良退休后，住在保德旧城的圪垯上。长风浩荡，大河奔流，居高临下，一览无余。我想，此时让他再扮一次诸葛亮，他一定会唱：

我站在城头观山景，
忽听得耳边闹纷纷，
拨开云头往下看，
原来是高速公路全贯通……

下面要说陈秉荣。

秉荣和我是初中同学，毕业后他没上高中而上了五寨师范，但和我们高二班关系密切、难分彼此。他的老家是石塘，我曾两次路过他家打尖吃饭。一报说秉荣的同学来了，他父亲便出门相迎，热情款待。看得出，陈父属于那种有文化、有见识之人，既开通又爽朗，既勤劳又干练，把半坡上的院子修理得方方正正、美观大气。

秉荣上初中的时候就才华毕露。他擅画，所画的富贵牡丹不同凡响；有文采，与我和刘进良共同编过剧本，也在剧中扮演过角色；很调皮，他曾把一个同学的“作文本”改写成“作玩本”，惹得老师发怒；他在作文本上画了一只猎狗围住刺猬转，被认为是讽刺先生“狗咬刺猬下不了口”，几乎引起轩然大波。参加工作以后，书教得不错，干部当得出色，很快当了公社书记、文化局长、县委办副主任等要职。但综观一生，他的主要成就在编史修志上。他主编了近百万字的《保德县志》，出版了《定羌杂识》《定羌再识》等一系列专集。更可贵的是，他满肚子知识，满脑子文章，天文地理无所不晓，古今中外无所不知，是个知识篓子，真乃保德一宝。我等有任何不懂的事情向他请教，他都能说出一二。

现在他的职称不低，头衔很多，在保德范围内，有的叫他老陈，有的尊称陈老，德高望重，赞誉有加，《黄河风》频发他的文章以及赞扬他的文章。由于我俩少年同窗，同庚同岁，便不甘寂寞，参与进来，写出一段“打油”诗《我也说老陈》，现录于下：

众人尊老陈，我直呼秉荣。
当年同学时，一起在保中。
少小出农家，本县石塘人。
聪明又伶俐，学习很用功。
多才又多艺，一手好丹青。
既会编剧本，又能演小生。
学成奔仕途，一路好轻松。
公社任书记，机关当主任。
一当几十年，直教人眼红。
处人素和善，见面笑脸迎。
豁达又大度，穿戴也宽松。
知识挺渊博，无所不晓通。
才出“民俗集”，又念“西口经”。
点评《金瓶梅》，研究《红楼梦》。

考古有一套，还懂甲骨文。
编修州县志，参与编《文丛》。
文章频频发，著作可等身。
人生终会老，精神将永存。
贡献能如此，不枉七十春。
我说这番话，感佩油然生。
生当作人杰，何不学老陈！

再一位说到张治祥。治祥上保中时，低我们两届，相互认识，也算同学。参加工作以后组织调遣，各奔东西。有一段时间他在代县当官，我在五寨、宁武效力。最后殊途同归，一殿为臣，都当了市里（当时叫地区）的中层干部，而且住在和平新村同一个大院，他在3号楼，我在4号楼，单元对单元，窗户对窗户，不出家门就能打招呼。两栋楼之间栽树养花、打扮成花园模样，树荫下安桌放凳，成了退休老人的活动场所。每当早饭以后，治祥当先来到树下，大呼老郝。我和老伴赶紧出动，同他们两口子配到一块，玩起了扑克牌。老乡对老乡，同学配同学，心情放松，胡说八道，忘乎所以，悦乎乐乎！

治祥上过山大中文系，科班出身，文采横溢，以写诗见长，先后印刷了《花甲咏诗》《古稀抒怀》等诗集。他在一首诗中编派我是"调戏城姑下小村"，意指我出身山村，老婆曾是城里的姑娘，把我们明媒正娶的婚姻说成"调戏城姑下小村"。这不仅是天大的"冤枉"，而且还有"诬蔑"的性质，是可忍，孰不可忍！于是我也编了一段顺口溜戏他：

保德同学张治祥，文采横溢响叮当。
不说他有多聪明，小学读到大学堂。
不说他官有多大，当罢县长当局长。
单说治祥文采好，诗作一筐又一筐。
写了自己写亲友，同学同事都上榜。
吟了游记吟观感，山水楼台入画廊。
举手投足都是诗，不出三步就成章。
已印诗集整两部，未结集的数千行。
新朋旧友齐惊呼，是否日夜写作忙。
我曾登门去请教，治祥对我说端详。
每天清晨去散步，夫人玉兰陪伴上。
白天去打乒乓球，一打就是一后晌。
晚间准时看新闻，电影电视都欣赏。
夜半还要去练功，金鸡独立房顶上。
尽管一天不识闲，吟诗作赋不影响。
听罢君言有所悟，后来越想越亮堂。
诗歌是吟不是写，诗兴一发不可挡。
好比母鸡要下蛋，一下就是一箩筐。
好此大堤决了口，想要堵也堵不上。
但凡大家皆如此，小哩圪气难想象。
常言斗酒诗百篇，谁见李杜写诗忙。
治祥老弟大手笔，诗歌车载用斗量。
祝愿成流又成河，进而成海又成洋。
哪天诗海去泛舟，老乡同学齐叫上。

最后要说韩涛。韩涛和我是保中校友，但比我年轻许多。他进校时我快毕业了，他上高中时我已参加工作。“文化大革命”的初期我们相遇了。他是红卫兵造反小将，我是教育主管部门的干部，打过几次交道自然熟识了，还共同办过几期红色战报。韩涛是个快才：脑子快、反应快、口才快、笔头快，在学生时代是出类拔萃的，在干部当中也是比较少见的。然而任何事物都有两面性，正因为心直口快便显得城府不深，正因为直言快语便难免得罪于人。但我观韩涛，正直、善良、热情、爽朗，是可交可信的朋友。

韩涛上班的时候担任市局领导，公务缠身无暇写作，自从退休以后写了不少文章，记述自己的求学之路、校园时光、矿工生涯、地委大院等各个时期的经历，回忆老师、同学、亲人、朋友等各种可亲可近的人。特别是秉笔直书保德“文化大革命”的历史，可谓真实生动、于史有益。我以为，对于保德“文革”史的回顾，有的人是不愿去写，害怕触碰敏感问题，这是其一。其二，即使有人愿写，也不具备韩涛的条件。韩涛，第一，他是当年造反的红卫兵小将，很长一段时间是运动的主角，参加了运动的全过程；第二，保德“文革”分为两大派，他哪一派都在过，对两面都很熟悉，便于全视角地反映整体情况；第三，老岳父张金驹是“文革”前、“文革”中的保德县委书记，其间饱受派性夹击，重伤致残，断臂常悬，痛苦终生，老人晚年常念叨一些当年的情况，为韩涛提供了不少难得的史实。凭借以上三条，加上他才思敏捷、笔力过硬，便成为记述保德“文革”史的不二人选。

最近，网上不断转发韩涛的文章，观者云集，众人喝彩，我亦诌得几句，逗乐其中：

网上传宏文，寒涛本姓韩。
胸中有丘壑，笔底起波澜。
禀性就耿直，说话不打弯。
挥肇书史实，类比司马迁。
“文革”那些事，亲历又亲参。
沉淀半世纪，千古一奇观。
而今能记录，堪称一贡献。
后辈研历史，或可得借鉴。
我等过来人，已入古稀年。
世事非洞明，经验总有点。
退休闲在家，白耗日三餐。
随手写文字，抒怀亦自然。
老弟本奇才，半生欠发展。
挥动如椽笔，文史谱新篇。

2018 年 10 月 1 日

## 过年

年年过年年年乐，
岁岁贺岁岁岁欢。

和往常一样，2019 年的春节是一个普普通通的“年”，但又是一个很不寻常的“年”，过得红红火火、热热闹闹、劳劳累累、混混沌沌，啊哟哟！

我家是个四世同堂的大家庭。我和老伴养育了一儿、四女五个孩子，其中大、二、三女儿在忻州安家，儿子和小女儿在外地工作。过年的时候都回来了，儿子、媳妇、闺女、女婿，加上孙子、外孙，整整二十二口人。再加上本地的两家侄女，一共二十八口人。真是乐业安居、人丁兴旺，有吃有穿，阖家团圆。吃饭的时候，不仅家里放不下，就是普通的饭店也没这么大的桌子。前几年是腊月里预订五台山大酒店、蒙特卡罗大酒店的大圆桌，这两年干脆预订一个有两张大桌子的包间，这才解决了问题。每年的正月初一是我们和儿子一起过年，女儿们以小家为单位各自活动；初二开始招待女儿女婿，集体活动，饭店聚餐；之后是儿女们轮流做东，一家一天，吃完初七，正好上班。聚会是尽享天伦之乐的时候，晚辈给长辈敬酒拜年，长辈给孩子们散发压岁钱，子女们相互祝贺，孙子们追逐嬉戏，聚会场所推杯换盏，欢声笑语，气氛热烈，其乐融融。我们老两口暗自庆幸，虽然年轻时久经磨难，但现在子女们个个都不错，家家挺和睦，特别是赶上了社会主义新时代，赶上了国家的大好形势，日子美满，心情舒畅，真是越活越年轻，恨不得向天再借五百年啊！

本人年届古稀，不经意间已经过了 70 多个“年”了。通常说吧，“年年过年年年过”“年年岁岁花相似”，其实，“世事轮回悄然过，岁岁年年人不同”。今昔一比，相差万里，新旧对照，天差地别。像我们的晋西北农村，地饥民贫，日子艰苦，以往过年，全部内容就是一口“吃”，但可怜得没有东西，一般人家能吃一顿饺子、一顿油糕就不错了。“初一饺子初二糕，初三起来啃窝头”，一点也不夸张。改革开放以来，“吃”的问题解决了，白面大米成了家常便饭，这时候过年的全部热情似乎集中在了红火热闹上，旺火越垒越高、越垒越大，炮火越打越猛、越响越长。大约腊月二十三以后到正月十五，每天都是此起彼伏，炮声不断。到了除夕晚上更是火炮连天，震耳欲聋，几乎连春晚的电视节目都看不成。垒旺火、放鞭炮、贴对联、穿新衣是中华民族喜迎新春的传统习俗，也是喜庆吉祥的重要标志，控制在一定限度内是完全必要的。但穷惯了的人乍“富”起来，哪里能掌控住那个“度”！他们在用旺火宣示富裕，用炮火抒发兴奋。于是不论城乡烟雾冲天、噪声遍地，然之乎也。

这几年上头有了说法，先是大都市不准燃放烟花爆竹，后来中小城市下了禁令，现在连小县城也不准垒旺火、放鞭炮了。起初人们接受不了：“娘的，连个炮也不许放，哪像过年!”后来渐渐习惯了，倒也觉得清净、卫生、文明、健康。试想，全国几十个大都市、几百个地级市、两三千个县城，假若处处旺火冲天、烟笼雾绕，那污染成什么样子了?绿水青山就是金山银山，绿水青山胜似金山银山哪!

可是过年没有红火不行啊，特别是孩子们拴不住！呵，社会发展，时代进步，各种设施应运而生。就拿忻州这个不发达城市来说，露天的有云中河景区、人民公园，室内的有开莱欣悦、忻动广场，都是孩子们玩耍的绝好去处。我家孙子、外孙一大群，每天午饭以后开赴游乐场所，秋千、滑梯、溜冰、打球、游泳、冲浪，还有许多叫不来的名堂，玩得热火朝天、不亦乐乎！

这里还有一个插曲。大年初一，照例我们和儿子一起过年，女儿们各自活动。初二招待女儿们，各家到齐，不见老三，一问，说是儿子发烧，不能前来。她家的儿子是个 3 岁多的孩子，有毛病当然不能聚会了。不能就不能吧，家大人多，难免有点状况。谁知初三聚会，她家仍然缺席，后来说是干脆去省城太原住进儿童医院了。我老伴着了急，顾不得家里一摊事儿，也顾不得自己年事已高，母鸡搂窝一般，叫了两个闺女就往太原跑。到了医院，忙了个“一六二五”，回来说是问题不大，也就放心了。到了初五，轮到老三招待大家，但他们人在太原，不能回来。全家都说算了吧。她家说不行，年前就在瑞龙大酒店订下包间了。众人只好赴宴，在老三全家缺席的情况下吃了老三家的饭。虽然也算红火，但心下似不完满。谁知当天晚上，又从太原打回电话，说孩子病重，弄不好要往北京转院。一石激起千重浪，一个电话又把大家的心吊起来了：什么毛病，这样危急、这样凶险！众人都说快去看看吧，帮助照应照应、打打主意。姐姐、弟弟、妹妹们一齐出动了——相互关照、团结友爱是传统和家风。我儿子春节值班刚刚回家，顾不得歇脚就动了身——他是家中的男子汉，遇事出力、担当作为是他的一贯作风。我老伴也要去，并非大事小事都需她亲力亲为，而是她心上系着全家二十多口人，正所谓“小康路上一个也不能落下”。

于是乎哗啦啦挤了一车人，风驰电掣般往太原去了。去了一看，问题不大。原来春节期间，医院放假，缺医少药，诊断有误。谢天谢地，毛病不大是万幸之事。虽然冒吼一声、虚惊一场、兴师动众、奔波劳累，但全家人转惊为喜、毫无怨言，过节的热情丝毫未减，权当是一场亲情大演练而已！

转眼到了大年初七，到了春节假期的末尾，儿子和小女儿两家都要返程了。当母亲的自然是忙忙碌碌，天不亮就起床了，跑前跑后，楼上楼下，张罗有关事宜，叮嘱吩咐不休。早饭刚过，住在忻州的几家闺女、侄女都来送行了。我住的老宅子是根据地、大本营，是全家聚会的地方。大家一拥而入，把客厅挤了个满满当当，光是鞋子就脱下半地。姐妹们有的送礼，有的话别，有的张长，有的李短，客厅顿时热闹起来。俗话说“三个女人一面锣”，我家这么多妇女，宛若几面锣同时筛响，嘻嘻哈哈，热热闹闹，其气氛、其声浪简直可以把整座房子抬起来。但此时此刻，客厅的主角不是她们，而是两个不大点的孩子。其中之一是我的孙子、还不满 6 岁的顺顺。另一个是我的外孙女、小女儿的孩子、比顺顺大两岁的瑄瑄。这两个小东西好的时候跟出跟进，形影不离，不好的时候反目生气，动手动脚。这几天一起玩惯了、耍熟了，好得难舍难分。顺顺听说小姑要回北京，就要跟上走，去和姐姐玩，不答应就又哭又闹。瑄瑄也要领上弟弟走，不如愿即大泪长流。众人七嘴八舌，多数人说小娃儿离不开娘，哭闹起来没办法；又且他小姑是个大学老师，有点时间还得备课、写论文，哪里顾得上哄孩子。也有人打劝领上吧，看孩子哭得可怜的。这样一来更加助长了孩子的情绪。这等事体，倘遇上我们那个年代、遇上我们这一茬人，好办！脸一板、眼一瞪就解决了。可如今是新时代，大人讲的是文明，孩子们显得娇贵，一切都是讲道理。岂知一点大的屁孩哪里听得进道理！三讲不行，五讲不行，十讲、八讲也不行。眼看时光不早，车子在楼下等了多时，“谈判”尚无进展。怎么办？最后还是我儿子解决了问题。他对他儿子说：“只要听话，就领你去溜冰滑雪！”嗬！一句话说到了孩子的心上，小东西们不闹了。紧接着，众人欢颜，客厅里爆发出一阵大笑，算是为这新春佳节的最后一场聚会降下了帷幕……

啊，年！乱并热闹着，累而快乐着，这就是过年。

2019 年 2 月 15 日

2019 年春节幸福的老两口

# 感知右玉

早在20世纪的六七十年代，右玉就是一个以植树造林而闻名的县份，是全省的绿化模范县。可惜那时候我们无缘参观，直到1996年我才第一次路过右玉，果然看到遍地都是杨树，大地一片绿色，其规模、其气势确实了得！现在又二三十年过去了，右玉发展建设得更加完善，更加壮观，不仅成为山西全省的旗帜，也成为全国的典型，习近平总书记曾对右玉精神作过五次重要批示指出，“右玉精神体现的是全心全意为人民服务，是迎难而上，艰苦奋斗，是久久为功、利在长远”。央视第一频道也在去年播出电视连续剧《右玉和她的县委书记们》，让右玉一下子驰名全国，吸引着全国各地的人们到这里参观学习、旅游观光。

当下是2019年的夏季，我儿子正好在右玉工作。他看到忻州暑气蒸腾，酷热难当，便要我们去右玉转转，于是我们老两口带了一帮孩子出发了。

## 一、清风无价

汽车从忻州出发后一路高速，到达朔州后没有进市，而是绕城区，经平鲁，一路北上，直达右玉城。一共用了两个半小时。

如今的高速公路，除了好走还很漂亮，两边栽了不少树木，中间隔离带上种了各种花草，打扮得花团锦簇十分养眼。可是一进入右玉境内情况就不同了，因为整条高速公路就从绿色的原野上通过，所有的车辆就在树海中穿行，根本无须刻意打扮，无须装点门面，真乃林海茫茫、草木繁盛、绿染群山、无边无涯啊！汽车快下高速公路的时候，首先进入服务区。众人一齐下车，稍息片刻。没想到车门一开迎面吹来了呼呼的清风，让人暑气顿消，备感清凉。众人齐声叫好。稍过一会儿又感到风太大、天太凉，于是有的躲回车内，有的赶紧穿上带来的衣裳。

呵呵！盛暑天气，谁能想到右玉有这么好的清风，有这么爽的环境！难怪右玉人打出了一条很有名的广告词——“冬天往海南去，夏天到右玉来”，一语中的，声名大振，尤其在京城产生了轰动效应，正在吸引着四海宾朋、八方游客来此休闲度假，享受夏日的清凉，沐浴暑天的清风。

清风无价，魄力无穷啊！

## 二、绿水青山

右玉县位于晋西北边陲，古称善无县，春秋之前一直为北方少数民族占领，秦汉置县，唐后称为云中，明朝设右卫，又设玉林卫，后来两卫合一称右玉卫，清初改称右玉县。现隶属山西省朔州市。全县总面积1969平方公里，辖4领6乡1个风景名胜区和1个省级生态文化旅游开发区，共有280多个村庄，11.5万人口。

右玉地处毛乌素沙漠的天然风口地带，是一片风沙成患、山川贫瘠的不毛之地。这里又是万里长城上的古战场，战火焚烧，代代鏖兵，使这里的自然环境遭到极大破坏，使本就贫瘠的土地更加荒凉。新中国成立之初，全县仅有残次林几千亩，仅占国土面积的0.3%。民谣说：“一年一场风，从春刮到冬；白天点油灯，黑夜土堵门。”连三丈六尺高的古城墙都为流沙所埋。

但是现在变了。经过全县人民70年植树造林、不懈奋斗，现在的右玉到处都是山清水秀，碧水蓝天，“百里无风沙，万里树丛生，三春花遍地，四季绿荫浓”。森林覆盖率达到56%，近90%的沙化土地得到治理，山河面貌发生了翻天覆地的变化。

那么右玉是怎样起步的，怎样走过来的呢？在我们参观期间，看了展览，听了介绍，终于对右玉的绿化史有了一个大概的了解。

早在1949年初夏，右玉的首任县委书记张怀荣、县长江永济一到任，面临的就是北风呼啸、黄沙连天，“春种一坡，秋收一瓮；除去种子，吃上一顿”，人民过着十分艰难的日子。怎样才能使右玉人民生存发展下去？当时只有30多岁的他们背着军用水壶，带着军用地图，从右玉县城徒步走到杀虎口，上了北岭梁，爬上黄沙湮没的古城，之后走遍全县200多个村庄，对全县的山川地貌进行了一番考察，对当地老农进行了认真的走访，终于找到了问题的突破口。

1949年10月23日县委召开工作会议，议题就是：如何使右玉不再荒芜下去？如何使右玉人民能够生存下去？在这次会议上，张怀荣第一次提出："右玉要想存，就得风沙停；要想风沙停，就要多栽树；每人十棵树，走上幸福路。"接着，在全县的"三干"会上，给各乡镇下达了植树任务。会后，张怀荣、江永济带领干部、群众在苍头河畔栽下了第一批树。

这是开创性的一步，奠基性的一步。此后 70 年，右玉人民接力相传，植树造林从未停息。尽管其间经过数不清的艰难曲折、失败挫折，但一张蓝图绘到底，一任接着一任干，他们在播种绿色的同时，也孕育出了右玉精神。

右玉的绿化史与共和国同龄，现在已经整整 70 年了。前 70 年，右玉打造了绿水青山，70 年后，右玉要建设的是金山银山。如今，第 20 任县委书记和县委政府的领导成员，正在带领全县人民开拓前进，为实现更加美好的明天而努力奋斗！

## 三、古关今昔

右玉与内蒙古的交界处有一著名的关口，叫作杀虎口，是一个血淋淋的名字，十分唬人。

横亘在我国北部的万里长城上，有若干著名的隘口，人们一般将内长城上的隘口称之为"关"，比如雁门关、宁武关、偏头关等，而将外长城上的隘口称之为"口"，比如东有张家口，西有杀虎口。这杀虎口古称白狼关，又叫杀胡口，此处两山夹峙，地势险峻，一夫当关，万夫莫开，历来就是茶马盐商古道，兵家必争之地。是古代内地与匈奴、突厥交兵的战场。胡人要进中原，必须突破此关；天朝抵御外敌，必须扼守此口；雄关面前刀兵相见、血流成河是古代常见的情景。到了明朝中期，中原与西北少数民族的关系缓和，胡汉交好，关贸互通，为了体现友好，朝廷便将杀胡口改名为杀虎口，一直沿用至今。

从右玉县城去杀虎口只有30多公里，高速公路直达关口，并穿口而过直通内蒙古。我们到达后下车一看，只见关隘上耸立着两座高大的城楼，威武壮观，色调凝重，与山连，与天齐，一副气壮山河的势派。再看，关前是一个很大的广场，树木掩映，花团锦簇，车来人往，热闹非常，广场中央矗立着康熙皇帝纵马扬鞭的雕像，追述着他西征噶尔丹、途经杀虎口的历史。古今对照，两相分明，古代的边防要塞成了今人的参观场所，昔日的征战杀戮之地成了今天的旅游胜地。抚今追昔，让人感慨万千哪！

现在，右玉县将杀虎口辟为一个风景名胜区，专事旅游开发，专打旅游品牌，游购娱、吃住行已初步配套。在有关人员的导引下，我们参观了广场东侧数十层台阶之上的右玉博物馆，初步了解了右玉的历史；我们步行通过一块块麻石铺就的西口古道，辨认往昔车碾马踏的痕迹；紧接着我们走进一座城堡，这里城墙完好、城门规整，一条大街贯通南北，街道两边多有房舍，这便是古代的边境商贸遗址了。有史书记载，自从明朝隆庆五年，蒙汉“互市”以来，边贸马市重新开放，我国西部各少数民族以及俄罗斯人都来这里通商。为适应边贸所需，朝廷在这里兴建了城堡，格局呈“目”字形，“目”字的上下两格分别为内地商人与外来客商居住并储存货物，中间一厢为交易场所，早开晚闭，管理方便。据说，在明清时期这里的货物吞吐量很大，关税收入也十分可观，每年所收的税银竟可达到朝廷总收入的十分之一。

时代发展，斗转星移。现在的右玉自然没有了边境贸易的优势，但在这里崛起的是绿水青山和金山银山，迎接她的是一个更加辉煌的未来。

旅游结束，我们来到景区的一处农家乐，一位姓杨的老板接待了我们。整洁的环境、可口的饭菜、热情的态度、周到的服务，为我们留下了美好的印象。

### 四、观看赛马

说起赛马，我在之前一无所知，虽然在电视上看过香港赛马的一两个镜头，但难知究竟。令人高兴的是，这次到右玉竟然观看了赛马。

右玉的县城南面是一道平川，川地开阔，东西延伸，宛若机场跑道一般，加上周边绿树环绕、森林覆盖、空气清新、环境十分美好。世上不乏有识之士，果然有人慧眼识珠，在这里辟建了一个玉龙马园。马园规模宏大，设施齐全，不仅建有马棚、马舍、养殖场、繁殖场、训练场、医疗站、交易所，还建有宾馆、饭店等配套设施，为客人提供一条龙服务。在赛道正面的半坡上，修建了高大的看台，旁边还有雅间包厢，专供游人观看赛事。一张看台票 120 元，一间包厢 1200 元，票价虽然不低，但各地的游客还是纷纷赶到这里观看稀奇。

赛马每周举行一次，时间在周六的下午，每次都有五场比赛。那天我们赶到时赛事已进行了一半，前三场已经结束，看到的是最后两场，只见每场开始，参赛的 12 匹马全部来到看台前的场地上亮相。看看那些马，一匹匹都是油光滑亮、健硕非常；一匹匹都是龙行虎步、派头十足。有的马不仅昂首挺胸、喷吐嘶鸣，而且桀骜不驯、狂暴不止，两三个人一齐上手都牵拢不住，充分显示出名马良驹爆发的活力与张扬的野性。

有介绍说，这家马园就地理位置、周边环境和气候特点来讲，在全球范围内都属上乘，故吸引世界各地的名马入驻该园，其中以澳大利亚、新西兰、爱尔兰的良马居多，据说我国有些演艺界明星就有马匹养在这里。又有人介绍说，这些马的待遇比寻常人高多了！马厩不是马厩，而是高级宾馆，每匹马都有一系列的人员服务，不仅给马淋浴洗澡，还要每天刷牙 3 次……啊哟哟，我的天，简直供成神仙了！怪不得个个浑身是劲、匹匹野性张狂呢！但不管亮相的时候多么神气、多么张牙舞爪，最终是要通过比赛决出胜负的。俗话说，“是骡子是马拉出来遛遛”，表面上的张狂一文不值。

亮相完毕，骑手跨上马背，排队进闸，只听发令枪响，所有参赛马匹便如洪水泄闸，一涌而出，滚滚向前奔去。开始阶段的 200 米—300 米，旗鼓相当，不显彼此，大多数马匹几乎同步前进；但随着距离加长、赛程加大，优劣逐渐分出来了；待到1600米的赛程将要结束，打头的只有一匹两匹，其余的统统落后，有的甚至落下很长距离；到了冲刺阶段，领先的骑手提马振缰、猛抽几鞭，那马儿便疾如流星、快如闪电般飞过终点……

观众欢呼，全场雷动，冠军马诞生了！

比赛结束，冠军马披红挂彩，登台领奖。真可谓马通人性，人马共欢。那马儿兴高采烈、得意扬扬、雄姿勃发、威风八面，再次转场一周向观众致意。

据说，每个冠军奖的奖金可达10万美元呢！

2019年8月

## 幸福每一天

我是20世纪40年代生人，出生在日寇侵华的战争年代，借用演艺明星宋丹丹的话说，就是“生在旧社会，长在红旗下，走在春风里，已经跨世纪”。现在虽然70多岁了，但身体还硬朗，精神很愉快，生活很幸福，正在幸福地过着每一天。

1. 幸福每一天的最大前提，是祖国的繁荣昌盛，是祖国的发展壮大，是生逢太平盛世，舍此，一切都无从谈起。想想旧中国，列强瓜分，民不聊生，亡国奴的日子不是人过的。是共产党拯救了中国，是一代伟人毛泽东创建了新中国，是一代又一代的领导人带领我们胜利前进，并连续保持了几十年的和平安定，才有了经济的发展，社会的进步，才有了我们今天的幸福生活。实践告诉我们，有国才有家，有家才谈得上幸福。

2. 幸福每一天的基础条件，是生活有保障。想想自己年轻的时候，家贫如洗，贫病交加，双亲早逝，束手无策，日子过成了光景，贫穷剥夺了自尊。好在那时候年轻，挺直腰杆，咬紧牙关，不向厄运低头，不向困难妥协，总算熬过来了。孩子抚养大了，工作也没落下，完成了人生应该完成的基本任务。自己在工作岗位上的时候虽然奉公职守，尽职尽责，但总体来说业绩平平，并无特别建树。可国家待我不薄，离岗以后每月都发退休金，且每隔两年还加一点，为生活提供了保障。忻州是个经济不发达的地区，相应的生活成本也不高，正好可以生存。我住在地委于 1997 年盖起的低层宿舍里，后来地委变成市委，市委又盖起高楼大厦，年轻些的干部都住进去了，我们这个院子走了十之七八，只有些残兵败将走不动了，我算其中之一。有人劝我，老年人腿脚不灵便了，快住电梯房吧；孩子们也有这个想法，打算众人出力买个新房子。可是我们老两口不同意。我们觉得住在二楼，出入方便，环境不错，熟人众多，挺好的；至于追求房子如何高级、如何漂亮，那是永无止境的。我在十几年前曾写过一首“打油”诗《陋室吟》，述说的就是这番道理，抒发的就是这种情怀。故此觉得，人生一世，老有所养就不错了，就很幸福了。

3. 幸福每一天的重要因素，是子女孝顺。我和老伴一生养育了五个孩子，其中一个儿子、四个女儿。这在今天来说觉得太多了，可在我们那个年代一点也不多，比我们孩子多的人家有的是。当时全社会的物质条件都不好，我家人口多日子更差了。但苦日子有苦日子的好处，可谓家贫出孝子，寒门育良才，在穷人家长大的孩子没有一点娇气，却有吃苦耐劳的素养。孩子们长大成家后，家家日子过得很好，人人工作都很出色。父不夸子，闲话不说。单说在对待父母上，个个都很孝顺。不要说日常生活中的吃喝穿戴了，不要说有点毛病检查医治了，不要说节假日轮流吃饭了，只说关照我们外出旅游，让我们领略国内外的大好河山、享受人生的乐趣，就很让我们舒心惬意了。孩子们觉得父母辛苦了一辈子，晚年应该享享福，于是只要抽出时间就争先恐后带领我们出游，往北游了新疆、内蒙古、东三省，往南游了港澳、台湾、海南岛，全国的省市区跑遍了，有名的景点几乎都看过，此外，在他们的支持下我和老伴还游略过海外许多国家。可以说，在熟识的同龄人中，我们的生活够滋润了！

人生苦短，不觉到了老年；日子舒心，转眼就是一年；如此过法，百岁尚嫌太短；终将逝去，天国并不孤单。这是自然法则，不是哪个人能左右的。我们能够做到的是，保持最好心情，进入最佳状态，过好幸福的每一天。

2019 年 10 月

作者父子合影

第三代合影